Der Mitternachtszirkel

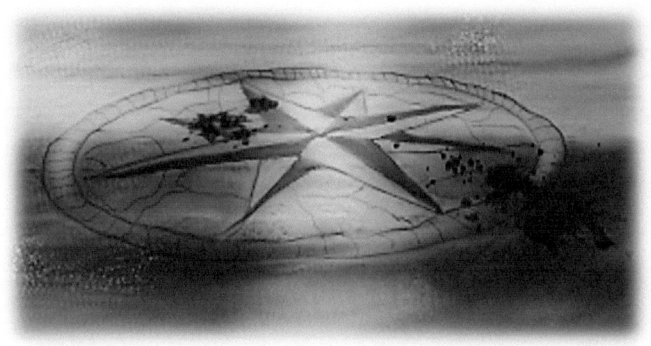

Stephanie Cölle

Der Mitternachtszirkel

3. Auflage
Erstveröffentlichung Mai 2011: BoD- Books on Demand, Norderstedt
Zweite Auflage Februar 2015: BoD- Books on Demand, Norderstedt

Umschlaggestaltung, Illustration: © Stephanie Tölle
Lektorat, Korrektorat: Franziska Dinter, Stefan Vorlauf
Satz: Stephanie Tölle
weitere Mitwirkende: Christina Tölle, Marie Franke

Herstellung und Verlag:
BoD – Books on Demand, Norderstedt

ISBN: 9783842363601

Bibliografische Information der Deutschen Nationalbibliothek:
Die Deutsche Nationalbibliothek verzeichnet diese Publikation
in der Deutschen Nationalbibliografie; detaillierte bibliografische
Daten sind im Internet unter http:// dnb.de abrufbar.

www.stephanie-toelle.com

Für...

… meine Eltern, ohne deren Unterstützung ich es nicht geschafft hätte, meine erste Veröffentlichung zu verwirklichen.

… Wolle, weil er mehreren meiner Figuren Charakter und Stimme, sowie dem gesamten Buch eine außergewöhnliche Geschichte und stetigen Fortgang verlieh.

… meine Familie und Freunde, die immer zu mir stehen, egal was passiert.

Prolog

Vorsichtig strich Siriel eine würzig riechende Salbe über die hässliche Wunde an ihrem Oberschenkel und biss die Zähne zusammen. Ein heftiges Brennen durchfuhr ihren Körper. Der Schmerz wurde erst erträglich, nachdem sie einige Bahnen Stoff darum gewickelt und diese mit einem Knoten zu einem zusammen geknüpft hatte.

Langsam nahm Siriel das Bein von dem Stuhl und setzte den Fuß vorsichtig auf dem Boden auf. Kälte kroch in ihre Zehen. Mühsam richtete sie sich auf, warf den Rock ihres Kleides über die Verletzung und humpelte zu dem großen Spiegel hinüber. Er war der einzige Schmuck in ihrer kargen Unterkunft. Dort nahm sie auf einem niedrigen Schemel Platz und richtete den Blick auf das Glas vor ihr.

Ein blasses Gesicht mit dunklen Schatten und ängstlich drein blickenden Augen sah ihr entgegen. Die Haut ihres Ebenbildes schimmerte erschreckend bläulich und ihre Wangenknochen traten ungesund hervor. Ihre Lippen waren dünn und blutig aufgesprungen. Insgesamt war ihr Körper so stark abgemagert, dass keines ihrer Kleidungsstücke mehr richtig sitzen wollte.

Siriel seufzte. Die letzten Tage und Wochen der Flucht hatten ihr beängstigend zugesetzt und ein Gespenst aus ihr gemacht.

Als sie ein Geräusch hinter sich vernahm, fuhr sie abrupt herum. Das Herz klopfte ihr bis zum Hals, ihr Atem beschleunigte sich sprunghaft und jede Faser ihres Körpers war bis zum Zerreißen angespannt. Suchend richtete sie den Blick in die Dunkelheit und wartete.

Eine Gestalt löste sich aus den Schatten ihres dunklen, kargen Zimmers.

Kampfbereit zuckte Siriels Hand an ihren Gürtel und ertastete das dort verborgene Messer. Das Licht der einzig brennenden Kerze huschte jedoch über ein vertrautes Gesicht.

»Du bist es.« Erleichtert atmete die müde Kriegerin auf und zog die Hand vom Gürtel zurück.

1

»Natürlich. Wen hast du erwartet? Jemanden, der sich stümperhaft an dich heranschleicht, um dich hinterrücks zu töten?« Der junge Mann grinste.

Sein Erscheinungsbild war merkwürdig, beinahe schon exzentrisch. Wie immer trug er Kleider, die einem Edelmann würdig gewesen wären, aber weder deren typischen Schnitt, noch ihre standesüblichen Farben vorwiesen. In komplizierten Mustern waren moosgrüne Stoffe mit Sonnengelb und dunklem, kräftigem Violett verarbeitet. Ihre außergewöhnliche Kombination schienen den Betrachter zu verwirren und in die Irre zu leiten. Auch darüber hinaus hob sich Ensis von seinen Zeitgenossen ab. Er hatte ungewöhnlich helle, strohblonde Haare, die von den dunklen Stoffen seiner Kleidung auffällig hervorgehoben wurden. Sie waren schulterlang und mit feuerroten Bändern zu einem wirren Zopf im Nacken zusammengebunden.

»Vielleicht«, antwortete Siriel und versank in dem Blick seiner stechend grünen Augen.

Mit einem leisen Lachen trat Ensis aus dem Schatten und stand nun direkt vor ihr.

Eine Weile lang sagte niemand ein Wort. Der stille Blickkontakt und die fast intime Nähe zwischen ihnen genügte Siriel, um zu wissen, dass es niemals einen Ort geben würde, an dem er sie nicht fand. Seit ihrer ersten Begegnung folgte Ensis ihr, wohin sie auch ging. Es war zwecklos, unerwartete Haken zu schlagen. Er kannte sie zu gut, um ihre Fährte verlieren zu können.

»Die ersten Republikaner werden getötet«, flüsterte Ensis leise, als hätte er Angst, belauscht zu werden. Sanft legte er ihr die Hände auf die Schultern und ließ seine Finger wohltuend auf ihrem verspannten Nacken kreisen. »Die Anhänger des toten Königs beschuldigen sie eines Komplotts. Es gehen Gerüchte um, Siriel. Die Republikaner verehren den geheimnisvollen Künstler, der seinen Tod vorausgesehen hat, als Befreier der Nation.«

Siriel genoss es, für einen Moment ihre Vorsicht fallen lassen zu können. Erschöpft schloss sie die Augen.

Ensis hatte sie nie verraten. Auch wenn er mehr als genug Indizien gesammelt haben musste, um ihr glaubwürdig einige der vielen politischen Umbrüche im Land anhängen zu können.

»Die Königstreuen sollten nicht zu vorschnell urteilen«, erwiderte Siriel unbeeindruckt. »Die Bilder tragen etwas abgrundtief Böses in sich und niemand scheint dies kontrollieren zu können.«

Der Griff um ihren Nacken wurde fester. Ensis beugte sich zu ihr hinunter und plötzlich spürte sie seinen warmen Atem auf ihrer Haut. Beunruhigt öffnete sie die Augen und bemerkte, wie Ensis sie aufmerksam von der Seite her musterte.

2

Sein Blick war unergründlich. Mit einem Mal stand ihm die Spur einer seltsamen Gier ins Gesicht geschrieben, die Siriel an ihm noch nie zuvor entdeckt hatte.

Angstvoll wich sie vor ihm zurück. Ensis versuchte, sie zurückzuhalten und ihre Haare glitten für einen kurzen Moment durch seine ausgestreckten Finger. Sie schauderte, als sie plötzlich Wut in seinem Blick entdeckte.

Ernst senkte er seine Stimme zu einem bedrohlichen Flüstern herab. »Ich habe dich gesehen, Siriel. Wenn du etwas über diese Bilder weißt, dann musst du es mir sagen. Die Drohungen gegen diesen unbekannten Maler nehmen zu. Die Tatsache, dass er seine bestialischen Taten in seinen Bildern ankündigt, lässt tief blicken. Es ist grausam, sein Opfer wissen zu lassen, was mit ihm geschehen wird. In jeder Stadt, in jedem Dorf, in dem eines dieser verfluchten Bilder aufgetaucht ist, wurden Unschuldige gehängt. Doch es hat nicht aufgehört. Das Morden geht weiter. Und jedes Mal, wenn ein weiteres Unglück geschieht und eins der Bilder auftaucht, wurdest du kurz zuvor dort gesehen. Das ist doch… merkwürdig!«

Siriel schluckte unwillkürlich und ihr Herzschlag setzte einen Moment lang aus. »Du hast einen scharfen Verstand, Ensis. Aber deine Worte sind unüberlegt. Ich hoffe, dir ist bewusst, welch eine Anschuldigung du gerade gegen mich vorgebracht hast.«

Ein fernes Heulen ließ sie beide aufhorchen. Stimmen drangen durch die Dunkelheit an ihre Ohren. Anscheinend hatte jemand den Flur des Gasthauses betreten, in dem sie sich befanden.

Siriels Herz begann zu rasen. Vollkommen reglos blieb sie sitzen.

Auch Ensis schien plötzlich beunruhigt. Hektisch sah er sich um. Schritte näherten sich dem Zimmer und entfernten sich dann wieder. Abrupt wandte Ensis sich wieder Siriel zu und packte sie schmerzhaft an der Schulter. »Du hast Recht. Ich kann deine Schuld am Tod des Königs und all der anderen Opfer nicht zweifelsfrei feststellen. Aber jemand anderes kann das ganz sicher.« Seine Stimme klang hart und ein wahnsinniges Leuchten trat in seine Augen.

Entsetzt sah Siriel ihn an.

Ensis war seit Wochen der Einzige, den sie in ihre Nähe gelassen hatte. Der Einzige, dem sie vertraute.

Mit weit aufgerissenen Augen versuchte sie, ruhig zu bleiben und über einen möglichen Fluchtweg nachzudenken. Es gab keinen. Ihr Bein schmerzte unerträglich und Ensis würde sie nicht gehen lassen. Er würde keinen Millimeter zurückweichen.

»Du begehst einen großen Fehler.« Siriels Stimme zitterte.

Ihr Gast lachte nur. »Du weißt, ich habe dich nie verraten. Selbst wenn ich es gekonnt hätte. Aber nun werde ich es tun, wenn du dich nicht endlich dazu entschließen kannst, mit mir zu kommen. Mein Auftrag wird immer dringender und ich kann keinen Augenblick länger warten. Du zwingst mich dazu!«

Siriels Gesichtsausdruck wurde kühl. Sie wusste, dass sie alles verlieren würde, wenn sie nicht rasch handelte. »Lass es, Ensis. Es wäre das Letzte, was du tust.« Mit flinken Fingern hatte sie innerhalb von Sekunden ihr Messer gezückt und hielt es ihrem Gast an die blanke Kehle. Ein paar Blutstropfen perlten über die geschliffene Klinge und verliehen ihren Worten Nachdruck.

»Warum tust du das, Siriel? Warum willst du mich töten? Ich biete dir meine Hilfe an, ein neues Leben ohne Angst zu beginnen. Dafür musst du nichts tun, was du nicht willst.«

Verbittert lachte Siriel auf. »Wirklich? Du weißt, dass ich mehr als einmal nein gesagt habe, Ensis. Meine Meinung hat sich nicht geändert. Ich werde auf keinen Fall mitkommen und mich deinem Meister unterwerfen. Wer auch immer er ist. Er soll sich eine andere Marionette zum Spielen suchen.«

»Siriel.« Ein Lächeln umspielte Ensis' Lippen, als er die Hand nach ihr ausstreckte. Beinahe zärtlich strich er über ihr goldbraunes Haar. Der harte Ausdruck aus seinen stechend wirkenden, grünen Augen verschwand. »Du lässt du mir keine andere Wahl. Meine Zeit wird zunehmend knapp. Mein Meister könnte seine Geduld mit dir verlieren. Vielleicht könnte ich etwas finden, das dich umstimmen könnte. Wer weiß, was für Geheimnisse du in der Dunkelheit der Nacht vor mir verbirgst.«

Unwillkürlich zuckte Siriel zusammen.

Ensis nutzte den Überraschungsmoment aus, um sich aus ihrem Griff zu befreien. Mit einer fast beiläufigen Handbewegung richtete er seinen Kragen und strich sich das Haar aus dem Gesicht.

»Das wagst du nicht!« Siriels Worte glichen einem entsetzten Keuchen.

»Wir werden sehen, Siriel. Unterschätze meine Ausdauer nicht.« Er zwinkerte ihr zu, zog die Hand zurück und verschwand lautlos in die Dunkelheit.

Verunsichert blieb Siriel alleine zurück. Eine Weile lang blieb es vollkommen still im Zimmer. Dann vernahm Siriel irgendwo das leise Klicken des Türschlosses.

Ensis war gegangen.

Unnachgiebiger Begleiter

Genervt nippte Siriel an ihrem Bierhumpen. Sie wünschte sich, Ensis nie begegnet zu sein. Es war unerträglich, wie er dort drüben alles Mögliche unternahm, nur damit sie einmal zu ihm hinüber sah. Es widerte sie an.

»He, Kleine!« Ein Mann stieß sie grob in den Rücken. Der Geruch von Alkohol eilte seinen Worten voraus. Er schien betrunken zu sein. »Jetzt gib dem armen Kerl doch eine Chance!«

Ärgerlich drehte Siriel sich zu demjenigen um, der sie angesprochen hatte, und musterte ihn geringschätzig. Er war augenscheinlich einer von jenen Männern, die selbst nie eine Frau für sich gewinnen konnten und sich deshalb immer einmischen mussten, wenn es einem anderen genau so erging. Siriel verkniff sich die beißenden Bemerkungen, die ihr auf der Zunge lagen.

Der Betrunkene hingegen zerrte sie rüpelhaft von ihrem Stuhl und machte dem allgemein schlechten Ruf der Bürger dieser Stadt alle Ehre. »Sieh doch! Sie will dich, das sehe ich genau«, grölte er durch den Schankraum, worauf höhnisches Gelächter folgte.

Siriel überlegte nicht lange. Sie riss sich los und versetzte dem Grobian einen gezielten Schlag in seinen fetten Schmierbauch. Keuchend und spuckend ging dieser zu Boden. Demonstrativ leerte sie den Krug des Trunkenbolds über seinem Kopf, stellte ihn auf dem Tresen ab und wandte Ensis mit einem düsteren Blick den Rücken zu. Die Menge grölte und höhnte noch lauter, aber Siriel ignorierte sie. Stattdessen nahm sie ihrerseits einen kräftigen Schluck von ihrem Whiskey und hoffte, dass Ensis weitere Peinlichkeiten unterließ.

Wie erwartet hielt dies Ensis jedoch nicht davon ab, noch mehr Aufruhr um ihre Person zu stiften. Mittlerweile unterhielt er den ganzen Schankraum auf ihre Kosten. Viele der Männer lachten, andere hielten sich ganz zurück. Einige Frauen schauten argwöhnisch Ensis' Werben zu.

»Seht!«, rief Ensis vergnügt. »Sie lässt sich natürlich nicht von mir beeindrucken! Sie bleibt stur. Dabei weiß ich schon lange, dass sie mich will!«

Höhnisches Gelächter und anzügliche Rufe dröhnten durch den Raum.

Verbissen versuchte Siriel weiterhin die Menschen zu ignorieren, geriet dabei jedoch schnell an ihre eigenen Grenzen. Wütend griff sie schließlich nach ihrer Tasche und schlüpfte geschickt durch die Beine der Menschen hindurch. Sie hatte die Tür nach draußen fast erreicht, da versperrte ihr eine handvoll Betrunkener den Weg.

»Lasst sie gehen. Ich werde mich selbst um sie kümmern!« Ensis' Stimme hallte über die Menschenmenge hinweg und beschwichtigte die vielen lärmenden Leute. Er lachte noch immer, doch auf seinen Gesichtszügen spiegelte sich ein seltsamer Ausdruck, den er mit einem kräftigen Zug aus seinem Bierkrug zu verstecken versuchte.

Niemand wagte es, ihm zu widersprechen. Respektvoll wichen die Trunkenbolde vor Siriel zurück und ließen sie durch. Aller Augen sah ihr hinterher, aber niemand folgte ihr. Noch während die Tür zur Schenke hinter ihr zufiel, drang erneut wildes Gelächter an Siriels Ohren. Die Menschen schienen sich rasch anderen amüsanten Dingen zugewandt zu haben.

Erleichtert sog Siriel die kühle Nachtluft in ihre Lungen. Nach der Hitze, die sich im stickigen Schankraum angesammelt hatte, war es eine wahre Wonne. Still lehnte sie sich an die Außenwand der Schenke und genoss es, für sich zu sein.

Die Nacht war ruhig und trotz der fremden Umgebung vertraut. Der Himmel war klar und Sterne funkelten ihr entgegen. Das silbrige Licht des Mondes tauchte die Straßen der Stadt in ein kaltes Licht. Die Luft roch nach nassem Stein und Moder.

Ganz so, wie es früher einmal war.

Siriel seufzte. Sie war bereits hunderte von Meilen von ihrer Heimat entfernt. So weit fort, wie noch nie zuvor in ihrem Leben. Sie vermisste ihr Zuhause, aber es war ein Ort, den sie wohl niemals wiedersehen würde. Traurig atmete die junge Frau tief ein und aus. Dann konnte sie die einsame Träne nicht mehr zurückhalten, die sich ihren Weg über ihre Wange suchte.

Sie hatte es vorausgesehen.

»Gibst du endlich auf?«

Siriel konnte den Mann in seiner extravaganten Kleidung zwar nicht sehen, aber sie wusste, dass es Ensis war. »Lass mich in Ruhe.« Sie wollte gehen, doch Ensis drängte sie zurück an die Hauswand und versperrte ihr den Weg.

»Sag mir, was ich tun muss, damit du das Angebot des *Mitternachtszirkels* annimmst. Du bist zu viel allein, Siriel.«

Ihr stockte der Atem. Sie konnte ihm nicht antworten. Etwas Fremdes ergriff von ihr Besitz und lähmte ihren Körper. Sie wusste, er würde nie aufgeben.

6

Ein fernes Heulen ließ sie aufhorchen. Der Zauber fiel von ihr ab. Überrascht sah Siriel sich um.

Ensis war nicht mehr da. Er war so abrupt und leise gegangen wie er gekommen war.

Erleichtert atmete Siriel auf und wandte sich wieder der Tür zur Schenke zu. Die meisten ihrer Sachen lagen noch oben in ihrem Zimmer. Sie konnte nicht einfach verschwinden. Schon gar nicht mitten in der Nacht. Es war zu gefährlich, vor allem für eine Frau.

Unbemerkt betrat Siriel den großen, weitläufigen Raum und behielt wachsam ihre Umgebung im Auge. Menschen verschiedenster Herkunft drängten sich am Tresen. Sie alle hatten sich wieder heiter und vergnügt ihrem Bier, Wein und Glücksspiel zugewandt. Niemand schien zu bemerken, dass Siriel in den Schankraum zurückgekehrt war. Das kam ihr sehr gelegen, da sie dann ungestört in einer der hinteren Ecken ihr Bier trinken konnte.

Still suchte sie sich ein ruhiges Plätzchen und bestellte bei dem verwundert dreinblickenden Wirt ein Honigbier. Während dieser mit ihrem Getränk auf sich warten ließ, sah sie interessiert ein paar zwergenhaft kleinen, alten Männern beim Schachspiel zu.

Einer von ihnen bemerkte ihren Blick und sah auf. »Wollt Ihr eine Partie spielen, junges Fräulein?« Seine weisen Augen musterten Siriel gutmütig. Ein warmherziges Lächeln umspielte seine Lippen.

»Nein danke, mein Herr. Aber ich sehe Euch gerne zu, wenn es Euch nichts ausmacht.« Höflich lehnte Siriel die Einladung des Alten ab.

»Aber natürlich nicht, meine Liebe! Leistet uns Gesellschaft. Und seht gut zu, da könnt Ihr noch etwas lernen!«

»Übertreib es nicht, Balduin«, schritt der andere Spieler lachend ein. »So gut bist du darin nun auch wieder nicht. Die junge Dame wird sicher bessere Lehrmeister finden, als uns beiden. Jeder hier kennt und schätzt das Spiel.«

Siriel lächelte verlegen. »Da muss ich Euch enttäuschen, mein Herr. Ich komme nicht von hier. Das Spiel ist mir fremd. Also seid Ihr momentan die besten Lehrmeister, die ich haben kann.« Ihr Geständnis sorgte für Staunen und Ungläubigkeit.

»Herrje! Dann wird es höchste Zeit! Gerade ein junges Ding wie Ihr, an dem die *Unberührten* so sehr interessiert sind, sollte dieses Spiel bis zur Perfektion beherrschen!«

»Die *Unberührten*?« Siriel stutze. Erschrocken sah Siriel sich um. Sie hoffte, dass niemand außer ihr den Alten gehört hatte. »Wer sind die *Unberührten* und woher wisst Ihr, dass sie ausgerechnet hinter mir her sind?«

»Um zu wissen, dass die *Unberührten* großes Interesse an einer unscheinbaren Frau haben, muss man niemanden fragen. Es hat sich bereits herumgesprochen. Sie werden so genannt, weil sie als unberührt von jedweder Sünde gelten, die ihren Ursprung in der menschlichen Boshaftigkeit hat. In erster Linie sind die *Unberührten* allerdings für ihre außergewöhnlichen Talente bekannt. Kein Mitglied gleicht dem anderen. Jeder von ihnen besitzt eigene Fähigkeit, die ihn von allen gewöhnlichen Menschen trennt. Um diese zu schützen, haben sich die *Unberührten* vor langer Zeit in dem sogenannten *Mitternachtszirkel* vereint. Der *Mitternachtszirkel* ist eine Art Orden und wird überall gleichermaßen geachtet und gefürchtet. Euer Freund Ensis gehört auch zu den *Unberührten*. Beinahe jeder hier in der Stadt kennt und schätzt ihn. Ihr dürft ihm seine Leidenschaft für Euch nicht allzu übel nehmen. Wer mit den *Unberührten* verkehrt, fällt schnell auf.«

»Er ist nicht mein Freund!«, berichtigte Siriel den Alten unbeabsichtigt scharf.

Mit einem Schmunzeln mischte sich der Spielpartner des Alten in ihr Gespräch ein. »Als wenn das nicht genug wäre, Balduin! Der *Zirkel* lässt in letzter Zeit ungewöhnlich viele neue Lehrlinge einberufen! Ensis hat mir erzählt, dass er dieses junge Fräulein bis zum nächsten Vollmond ebenfalls zu seinem Meister bringen soll. Ich bin mal gespannt, wie er das anstellen will.«

Ensis' Stimme erhob sich über dem allgemeinen Gemurmel. Er schien angetrunken zu sein und er hatte sie entdeckt. »Siriel, meine Schöne!« Schwankend kam Ensis mit hochrotem Gesicht auf sie zu getorkelt. An jedem Arm hatte er eine der jungen Bardamen, deren Schminke bereits verschmiert war und unschicklich an Ensis' entblößtem Hals klebte.

Angewidert wandte Siriel sich ab und rutschte von ihrem Stuhl. »Vielen Dank für das Gespräch. Es hat mich gefreut, Ihre Bekanntschaft zu machen.« Höflich verabschiedete sie sich und tauchte in der Menge unter. Sie hatte die Tür zum Treppenhaus fast erreicht, als ein lauter Knall die Luft zerriss.

Schlagartig wurde es still. Niemand wagte es, auch nur einen Muskel zu rühren. Alle Blicke waren auf die Tür gerichtet, die auf den Marktplatz hinausführte.

Ein alter, schmierig aussehender Mann stand auf der Schwelle zur Schenke. In der linken Hand hielt er eine Pechfackel, in der Rechten eine lange Peitsche. Bedrohlich flackerte Licht über das feucht glänzende Leder und die Widerhaken an seinem Ende. Fettige Haare hingen in dünnen, grauen Strähnen von seinem Kopf und verlie-

8

hen ihm neben seiner abgewetzten Kleidung ein ungepflegtes Aussehen. Mit hoch konzentrierter Miene ließ er seinen Blick durch den Schankraum schweifen.

Siriel schauderte. Als sein Blick auf sie fiel, hatte sie das Gefühl förmlich durchbohrt zu werden. Hinter ihm konnte sie weitere finstere Gestalten ausmachen. Insgesamt zählte sie zehn Männer, deren Äußeres allgemein heruntergekommen und schäbig war.

»Wir haben Grund zur Annahme, dass sich unter Euch der geheimnisvolle Künstler befindet, der für den Tod des Königs verantwortlich ist.« Die schnarrende Stimme des alten Mannes passte zu seinem, von Falten und Narben zerfurchten, Gesicht und den verfaulten Zahnstumpfen in seinem Mund. Wahnsinn entsprang seinen kalten, stahlgrauen Augen, die blutunterlaufen nach dem Gesuchten Ausschau hielten.

Siriel saß da wie erstarrt. Die heitere Laune des Schankraumes war einer kalten, angstvollen Atmosphäre gewichen. Durchsuchungen dieser Art hatte es in den letzten Monaten wegen des politischen Chaos' öfter gegeben. Und obgleich sie ungerechtfertigt waren und vom Thronfolger geächtet wurden, wagte es niemand, sich den meist fanatischen Nationalisten in den Weg zu stellen.

Siriel wagte es kaum, zu atmen. Lautlos setzte sie ihrem Weg fort und durch die vor Angst zitternde Menge hindurch zum Tresen. Von dort aus gelangte sie in einen schmalen Korridor, an dessen Ende eine Treppe hinauf zu den Schlafräumen führte.

Sie hatte den Flur gerade betreten, als sie jemand am Handgelenk festhielt und sie zu sich in den Schatten zog. Ehe sie sich versah, stieß sie mit dem Rücken an die Wand und sie spürte den Atem eines Fremden auf ihrer Haut. Der Körperschweiß des Angreifers roch vertraut.

»Ensis?« Das Herz schlug ihr bis zum Hals.

»Sei still, wenn du nicht sterben willst.« Seine Hand berührte vorsichtig ihren Oberschenkel.

Siriel unterdrückte einen Schmerzensschrei, doch das Zucken durch ihren Körper verriet ihr Geheimnis.

Vorsichtig zog Ensis ihr Bein in die Höhe und legte es um seine Hüfte. Dann stützte er sich mit der anderen Hand neben ihrem erschrockenen Gesicht ab und beugte sich zu ihrem entblößten Hals hinab.

Siriels Angst verstärkte sich, als seine Lippen ihre Haut berührten. Im letzten Moment verstand sie, dass es nur zur Tarnung diente und verharrte angespannt.

9

Ensis' Lippen bedeckten ihren Hals unterdessen mit zärtlichen Küssen. Er hatte bereits ihr Schlüsselbein erreicht, da unterbrach ihn die harsche und schnarrende Stimme des Durchsuchenden in seinem Liebesspiel.

»Entschuldigt, mein Herr. Eine Untersuchung ist auch bei Euch und der jungen Dame nötig.«

Erbost fuhr Ensis auf. »Da gibt es gar nichts zu entschuldigen! Merkt Ihr nicht, dass Ihr stört? Verschwindet!« Ohne den alten Mann auch nur eines weiteren Blickes zu würdigen, wandte er sich wieder Siriel zu. Sein Blick war ausdruckslos.

Siriel spürte, dass sie sein Spiel mitspielen sollte. Zärtlich schlang sie den Arm um seine Schulter und drückte mit der anderen Hand seinen Kopf an ihren Hals, während sie ihr Gesicht im Schatten verbarg.

Die Stimme des schmierigen, alten Mannes wurde nun schneidend vor Kälte. »Ich dulde keinen Widerspruch! Anscheinend wisst Ihr nicht, wen Ihr vor Euch habt, junger Mann!«

Wütend ließ Ensis von Siriels Hals ab und sah den Ruhestörer mit einem gefährlichen Glitzern in den Augen an. »Anscheinend wisst Ihr nicht, wen Ihr vor Euch habt! Ihr beleidigt einen *Unberührten*! Ich hoffe, das ist Euch klar! Legt Euch nicht mit meiner Sippe an! Und nun geht, bevor ich mich vergesse! Sofort!«

Siriel konnte heraus dem Schatten nicht genau erkennen, weswegen der sich alte Mann mit einem Mal respektvoll verbeugte. Ohne ein weiteres Wort wandte sich der schmierige Zeitgenosse kurz darauf auf dem Absatz um und ging rasch davon.

Siriel sah ihm erleichtert nach, während sich Ensis' Kopf wieder zu ihrem Hals hinab senkte. Der Ruhestörer hatte den Schankraum kaum verlassen, da wurde Ensis' Griff um ihren verletzten Oberschenkel fester. Siriel holte tief Luft und unterdrückte einen Aufschrei. Dann spürte sie, wie Ensis' Lippen von ihrem Hals abließen und seine Wange die ihre berührte.

»Wieso hast du mir das nur verschwiegen? Du weißt etwas über den Tod des Königs, habe ich Recht? Hätte ich es zu spät herausgefunden, wärst du nun tot!«

Siriel schauderte. »Du weißt es, seitdem wir uns das erste Mal begegnet sind!« Panisch versuchte sie sich loszureißen, aber Ensis' Griff um ihr verwundetes Bein wurde nur noch stärker. Die Schmerzen waren unerträglich. Mit Tränen in den Augen, gab sie es schließlich auf.

»Du hast letztendlich meine Hilfe gebraucht. So wie ich es dir damals vorausgesagt habe.« Er küsste sie sanft auf die Wange. »Ich habe keine Zeit mehr, Siriel! Es geht um mehr als dich und mich. Ich muss dich zu meinem Meister bringen! Die

Informationen, die du in dir trägst, sind zu brisant, als dass ich dich jetzt noch allein lassen könnte!«

»Was für ein Recht hast du, Ensis, über mein Leben zu bestimmen? Du magst ein *Unberührter* sein, aber was heißt das schon?« Siriels Fragen waren nur ein Flüstern. Sie war nicht dazu bereit, kampflos aufzugeben.

»Was das heißt? Es bedeutet einem engen Kreis einzigartiger Menschen anzugehören. Mit außergewöhnlichen Fähigkeiten, die sonst niemand anderes auf der Welt besitzt. Ist das nichts wert?«

»Und warum wählt dein Meister dann gerade mich? Was habe ich für schon Fähigkeiten? «

»Du hast eine ganz besondere Gabe. Mehr kann ich dir momentan auch noch nicht sagen«, antwortete Ensis nur. Grob packte er Siriel an der Schulter. »Da draußen sterben Menschen, Siriel. Tag für Tag! Wir könnten das ändern. Wir könnten die Welt vielleicht zum Besseren verändern, wenn du mit mir kommst. Mein Meister bietet dir die Chance, ein neues Leben zu beginnen. Weise seine helfende Hand nicht unbedacht ab. Ohne mich, bist du verloren. Viele halten dich mittlerweile für diese gefährliche Künstlerin, denn du fällst auf. Wohin ich dir auch gefolgt bin, jeder konnte sich an dich erinnern. Sie suchen förmlich nach einem Sündenbock, unterschätze ihren Hass nicht!« Flehend sah er sie an.

Siriel schluckte. Sie konnte diese Tatsache leider nicht leugnen. Und wenn sie sich weigern würde, mit ihm zu kommen? Hatte er endlich einen guten Grund gefunden, sie unter Druck zu setzen? Woher wusste Ensis, dass sie mehr über den Tod des Königs wusste, als alle anderen?

Tränen der Verzweiflung stiegen in ihr auf. Sie schnaubte verächtlich. »Was kann mir dein Meister schon bieten?«

Ein Lächeln huschte über Ensis' Gesicht. »Eine Zukunft.«

11

Zwei Wochen später:

Im Kreis der Unberührten

Nach tagelanger Reise erreichte sie endlich ihr Ziel. Es war kurz vor Mitternacht. Dunkle Wolkenfetzen eilten über den Nachthimmel und verdeckten immer wieder den Vollmond, der mit seiner ganzen Kraft leuchtete. Ein böiger Wind peitschte ihnen mit unerbittlicher Kälte aus den engen Gassen entgegen. Siriel fror und kämpfte verzweifelt gegen die Müdigkeit an, während Ensis sie immer weiter in die Stadt hineinführte.

Die Häuser waren geduckt und eng aneinander gedrängt. Hier und da fiel ein schwaches Licht durch eines der Fenster, doch die meisten Stuben waren mit Vorhängen vor den Blicken Fremder geschützt. Es wäre nicht nötig gewesen, denn außer Siriel und Ensis war niemand draußen unterwegs. Die Straßen lagen still und seltsam verlassen zu ihren Füßen. Ihre Schatten begleiteten sie in dem hellen Mondlicht, bis sie vor einer dunklen Häuserfassade stehen blieben.

Ensis tastete im Dunkeln nach etwas und Siriel staunte, als scheinbar aus dem Nichts eine Tür aufschwang. Dahinter tat sich ein schmaler, schwach beleuchteter Flur auf.

»Hier ist es«, flüsterte Ensis und sein Tonfall war seltsam verändert. Zum ersten Mal klang seine Stimme dunkel und ernst. Mit einer ungeduldigen Handbewegung forderte er sie auf, einzutreten.

Siriel zögerte. Zum gefühlt hundertsten Mal zweifelte sie daran, die richtige Entscheidung getroffen zu haben. War es wirklich klug gewesen, Ensis' Beharrlichkeit nachzugeben? Unruhe und eine unbekannte Angst begannen von ihr Besitz zu ergreifen.

Ungeduldig sah Ensis sie an und deutete mit einem Kopfnicken zur Tür.

Siriel holte tief Luft, dann trat sie angespannt über die Schwelle. Der Geruch von Staub und Weihrauch stieg ihr in die Nase. Der Flur, in dem sie stand, hatte keine Türen, die von ihm abzweigend in andere Räume führten. Die Wände waren hell verputzt und kahl. Hier und dort waren sie vom Ruß der wenigen Fackeln ge-

13

schwärzt, die den schmalen Gang schwach erleuchteten. An seinem Ende konnte Siriel im Dämmerlicht eine schwarze Tür erkennen. Sie schluckte. Alles an dem, was vor ihr lag, wirkte einengend auf sie und raubte ihr die Luft zum Atmen. Wie betäubt nahm sie wahr, dass Ensis an ihre Seite trat.

Mit einem unheilvollen Klicken fiel die Tür hinter ihnen ins Schloss. Danach lastete eine unerträgliche Stille auf ihren Ohren. Nicht der kleinste Laut war zu hören. Unsicher sah Siriel Ensis von der Seite her an. Seine hübschen, makellosen Gesichtszüge waren zu einer ausdruckslosen wächsernen Maske erstarrt.

»Hier entlang.« Ensis deutete auf die Tür am anderen Ende des Flurs. »Egal wer uns empfängt, er wird dich zuerst ansprechen. Wage es nicht, ihm dabei zuvor zu kommen. Und sieh ihn nicht direkt an, wenn du vor ihm stehst. Das ist sehr wichtig, also merke es dir gut. Verbeuge dich tief, nachdem ich dich vorgestellt habe. Am besten du hältst dich dicht an mich und verhältst dich weitgehend unauffällig.« Mahnend sah Ensis sie an und ging voran, bevor Siriel etwas erwidern konnte.

Wie verlangt hielt sie sich dicht an ihn und schwieg nervös. Ensis' Instruktionen bestärkten sie nur noch in dem Gefühl zur falschen Zeit am falschen Ort zu sein. Sie hatten die Tür fast erreicht, als diese sich unerwartet und ohne ihr Zutun vor ihnen öffnete. Siriel blieb vor Schreck beinahe der Mund offen stehen.

Jäh schlugen ihnen Musik und Gelächter entgegen, aber auch der verführerische Duft von leckerem Essen und Pfeifenrauch. Vor ihnen tat sich ein großer, von hellem Licht erfüllter Raum auf, in dem gegessen, getrunken und getanzt wurde.

Siriel blinzelte erschrocken in die unverhoffte Helligkeit, während Ensis sie drängte weiterzugehen. Als sie sich an das grelle Licht gewöhnt hatte, bemerkte sie verunsichert, dass sie von allen Seiten angestarrt wurde. Viele der *Unberührten*, die bei Köstlichkeiten wie Wein und Gebäck beisammen saßen, musterten sie mit unverhohlenem Interesse. Siriel fand an ihnen dieselbe Eigenart wie an Ensis: Sie alle trugen Kleidung aus den feinsten Stoffen der Adeligen, kombiniert in den seltsamsten und außergewöhnlichsten Farb- und Schnittvariationen, die Siriel je gesehen hatte.

Pflichtbewusst schloss Ensis die Tür hinter ihnen.

Siriel hörte wie das Schloss einrastete, dann verstummten Gelächter und Musik abrupt. Schweigen breitete sich aus wie eine Krankheit. Alle Blicke richteten sich allein auf Ensis und seinen Schützling.

»Ah, endlich ist sie da!« Eine kräftige, euphorische Stimme erhob sich aus der Menge. Respektvoll stoben die Umherstehenden auseinander und wichen vor den energischen Schritten eines hoch gewachsenen Mannes zurück. Seine prachtvollen Gewänder raschelten bei jedem Schritt.

14

Gehorsam senkte Siriel den Blick. Doch sie konnte nicht widerstehen, ihr Gegenüber kurzzeitig anzusehen.

Trotz seiner makellos jungen, bläulich- blassen Haut war sein hüftlanges, glattes Haar schneeweiß. Ein silbernes Leuchten tanzte um jede Strähne und verlieh ihm eine eigenartige Ausstrahlung. Zwei kluge, kalt und stechend wirkende Augen von eisgrauer Farbe funkelten Siriel neugierig und erwartungsvoll entgegen. Seine schmalen, bläulichen Lippen kräuselten sich zu einem Lächeln, als er Siriels Unsicherheit bemerkte.

»Ist er der Meister?«, flüsterte sie Ensis zu.

»Nein, den Meister bekommen wir nur selten zu Gesicht. Gil spricht lediglich für ihn.« Ihr Begleiter war bemüht, so leise zu sprechen, dass nur Siriel ihn hören konnte. Aber Gils Lächeln wurde immer breiter.

»Ich spreche für den Meister, ganz Recht. Du hast viel Zeit für deinen Auftrag benötigt, Ensis. Ich hoffe, du zweifelst nicht an meiner Entscheidung?«

»Keineswegs«, entgegnete dieser ihm hastig und machte eine kurze Verbeugung.

»Dann lass sie aus dem Schatten zu mir vortreten.« Gil machte eine auffordernde Handbewegung und Ensis trat zur Seite.

Demütig senkte er den Kopf, ohne Siriel auch nur ein einziges Mal anzusehen.

»Sei nicht schüchtern, Siriel. Zeig dich mir. Ich möchte dich ansehen.« In Gils Augen standen freudvolle Erwartung und Neugier.

In dem Saal herrschte mit einem Mal eine seltsame Atmosphäre. Männer und Frauen verrenkten sich die Hälse. Jeder wartete darauf, einen Blick auf jene Person werfen zu können, die Ensis in ihre Mitte gebracht hatte.

»Nun geh' schon!« Ensis' Worte waren nur ein wütendes Fauchen.

Siriel schlug das Herz bis zum Hals. Mit weichen Knien machte sie einen Schritt auf Gil zu. Als ihr Fuß den glatt gefliesten Boden berührte, ging ein Beben durch den Raum. Irgendwo in unbekannten Tiefen und Fernen war ein dumpfer Donner zu hören. Wie angewurzelt blieb Siriel stehen.

Ein Raunen ging durch die Reihen der Anwesenden. Sie tuschelten aufgeregt hinter vorgehaltener Hand und deuteten auf Siriel, die sich mit jeder Sekunde unwohler fühlte.

Für einen kurzen Moment dachte sie daran, sich umzudrehen und davon zu laufen. Doch Gil forderte sie vollkommen unbeeindruckt mit einer ungeduldigen Handbewegung auf, weiter zu gehen. In seinen Augen spiegelten sich Selbstgefälligkeit und Faszination. Gierig belauerte er jede ihrer Bewegungen.

Mit trockenem Mund machte Siriel vorsichtig einen weiteren Schritt, dem erneut ein Beben und Donner folgten.

Gil winkte sie noch näher an sich heran. Zwischen ihnen lag nur noch ein kreisrundes Emblem aus schwarzem Stein, das in einem Kreis in den Boden eingelassen war. Es erinnerte Siriel stark an die Windrosen auf den bekannten Landkarten.

Die *Unberührten* im Raum schienen die Luft anzuhalten.

Dann trat Siriel in den Kreis hinein. Das Beben, das ihrem Schritt folgte, erschütterte den Raum nun so stark, dass manche der Umherstehenden ins Schwanken gerieten. Das Donnern zerriss die angespannte Stille und schmerzte in den Ohren.

Siriels Blick raste ruhelos hin und her. Sie verstand nicht, was mit ihr geschah. Sie ahnte nur, dass sie sich auf sehr dünnem Eis bewegen musste.

Dies ist eine Prüfung, stellte Siriel trocken bei sich im Stillen fest. Was für eine Prüfung es war und welchen Zweck diese erfüllen sollte, blieb jedoch vor ihren Augen verborgen.

Mit einem letzten Schritt trat sie in die Mitte des Emblems. Ein wütender Sturm fuhr wie aus dem Nichts aus dem Boden auf und ließ die Wände des Raumes erbeben. Ein Knirschen und Knacken wie berstendes Holz erhob sich über dem Toben des Sturms und verklang in einem unerträglich lauten Donnerhall. Dunkelheit breitete sich von den Ecken des Saals her aus. Alle Anwesenden bis auf Gil und Ensis, die dem Sturm auf seltsame Art und Weise zu trotzen schienen, stoben schreiend auseinander. Panisch warfen die *Unberührten* sich zu Boden und schlugen die Hände über den Kopf. Doch so überraschend wie der Sturm gekommen war, so legte er sich wieder. Von seinem Brausen und Toben blieb nichts als Totenstille. Die Dunkelheit jedoch schwand nur allmählich.

Zitternd stand Siriel in der Mitte des Kreises und hoffte auf eine Erklärung. Sie suchte Ensis' Blick, doch dieser sah sie nur fassungslos an. In seinen Augen standen Verwirrung und Furcht.

Totenstille lag über dem Saal wie ein schweres Tuch. Die Atmosphäre war drückend und die Angst hing über Siriel wie ein blitzendes Schwert. Sie war unfähig sich zu bewegen, die Angst lähmte jeden Muskel ihres Körpers.

Das Emblem unter ihren Füßen war zersprungen. Lange, tiefe Risse zogen sich durch die Steinplatten des Bodens bis an die Wände. Sämtliche Gefäße, die im Raum verteilt gestanden hatten, lagen zersplittert auf dem zerstörten Fußboden.

Siriels Herz pochte nun so laut, dass selbst Ensis es hören musste. Beinahe flehend sah sie erneut zu ihm hinüber, doch er rührte keinen Muskel.

Siriel spürte tausende Blicke auf sich. Teils angstvoll und entsetzt, die meisten aber schienen sie hasserfüllt durchbohren zu wollen. Wie Beton drückten sie Siriel nieder und schafften es beinahe, ihr Selbstbewusstsein unter sich zu begraben.

Nach einer gefühlten Ewigkeit zerriss ein Klacken die Stille. Schritte hallten über den rissigen Steinboden.

Ruckartig kehrte das Leben zurück in ihren Körper. Entschlossen, bei der nächstbesten Gelegenheit die Flucht zu ergreifen, wandte sie sich um.

Nur wenige Schritte von ihr entfernt blieb Gil stehen. Was auch immer er von seinem Gast erwartet hatte, sie schien ihn nicht enttäuscht zu haben. Ein strahlendes, begeistertes Lächeln umspielte seine Lippen, drang aber nicht zu seinen Augen vor. Diese waren weit aufgerissen, leuchteten unnatürlich hell und spiegelten etwas, das Siriel nicht zu deuten wusste.

»Weißt du, warum du hier bist?« Gils Stimme war nun so laut, dass ihn jeder im Saal verstehen konnte.

Siriel überkam ein Schaudern. Auf diese Frage war sie nicht vorbereitet gewesen. »Weil ich pikante Details über den Tod des Königs weiß, die ich nicht wissen dürfte«, erwiderte sie schließlich leise. Sie wusste, dass es zwecklos gewesen wäre zu lügen.

Gil bedachte sie mit einem erneuten Lächeln. »Du scheinst den Wert dieser Informationen unwahrscheinlich gut zu kennen.« Er musterte sie anerkennend. »Dann weißt du also, wer diese Bilder gezeichnet hat, von denen überall gesprochen wird?«

Siriel zögerte, dann schwieg sie und verriet dadurch bereits genug. Sie wusste es.

Stirnrunzelnd sah Gil sie an und beobachtete auch jedes ihrer Körpersignale aufs Genaueste. Nach einer Weile schien er genug gesehen zu haben.

Siriels Angst erreichte ihren Höhepunkt. Sie wusste nicht, was sie erwarten würde, wenn sie sich den *Unberührten* so offensichtlich widersetzte. Verzweifelt rechnete sie mit dem Schlimmsten.

Gil hingegen breitete einladend die Arme aus und blickte euphorisch in die erstarrten Gesichter der umherstehenden *Unberührten*. „Sie dich um, Siriel. Dies ist die Große Halle. Sie ist ein Spiegel dessen Seele, der als Berührter, als Sünder, in unsere Mitte kommt. Deine Anwesenheit hat, wie du siehst, bereits Spuren hinterlassen. So wie der Boden dieser Halle, so ist deine Seele. Du bist innerlich gespalten und zerrissen. Ein Zustand, der es wert ist, geheilt zu werden.« Gil machte eine dramatische Pause, ehe er weitersprach. »Du wirst verstehen, dass ich dich mit den heiklen Informationen, die du vor uns verbirgst, nicht gehen lassen kann. Ich mache dir ein Angebot, das nicht zu deinem Schaden sein wird: Der *Mitternachtszirkel* ist bereit,

17

dich aufzunehmen. Was auch immer du für eine Gabe besitzt, die du vor uns verborgen hältst. Der Meister hat entschieden, dass sie es wert ist, sie zu schützen. Die *Unberührten* werden alles in ihrer Macht stehende tun, um dich vor denen zu verstecken, die dein Wissen zu bösen Zwecken missbrauchen wollen. Man wird dich lehren, wie du Informationen vor unerwünschten Augen und Ohren verbergen und wie du dich im schlimmsten Fall gegen deine Feinde zur Wehr setzen kannst. Im Gegenzug dafür erwartet der Meister, dass du dein Wissen um den mysteriösen Tod des Königs mit ihm teilst. Wenn nicht heute, dann zu gegebener Zeit. Du wirst dich sicherlich bei uns wohlfühlen. Es ist ein Privileg, von den *Unberührten* aufgenommen zu werden, vergiss das nicht. Viele Menschen würden alles geben, um eine besondere Gabe zu besitzen, die es sie befähigt, in den Kreis der *Unberührten* aufgenommen zu werden.«

Gils *Angebot* wie er es nannte, stieß Siriel äußerst übel auf. Verächtlich straffte sie die Schultern und verzog spöttisch den Mund. »Manche mögen in jeder noch so kleinen besonderen Fähigkeit eine Gabe oder ein Geschenk sehen. Doch im Grunde ist jede besondere Fähigkeit ein Fluch. Warum sonst sollte es einen Zirkel geben, der die Fähigkeiten seiner Mitglieder schützt und stärkt?«

Ein aufgebrachtes Raunen ging durch den Raum. Hier und da wurden Flüche und Beschimpfungen laut. Warnend machte Ensis einen Schritt auf Siriel zu, doch Gil wies ihn mit einer raschen Handbewegung zurück.

Erneut trat Stille ein. Gil machte einen weiteren Schritt und strich Siriel mit einem selbstgefälligen Lächeln über die Wange. »Dein Wissen über unser Tun als Zirkel ist mehr als lückenhaft, Siriel. Bedenke, dass dir deine Informationen über den Tod des Königs außerhalb des Zirkels sehr schnell das Leben kosten könnten.« Gils Stimme war mit jedem Wort leiser geworden. Wie eine Krankheit ergriffen sie Besitz von ihren Gedanken und fielen in ihr Bewusstsein ein. Irgendetwas schien in ihren Kopf einzubrechen und sie seltsam zu manipulieren.

»Dann will ich gerne vom Meister lernen.« Siriel war starr vor Schreck. Ihre Stimme klang seltsam steif und dumpf, als käme sie von einem alten Tonband. Sie waren kein Produkt ihrer eigenen Gedanken, sondern fühlten sich eigenartig fremd in ihrem Mund an. Siriel spürte, dass sich ein unglaublich starker Geist ihrer bemächtigt hatte, war jedoch nicht im Stande sich gegen die Beeinflussung zu wehren. Hilflos musste sie mit ansehen, wie Gil sie unter Klatschen der Anwesenden erneut Ensis' Obhut übergab, der sie aus dem Saal mit dem zerstörten Steinboden und dem seltsamen Emblem hinausführte.

Wortlos brachte er sie in einen anderen Gebäudekomplex, der viel größer war, als sie es von der Straßenseite her hätte erahnen können. Ohne Siriel auch nur ein einziges Mal anzusehen, führte Ensis sie durch ein verwirrendes Labyrinth langer Flure und enger Gänge ins Nirgendwo. Irgendwann blieb er letztendlich vor einer schlichten, massiven Eichentür stehen. »Dies ist dein Zimmer.« Ensis' Stimme war frei von jeglicher Emotion.

Irritiert beobachtete Siriel, wie er die Tür öffnete und den Blick auf ein kleines, karg eingerichtetes Zimmer freigab.

»Schlaf ein wenig. Ich werde dich abholen, wenn es an der Zeit ist.«

Erschöpft trat Siriel an ihm vorbei ins Zimmer. Kurz streifte ihr Blick die schlichte Einrichtung des Zimmers. »Wenn es Zeit ist für was?«, fragte sie müde.

Ensis antwortete nicht mehr auf ihre Frage.

Als sie zurück zur Tür blickte, war er bereits lautlos, wie sie es von ihm kannte, gegangen.

Zweifel

»**S**eid Ihr Euch wirklich sicher, dass wir Siriel weiter im Unklaren lassen sollen? Sie ahnt bereits, dass wir mehr über sie und ihre zurückgehaltenen Informationen wissen, als wir preisgeben.« Stirnrunzelnd nahm der Weißhaarige seinen Gastgeber ins Visier.

Der Mann im Rollstuhl sah nachdenklich aus dem einzigen Fenster des abgedunkelten Raumes hinaus in einen prächtigen Garten. Seine Gesichtszüge wirkten äußerst angespannt. »Ja«, antwortete er schließlich. »Es ist wichtig, dass sie noch nichts davon erfährt.«

»Es könnte ihr helfen, sich in unsere Gemeinschaft einzugliedern«, gab der Weißhaarige zu bedenken.

»Und dann? Sie wird sich niemals freiwillig dazu entschließen, bei uns zu bleiben. Wir würden sie und damit ihre Fähigkeit verlieren!«, konterte der Gehbehinderte aufgebracht.

Sein Gast schüttelte jedoch nur mit dem Kopf. »Ihre angeblich zurückgehaltenen Informationen sind nicht das einzige Druckmittel, um sie zum Bleiben zu bewegen. Sie hat Angst. Sie weiß, dass ihr Wissen ihr den Kopf kosten könnte. Trotzdem ist es nicht richtig, ihre Angst als Druckmittel gegen sie zu verwenden.«

Der Mann im Rollstuhl seufzte. »Du hast Recht. Aber haben wir keine andere Wahl. Nichts anderes wird sie nicht zum Bleiben zwingen können. Sie lebt seit Monaten in ständiger Furcht davor, jemand könnte auf den verwegenen Gedanken kommen, dass sie mehr über den tödlichen Vorfall im Schloss weiß. Wir müssen abwarten, wie sich ihre Gabe entwickelt. Erst wenn sie gelernt hat, diese zu akzeptieren und ihr freien Lauf zu lassen, wird sie diese vollkommen beherrschen können.«

Der Weißhaarige nickte und schwieg Er biss sich auf die Lippe, bis er Blut in seinem Mund schmeckte. Die verbleibende Alternative verstieß gegen alles, woran er glaubte.

„Hat Ensis Verdacht geschöpft?«, fragte der Mann im Rollstuhl leise. »Er benimmt sich seltsam, seit du ihn ausgesandt hast, um Siriel zu finden und zu uns zu bringen.«

Der Weißhaarige seufzte. »Er ahnt, dass etwas vor sich geht, das vor seinen Augen lieber verborgen bleiben soll. Doch die Wahrheit scheint er nicht zu kennen. Ich habe ihm weisgemacht, dass Siriel diejenige ist, die man uns prophezeit hat, mehr weiß er nicht.«

»Gut, dann sollten wir es dabei belassen. Achte gut auf Siriel. Sie wird versuchen zu fliehen.«

Der Weißhaarige nickte ergeben. Dann ging er und ließ seinen Gesprächspartner grübelnd zurück.

Im Haus des Meisters

Als Siriel erwachte, war es dunkel um sie herum. Verstört versuchte sie, sich zu orientieren. Nur langsam kehrten die Erinnerungen zurück.

Sie war im Haus der *Unberührten*. Ensis hatte sie hierher gebracht und war gegangen, bevor sie ihm auch nur eine der vielen Fragen stellen konnte, die ihr auf der Seele brannten. Stattdessen war sie vor Erschöpfung ins Bett gefallen und hatte sofort geschlafen.

Es kam Siriel beinahe so vor, als läge ihre Ankunft beim Mitternachtszirkel bereits Stunden zurück. Sie war noch immer müde.

Irritiert sah Siriel aus dem Fenster. Draußen herrschte tiefste Nacht. Irgendetwas schien sie geweckt zu haben, doch sie wusste nicht was. Gähnend schlug sie die Decke zurück und richtete sich auf. Ihre nackten Füße berührten den flauschigen Teppich, auf dem sie nach ihren Socken tastete. Es war empfindlich kalt geworden. Frierend rieb sich Siriel über die Arme und hauchte in die Hände.

Plötzlich zerriss ein unbekanntes Geräusch die Nacht. Erschrocken sah Siriel auf und horchte in die Dunkelheit. Mit einem Mal war sie hellwach. Hastig schlüpfte sie in ihre Socken und warf sich den Morgenmantel über, der bereits bei ihrer Ankunft an einem der Bettpfosten gehangen hatte.

Im Dunkel des Zimmers konnte sie gerade einmal die verschwommenen Konturen des Mobiliars erkennen. Fluchend musste sie sich eingestehen, dass sie vergessen hatte, wo und wie sie Licht machen konnte. Vorsichtig und langsam tastete sie sich durch das Zimmers, bis sie die Tür erreicht hatte.

Da war dieses Geräusch wieder. Es klang wie zerspringendes Glas.

Langsam drückte Siriel die Türklinke hinunter und öffnete die Tür gerade so weit, dass sie durch einen schmalen Spalt auf den Flur huschen konnte.

Augenblicklich fiel Licht ins Zimmer. Siriel blinzelte überrascht. Es schien keinen sichtbaren Ursprung zu haben, es war einfach da. Ihre Augen schmerzten und es dauerte eine Weile, bis sich Siriel an die Helligkeit gewöhnt hatte.

Dann hörte sie das Geräusch erneut. Es schien gar nicht weit entfernt zu sein.

Lautlos trat Siriel hinaus auf den Flur und schloss die Tür hinter sich. Wachsam sah sie sich zu allen Seiten um und huschte in die Richtung, aus der das Geräusch zu kommen schien, davon. Mit jedem Schritt, den sie tat, wiederholte sich das Geräusch und Stimmen drangen nach und nach an ihr Ohr. Es klang wie ein Streit.

Siriel kam der Quelle der Geräusche immer näher und erreichte schließlich eine Tür, die im Gegensatz zu allen anderen nur angelehnt war. Verstohlen sah sie sich ein letztes Mal um und trat neugierig an das dunkle Holz heran.

Ihr Blick fiel in ein hell erleuchtetes Zimmer, in dem ein unbeschreibliches Chaos herrschte. Gläser lagen zerbrochen auf dem Boden umher und dunkler Wein suchte sich seinen Weg über die Holzdielen. Der schwere Geruch von Alkohol und Sandelholz hing in der Luft.

Ensis stand mit dem Rücken zu ihr und sah hinüber zu Gil, der seinerseits in einem Sessel am Kaminfeuer saß.

Erschrocken sah Siriel von einem zu anderen. Das Herz klopfte ihr bis zum Hals, als sie bemerkte, dass Ensis' am ganzen Körper zitterte. Nicht vor Angst, sondern vor Wut.

»Er wurde gesehen!« Mit bebender Stimme schlug Ensis mit der Faust auf einen Tisch, der neben ihm stand.

Nicht minder aufgebracht sah Gil ihn an. Er wirkte seltsam steif und angespannt. Missbilligung und Ärger stand in seinen kalten Augen. Kühl erwiderte er Ensis' Blick. Ein harter Zug zuckte dabei um seine Mundwinkel. »Verdammt, Ensis! Ich weiß auf welch dünnes Eis wir uns begeben, fürwahr! Aber ich sagte bereits, dass er ohne mein Wissen gehandelt hat!«

»Dann sag mir endlich, wer der verstoßene Kronprinz ist! Ich werde Mittel und Wege finden, ihn uns gefügig zu machen!«

»Das darfst du nicht, Ensis. Wenn du das tust, handelst du gegen den Willen des Meisters. Ich habe dem Kronprinz nicht nur den Schutz des Zirkels zugesagt. Vor allem habe ich ihm meine Verschwiegenheit versichert. Verstehst du nicht? Ich habe einen Eid geleistet!«

»Und was ist mit dem Zirkel? Hast du ihm keinen Eid geleistet?! Was ist dir wichtiger? Die politischen Zänkereien, die der Zirkel nur im Hintergrund zu seinen Gunsten beeinflussen will, oder die Zukunft unserer Gemeinschaft?«

Gils Miene erstarrte schlagartig zu Eis. »Wage es nicht, meine Loyalität in Frage zu stellen, Ensis! Wenn ich es wollte, hätte ich genug Beweise, um dich aus dem Zirkel ausschließen zu lassen. Das weißt du ganz genau. Es ist allein der Wille des Meisters, der mich von diesem Schritt abhält.«

Einen Moment lang standen sie sich beinahe ebenbürtig gegenüber. Ihre Blicke fochten ein stummes Duell aus, das keiner von beiden gewann.

»Du hast dich verändert, mein Freund, seit du fortgegangen bist, um Siriel zu suchen. Jeder, der dich näher kennt, bemerkt die Veränderung. Auch wenn du sie selbst nicht siehst.« Gils Stimme war gefährlich leise.

Siriel spürte die subtile Drohung, mit der Gil seine Worte aussprach, wie ein scharfes Messer.

»Solltest du auf deiner Reise einem Dämon begegnet sein und den Kampf gegen ihn verloren haben, bist du kein *Unberührter* mehr. Der Zirkel hätte das Recht, dich aus seinen Reihen auszuschließen. An deiner Stelle wäre ich also vorsichtig, wen du der Untreue beschuldigst!«

Ensis schnaubte verächtlich, ließ sich aber zu keiner Antwort herab. Stattdessen straffte er die Schultern und wandte sich dem hohen Fenster zu, hinter dem ihm die nächtliche Dunkelheit die Sicht auf die Stadt verweigerte. Für einen Moment schwiegen die beiden Männer.

Ohne ein weiteres Wort über ihren Streit zu verlieren, wechselte Ensis das Thema. »Gil, da draußen verschwinden jeden Tag mehr Menschen. Es hört einfach nicht auf. Irgendetwas abgrundtief Böses ist dort am Werk. Dieses Etwas zu spüren und untätig bleiben zu müssen, das macht mich krank!«

Überrascht sah Gil auf. »Ich spüre es auch. Und wie du mache ich mir deshalb große Sorgen. Aber du hast Siriel zu uns gebracht. Das ist ein guter Anfang.«

Siriels Körper versteifte sich von einer unbestimmten Kälte, die mit einem Mal ihr Herz ergriff. Sie redeten von ihr. Ihr Mund wurde mit einem Mal ganz trocken.

Ensis machte ein abfälliges Geräusch, während er sich zu Gil umdrehte. Belustigung glitzerte in seinen Augen, die Siriel übel aufstieß.

»Ich verstehe immer noch nicht, warum ich gerade *sie* hierher bringen sollte. Ausnahmslos alle, die der *Mitternachtszirkel* bisher aufgenommen hat, besaßen irgendeine besondere Fähigkeit. Und sie wussten deshalb den Schutz, den der Zirkel ihnen bietet, zu schätzen. Bei Siriel konnte ich noch keine dieser Eigenschaften entdecken. Sie weiß geschickt zu taktieren und sie besitzt eine gewisse Kunstfertigkeit, Worte als Waffe einzusetzen, das muss ich ihr lassen. Aber das ist auch schon alles. Sie ist nicht einmal übermäßig hübsch. Wie eine gewöhnliche Sterbliche eben.«

Ensis' Worte trafen Siriel wie ein Schlag ins Genick. Von seinen früheren Schmeicheleien war nichts geblieben. Gekränkt wandte Siriel sich zum Gehen, als Gils strenge Stimme an ihre Ohren drang.

„Der Meister weiß, was er tut«, wies er Ensis harsch zurecht. »Nicht jede Gabe ist auf den ersten Blick erkennbar. Siriel ist auf ihre Art besonders und birgt ein unglaubliches Potential. Ich glaube, du unterschätzt sie.«

»Nein, Gil. Der Meister und du, ihr verschließt eure Augen vor der Wahrheit.« Abrupt wandte sich Ensis wieder Gil zu und sah ihm eindringlich in die Augen.

Gil runzelte verwundert die Stirn, doch Ensis ließ sich dadurch nicht beirren. »Es ist offensichtlich, dass Siriel etwas mit diesem Künstler zu tun haben muss, dessen Bilder überall für Aufsehen sorgen. In jeder Stadt, durch die ich Siriel gefolgt bin, tauchte eines von ihnen auf. Und jedes Mal, endete ihr Besuch in der Stadt mit einem Blutbad. Verdammt noch mal, Gil, das ist Irrsinn!« Ensis' Stimme war laut geworden.

Siriel stand da, wie erstarrt. Unfähig auch nur einen Muskel zu bewegen, beobachtete sie, wie sich Gils Gesichtsausdruck unheilvoll veränderte.

»Was ist Irrsinn? Stellst du die Entscheidung des Meisters etwa in Frage? Glaubst du wirklich, er würde den Zirkel in Lebensgefahr bringen?«, fragte er plötzlich gefährlich leise. Seine Stimme bebte. »Du kannst keine deiner Anschuldigungen gegen Siriel beweisen! Woher willst du wissen, dass sie eine Komplizin des geheimnisvollen Künstlers ist?«

Verbittert verzog Ensis den Mund. »Weshalb hätte sie das Angebot des Meisters sonst mehrere Male ablehnen sollen? Jeder normale Sterbliche würde sich darum reißen, im Zirkel aufgenommen zu werden und seine Fähigkeiten geschützt zu wissen. Siriel ist nicht freiwillig mit mir zum Zirkel gekommen, sondern aus Furcht. Sie hat sich erst im Angesicht äußerster Gefahr dazu entschlossen, meiner Bitte nachzugeben! Gil, sie hier zu behalten, ist reiner Selbstmord!«

»Ensis, so nimm doch Vernunft an! Der Zirkel ist in Sicherheit!« Gil war aufgesprungen. Sein Gesichtsausdruck ließ erkennen, dass es nicht mehr lange dauerte, bis ihm der Geduldsfaden riss. »Wenn du meinen Vorschlag, Siriel im Kreis der *Unberührten* aufzunehmen und zu unterrichten, nicht akzeptieren kannst, so akzeptiere zumindest die Entscheidung des Meisters.« Gils Tonfall wurde scharf. »Der Meister hat mich persönlich zu ihrem Lehrmeister bestimmt. Ich werde mich mit voller Verantwortung ihrer Ausbildung annehmen und sie unterrichten. Du kannst gern zusehen, wenn du an mir und meinen Fähigkeiten zweifelst. Bereits morgen früh beginnt ihr Unterricht. Der Meister wünscht keinerlei Verzögerungen mehr.«

Schwer atmend wandte Siriel sich ab. Sie hatte genug gehört.

Ensis würde vermutlich in wenigen Augenblicken ohnehin durch die Tür gestürmt kommen, also zog sie sich leise zurück. Verzweifelt suchte sie nach dem

Zimmer, aus dem sie gekommen war. Doch vom Flur aus gesehen, sahen alle Türen gleich aus. Sie hatte bereits das Ende des Korridors erreicht, als das von ihr bereits Vorausgeahnte eintrat.

Das Holz, hinter dem sie noch vor wenigen Sekunden gelauscht hatte, krachte geräuschvoll gegen die Wand. Wutentbrannt eilte Ensis in Siriels Richtung davon. Als er sie entdeckte, blieb er wie angewurzelt nur wenige Schritte von ihr entfernt stehen.»Was tust du hier?« Seine Worte waren nur ein heiseres Flüstern. Schlagartig wich der Zorn aus seinem Gesicht und hinterließ eine ungesunde Blässe.

Siriel schluckte und überspielte ihre Verunsicherung mit einem überraschten Grinsen. Krampfhaft versuchte sie, sich nicht anmerken zu lassen, dass sie Ensis' Streit mit Gil belauscht hatte. Ihr war klar, dass sie jetzt nur noch eine Notlüge retten konnte.

»Ich suche die Toilette«, flüsterte sie zurück. Ein hässliches Kratzen im Hals schnürte ihr die Kehle zu. Sie hatte noch nie derart gelogen.

Ensis' Gesichtszüge entspannten sich. Ein warmer Ausdruck trat in seine Augen.

Siriel bemerkte, wie er in jene Rolle zurückfiel, die sie dazu bewegt hatte, ihm zum *Mitternachtszirkel* zu folgen. Er spielte sie äußerst geschickt, das musste Siriel zugeben.

»Du hast eine eigene Toilette in deinem Zimmer, Dummerchen.« Ein nachsichtiges, aber arrogantes Lächeln breitete sich auf seinen Zügen aus. Es war wie eine Maske, hinter der er seine wahren Gefühle vor ihr verbarg. »Komm ich bring dich zurück.« Auffordernd ging Ensis voraus.

Siriel folgte ihm schweigend und war froh, durch die Enge des Flurs hinter ihm gehen zu müssen. Die Enttäuschung und Kränkung über das gerade Gehörte war unermesslich. Sie fürchtete sich vor dem, was sie am nächsten Tage erwartete. Aber sie war froh, dass Gil sich ihrer angenommen hatte. Dann konnte sie Ensis zumindest für eine bestimmte Zeit aus dem Weg gehen.

Innerlich ärgerte sie sich, Ensis' Dränge je nachgegeben zu haben. Mit der Entscheidung, die Einladung des Meisters anzunehmen, war sie ein viel zu großes Risiko eingegangen. Sie ahnte bereits, dass ihr nun nichts anderes übrig blieb, als das zu tun, was man von ihr verlangte.

Mutlos verwarf sie jeden Gedanken an eine Flucht. Es war unmöglich, diesen Ort ohne die Zustimmung des Meisters wieder zu verlassen. Die *Unberührten* waren mächtig. Siriel kannte niemanden, der es je gewagt hätte, sich dem Zirkel in den Weg zu stellen. Nicht zuletzt deshalb wagte sie es nicht abzuschätzen, wie grausam der Zorn der *Unberührten* sein würde, wenn sie sich ihnen widersetzte.

In ihr tobte ein Sturm der Gefühle. Sie fühlte sich eingeengt, bevormundet und eingesperrt.

Höflich bedankte sie sich bei Ensis, der sie zu ihrem zugewiesenen Zimmer zurückgebracht hatte und wünschte ihm eine erholsame Nacht.

In ihrem Inneren jedoch schrie sie.

Siriel

Gerüchte

Stumm sah Gil den schwer verletzten Heimkehrern entgegen, die von anderen aufgeregten Mitgliedern des Zirkels hastig ins Haus gebracht wurden. Er unterdrückte ein Schaudern.

Manche von ihnen wirkten seltsam abwesend und starrten ins Leere. Ein gefährlich großer Teil von ihnen begegnete seinem Blick jedoch mit unverhohlener Wut.

Gil konnte ihre Reaktion verstehen. Immerhin war es sein Befehl gewesen, der sie direkt in die Gefahr geführt hatte. Unangenehm berührt wandte Gil sich schließlich ab und zog sich in finstere Gedanken versunken ins Haus zurück.

»Mentor Gil, wartet!« Ein Lehrjunge lief ihm hinterher und holte ihn schließlich ein. »Sagt, was geschieht dort draußen? Die Menschen auf dem Marktplatz sind ohne ersichtlichen Grund auf uns *Unberührte* losgegangen!«

Ungehalten drehte sich Gil zu dem Jungen um. »Die Zeiten ändern sich, die Welt ist im Wandel. Niemand konnte einen Angriff voraussehen. Genügt dir diese Antwort?!«, blaffte er den Lehrling an und ließ ihn einfach stehen. Hastig eilte er die dunklen Korridore entlang. Er hatte keine Zeit, sich von Fragen aufhalten zu lassen.

Als Gil gerade um eine Ecke biegen wollte, vernahm er mit einem Mal Geflüster. Abrupt blieb er stehen und lauschte.

»Ich frage mich ernsthaft, warum Gil seine wertvolle Zeit mit diesem halsstarrigen Mädchen vergeudet«, flüsterte eine Frau zur anderen.

Diese murmelte zustimmend. »Niemand im Zirkel scheint für ihn gut genug zu sein. Dabei sollte er langsam ernsthaft über die Gründung einer Familie nachdenken.«

Ihre Gesprächspartnerin pflichtete ihr bei. »Gil verbringt mit diesem neuen Mädchen jede freie Minute. Das ist schon äußerst seltsam.« Die Frau ließ ihre Worte dramatisch ausklingen.

Wut keimte in Gil auf. Ein Gefühl, dass er in derartiger Intensität lange nicht mehr verspürt hatte. Nicht einmal in jener Nacht, in der er mit Ensis gestritten hatte. Es war an der Zeit diesem Unsinn ein Ende zu machen.

Hustend räusperte er sich und trat um die Ecke ins Licht.

Schlagartig verstummten die Frauen. Sie wurden kreidebleich, als ihnen bewusst wurde, dass er ihr Gespräch belauscht haben musste.

»Du solltest nicht von Dingen reden, von denen du nichts verstehst, Sybill«, sprach er eine der Frauen kalt an.

Hastig beeilte sie sich, einen kleinen Knicks vor ihm zu machen.

Die andere Frau schien mutiger zu sein. »Dann solltet Ihr uns vielleicht endlich erklären, warum Ihr Siriel im Zirkel aufgenommen habt. Bisher war sie zu nichts nütze. Sie hat offenbar immer noch keine der außergewöhnlichen Fähigkeiten gezeigt, die Eure Entscheidung rechtfertigen würde. Und ihr angeblich so wertvolles Wissen über diesen Künstler hat sie bisher auch für sich behalten.« Provozierend sah sie Gil an.

»Ich bin dir keine Rechenschaft schuldig. Akzeptiere die Entscheidung des Meisters oder trage die Konsequenzen und geh.« Gil nahm sein Gegenüber mit einem Blick ins Visier, der Wasser zum Gefrieren gebracht hätte.

Die junge Frau schürzte beleidigt die Lippen, wagte es jedoch nicht, ein weiteres Mal zu widersprechen.

»Schön, ich sehe, wir verstehen uns.« Ohne ein weiteres Wort wandte Gil sich von den Lästermäulern ab und ging. Noch immer verspürte er eine rasende Wut in sich, die nicht einmal von dem monotonen Geräusch seiner Stiefelabsätze gedämpft werden konnte, das von den Wänden widerhallte. Nach kurzer Zeit gelangte er in den weniger belebten Teil des Hauses, in dem Jilsaki vorläufig sein Quartier bezogen hatte. Unruhig blieb Gil vor Jilsakis Tür stehen und klopfte in der vereinbarten Reihenfolge gegen das dunkle Holz. Seine Nerven waren bis zum Zerreißen angespannt, während er auf eine Reaktion wartete. Nach einer gefühlten Ewigkeit hörte er das Kratzen des Schlüssels im Schloss. Die Tür wurde nur so weit geöffnet, dass Gil gerade in den Raum eintreten konnte, und hinter ihm sofort wieder geschlossen.

»Die Botschafter sind zurück«, begrüßte er den jungen Mann, der ihm geöffnet hatte.

Dieser nickte. »Ich habe es bereits gehört. So etwas spricht sich schnell herum. Und im Zirkel haben die Wände ohnehin Ohren.«

»Wem sagst du das.« Gil seufzte. Ein Lächeln huschte über sein Gesicht. Dann wurde er sofort wieder ernst. »*Sein* Einfluss weitet sich aus. Es scheint so, als hätte *er* mittlerweile einen Weg gefunden, sogar von *Unberührten* Besitz zu ergreifen. Das ist eine ganz neue, grausame Taktik.«

Jilsaki nickte zustimmend. Besorgt runzelte er die Stirn. »Ich hätte nie gedacht, dass der Zirkel einmal so geschwächt und anfällig für Angriffe dieser Art sein könnte. Trotzdem müssen wir Siriel noch Zeit geben. Wenn sie jetzt schon von *ihm* erfährt, könnte dies den Zirkel nur noch mehr in Gefahr bringen.«

Gil schwieg unzufrieden. So sehr er das Blatt auch drehte und wendete, ihre Situation wurde nicht besser.

»Also lassen wir den Dingen zunächst ihren Lauf?«

Gil nickte grimmig. »Ja. Vertrau mir, es ist besser so. Zumindest fürs Erste.«

»Fürs Erste.«

Gerede

»**E**r wurde schon wieder gesehen! Der Bäcker behauptet, dass der Kronprinz eine politische Rede auf dem Marktplatz gehalten hat und danach spurlos verschwunden ist!«

Erschrocken presste sich Siriel in den schmalen Gang zwischen den Regalen der Bibliothek und lauschte. Die anderen Lehrlinge saßen in einer der vielen Leseecken beisammen und tuschelten. Keiner von ihnen schien bemerkt zu haben, dass Siriel sich in ihrer Nähe aufhielt.

Sie seufzte erleichtert. Bisher hatten die Lehrlinge nur während des Unterrichts mit ihr gesprochen. Sie waren allesamt freundlich und zuvorkommend, zogen es jedoch vor, sich von Siriel fernzuhalten. Sorgfältig achteten sie darauf, Gils neuer Schülerin nur Aufmerksamkeit zu schenken, wenn es sich nicht vermeiden ließ.

Siriel empfand ihre Ablehnung als unhöflich, konnte sie jedoch auch nachvollziehen. In den Augen der Lehrlinge war sie nur jemand, der es nicht würdig war, in den Kreis der *Unberührten* aufgenommen zu werden.

»Der Kronprinz ist sehr leichtsinnig, wenn ihr mich fragt. Sein Vater ist bereits tot, ermordet, und dieser geheimnisvolle Künstler wird bestimmt nicht davor zurückschrecken auch ihn zu töten.« Murmelnd stimmten andere Lehrlinge ihm zu.

»Die Neue soll etwas über diesen geheimnisvollen Künstler wissen", warf ein Junge plötzlich in die Gesprächsrunde ein.

Siriel spürte, wie ihr ein eisiger Schauer über den Rücken lief.

»Ich verstehe nicht, warum Gil sich derart um sie bemüht. Stattdessen könnte er auch einfach die Informationen aus ihr heraus pressen«, merkte ein anderer Junge nachdenklich an.

Die anderen stimmten ihm zu, bis ein eher schüchtern wirkendes Mädchen ihn scharf zurechtwies. »Weil es eine Sünde wäre, du Narr! Genau diese Art zu denken, wird dich noch durch die Prüfungen fallen lassen!« Es folgte ein heftiger Wortwechsel zwischen ihnen, dann war es plötzlich wieder still.

Siriel wollte sich schon zum Gehen abwenden, als eines der Mädchen erneut leise zum Sprechen ansetzte.

»Wenn ihr mich fragt, ist es eher unwahrscheinlich, dass der Künstler zwangsläufig auch der Mörder des Königs ist«, flüsterte sie heiser.

»Wie meinst du das?«, hakte sogleich einer der Jungen nach.

»Seht mal, es ist doch sehr dumm, seine Vorhaben in Form von Bildern anzukündigen und dann den Mord zu begehen, findet ihr nicht? Die Gefahr, gefasst zu werden, würde dadurch schließlich rapide steigen. Ich glaube, die Bilder haben eine ganz andere Bedeutung. Vielleicht sind sie eher sowas wie eine Warnung an das Opfer.«

»Du meinst, wie eine Art Weissagung, dass etwas Schreckliches passieren könnte?«

Für einen Moment blieb es still. Ein paar stimmten zu, andere wiederum bekundeten anderweitig ihre Meinung. Der Tod des Königs war seit Wochen das wichtigste Gesprächsthema innerhalb des Zirkels.

Siriel schluckte und ihr Mund fühlte sich plötzlich ganz trocken an. Sie lebte in ständiger Angst, jemand könnte sich daran erinnern, dass sie dem Zirkel noch Antworten schuldig geblieben war. Noch hielt Gil seine schützende Hand über sie. Aber Siriel wusste, dass man sie irgendwann für ihr langes Schweigen bestrafen würde.

Frustriert drückte sie den Stapel Bücher enger an sich, den sie im Arm hielt und mit dem sie sich auf den Unterricht vorbereiten sollte.

»Ob der Kronprinz sich in Gefahr bringt, ist mir egal. Immer mehr Menschen verschwinden, viele davon am helllichten Tag! Gewalt und Chaos beherrschen die Straße. Willkür bestimmt die Exekutionskommandos, die angebliche Mörder hinrichtet! Es gibt keine Ordnung mehr, seitdem das alte System zerfallen ist!«

»Und warum gibt es sie nicht mehr? Weil dort ein Mörder frei herumläuft!« Aufgebracht schlug jemand mit der Faust auf den Tisch.

Verärgert fuhren einige der erwachsenen *Unberührten* an den anderen Lesetischen auf und bedachten die Lehrlinge mit bösen Blicken. Schlagartig senkten diese ihre Stimmen. »Womit wir wieder beim Ausgangsthema wären.«

Das Gespräch ging auf alltägliche Themen über und Siriel machte bedrückt kehrt. Sie ging zwischen den meterhohen Bücherregalen hindurch zu der abseits liegenden Leseecke, in der sie die letzten Stunden verbracht hatte. Unzählige Bücher stapelten sich bereits auf der kleinen, runden Tischplatte und warteten darauf, von Siriel gelesen zu werden. Immer wieder brachte der uralt wirkende Bibliothekar ihr stirnrunzelnd neue Exemplare, damit sie dem Unterricht besser folgen konnte.

Stöhnend ließ Siriel sich auf dem gemütlichen Sessel nieder und nahm das Buch zur Hand, das sie bisher am meisten gefesselt hatte. Es war das Buch der Wandlungen. Seine Schriften und Weisheiten waren sehr alt. Vieles, was sie darin erfuhr, verwirrte sie. Denn es passte nicht zu dem, was Gil lehrte.

So beruhte, laut diesem Buch, alles auf zwei universellen Komplementen, die nicht ohne das andere zu existieren vermochten und in allen Menschen und Ereignissen vorhanden waren. Das Buch erzählte in komplizierten, dynamischen Mustern von Kausalzusammenhängen, deren Beziehungen sich im Lauf der Zeit immer wieder wandelten. Die Verschlüsselung durch Epigramme erschwerte das Verständnis zusätzlich und machte das Buch zu einem derart komplexen Werk, dass Siriel viel von dem, was sie auszusagen vermochten, nicht verstand. Trotzdem übte es eine ungeahnte Faszination auf sie aus, dass sie gar nicht aufhören konnte, darin zu lesen.

Siriels Augen brannten und sie fragte sich, wie spät es wohl sein musste. Für einen Moment legte sie das Buch zur Seite und stützte den Kopf auf die Arme.

»Du solltest etwas essen. Blockaden der Lebenskraft verursachen Krankheiten.«

Siriel schreckte auf. Sie hatte Gils Kommen nicht bemerkt. Anscheinend war sie eingenickt. Blinzelnd sah sie Gil an, der im Schatten saß.

Sein Hemd war über der Schulter aufgerissen und der Stoff glänzte dunkel vor Blut. Sie spürte seinen Blick in der Dunkelheit. Er schien geschwächt.

»Gil, was ist passiert?« Alarmiert sprang sie auf und kniete vor Gil nieder. Vorsichtig berührte sie die Wunde an seinem Arm.

Ächzend zuckte er zusammen und griff nach ihrer ausgestreckten Hand. Sein Griff war so fest, dass es Siriel schmerzte. »Die Welt ist im Wandel, Siriel. Würde die Stadt angegriffen, könnten wir sie nicht halten. Die Mauern dieses Hauses bieten uns Schutz. Doch ich frage mich, wie lange noch. Wir haben kaum noch Zeit. Ich wünschte, du wärst schneller dazu bereit, uns dein Wissen endlich zu offenbaren. Wir brauchen es dringend. Aber ich kann dich nicht dazu zwingen. Du solltest du dir darüber im Klaren sein, dass es nicht gut ist, noch länger zu warten. Man fragt sich bereits, wie kostbar dein Wissen sein kann, dass es dir das Recht auf jene Privilegien verschafft, die dir momentan zuteilwerden.« Eindringlich sah Gil sie an.

Siriel schauderte, als bewusst wurde, wie ernst es ihm war. »Ich fühle mich noch nicht bereit dazu, Gil«, erwiderte sie leise. Sie hoffte, dass Gil ihr vor Angst laut pochendes Herz nicht hörte.

»Du kannst dich nicht vor deinen Ängsten verstecken, Siriel. Du bist Teil von allem, was jenseits und innerhalb der Mauern des Zirkels passiert, ob du willst oder nicht. Ich denke, du hast im Buch der Wandlungen gelesen. Nichts kann ohne das

34

jeweils andere existieren. Die Grundidee ist die Ausgewogenheit der Gegenteile und ein Akzeptieren der Veränderung. Derjenige, der den Sinn des Buches verstanden hat, wird nach dem Edlen streben. Und er wird die stetige Wandlung der Welt verstehen, weil er sie zulässt. Lass auch du die Veränderung zu, die dein Leben erfasst hat, Siriel. Ich weiß, dass es in deiner Vergangenheit zu einem Bruch mit allem gekommen ist, was du liebst. Vielleicht ist es auch nur eine Frage der Zeit, bis ich mehr darüber herausfinde und dein Wissen wäre nichts mehr wert.« Vielsagend sah Gil sie an.

Siriel schluckte unwillkürlich und ihr Magen zog sich schmerzhaft zusammen. Sie hatte geahnt, dass er irgendwann die Geduld verlieren würde. Insgeheim hatte sie jedoch gehofft, dass dieser Tag niemals kommen würde.

Resigniert half sie ihrem Lehrmeister beim Aufstehen.

»Sei morgen pünktlich beim Unterricht. Du könntest Interesse an dem Unterrichtsstoff finden.« Gil musterte sie ein letztes Mal eindringlich.

Siriel nickte nur. Unfähig, etwas zu erwidern, sah sie ihrem Lehrmeister hinterher, wie er eilig in dem Labyrinth der Bibliothek verschwand und sie allein im Dunkeln zurückließ.

Das erfrorene Herz

»**D**isziplin! Konzentration!«
      Siriel erschrak, als Gils Worte wie ein Messer durch ihr Bewusstsein schnitten. Mit Blut unterlaufenden Augen versuchte sie Gils Ausführungen zu folgen, der vor der kleinen Gruppe Lehrlinge vor einem mannshohen Spiegel stand und etwas über dessen Reflektionsfähigkeit der Wirklichkeit erzählte. Sie war todmüde und erschöpft. Die letzte Nacht hatte ihr nicht viel Schlaf vergönnt. Stundenlang hatten sie Angst einflößende Gedanken gequält und sie unerbittlich wachgehalten. Jeder Muskel ihres Körpers schmerzte, während sie immer wieder und wieder ins Reich der Träume dämmerte.

Das höhnische Gelächter der anderen Lehrlinge war zu traurigem Alltag geworden. Selbst ihr Fleiß beim Lernen schien ihr keinen Respekt einzubringen. Siriel unterdrückte ein Gähnen und versuchte sich krampfhaft wieder auf Gils Ausführungen zu konzentrieren. Sie wusste nicht mehr, was es war, dass ihr die Kraft gab, sich dennoch weiter um das Ansehen der *Unberührten* zu bemühen.

Gils Unterricht war härter, als sie es sich je hätte vorstellen können. Seit Sonnenaufgang war sie mit den anderen Lehrlingen zusammen und quälte sich durch die einzelnen Lerneinheiten. Nachmittags hingegen, während sich ihre Mitschüler einer beruflichen Tätigkeit wie etwa der Alchemie widmeten, bekam Siriel von Gil Einzelunterricht bis in den späten Abend hinein.

Die Privatstunden machten ihr sehr zu schaffen und zehrten am meisten an ihren Nerven. Gil war ein äußerst strenger Lehrer, der viel von ihr forderte. Seine Ansprüche an ihre Leistungen und Fortschritte waren Schwindel erregend hoch.

Abends war sie meistens völlig erschöpft und konnte kaum etwas essen. Da sie noch kein vollwertiges Mitglied der *Unberührten* war, blieb sie zumindest von den täglichen Versammlungen um Mitternacht verschont.

»Konzentration!«

Gils Stimme war laut und sehr nah an ihrem Ohr. Erschrocken fuhr sie auf. Anscheinend war sie ein weiteres Mal weggenickt.

Alle starrten sie an. In vielen Gesichtern konnte sie Spott und Verachtung, aber auch Genugtuung erkennen.

»Konzentration, Siriel! Sie ist die Kraft, die unsere Macht in die richtigen Wege lenkt, ohne dass sie uns verzehrt.« Gils kalte Augen schienen sie beinahe zu durchbohren.

Seit Anfang ihrer Lehre trug Gil das lange, schneeweiße Haar streng zu einem Zopf im Nacken zurückgebunden. Der weite, steif hochgestellte Kragen seines hauteng geschnittenen, schwarzen Ledermantels mit den milchig- weißen Knöpfen und Manschetten, ließ sein Erscheinungsbild eckig erscheinen. Gil war neben der am Boden knienden Siriel in die Hocke gegangen. Seine weiße, enge Hose spannte über seinen muskulösen Beinen und verschwand schließlich in den kniehohen, schwarzen Lederstiefeln. Die Stiefel besaßen Absätze. Doch selbst für Siriels feines Gehör waren Gils Schritte darin auf den Holzdielen kaum hörbar, weshalb sie nie durch etwas vorgewarnt wurde, wenn er sich ihr näherte.

Schon so einige Male war sie deshalb erschrocken. Aber noch nie saß der Schreck so tief wie dieses Mal. Verwirrt blinzelte sie ihn an. »Konzentration, ja.« Ihre Stimme war leise und klang so matt, wie sie sich fühlte.

»Und was bedeutet Disziplin, Siriel?«

»Auch dann Kraft aufzubringen, wenn man nicht mehr weiß woher man sie nehmen soll«, antwortete Siriel monoton. Sie hatte es auswendig gelernt.

»Sie hält sich wohl für etwas Besonderes«, spottete ein Junge und die anderen Mitlehrlinge lachten.

Gil zuckte erbost zu ihnen herum. Der Blick seiner Augen hätte heißen Tee zum Gefrieren gebracht.

»Spott und Überheblichkeit sind die Schwächen der Menschen. Wenn ihr jemals vollkommen zu der Gemeinschaft der *Unberührten* gehören wollt, würde ich an eurer Stelle zusehen, dass diese Schwächen an euch verschwinden.« Ärger schwang in seiner Stimme mit.

Schlagartig wurde es still. Niemand wagte es, auch nur ein Wort an den Lehrmeister oder Siriel zu richten.

»Ganz zu schweigen davon, dass Überheblichkeit den idealen Nährboden für die Einnistung von Dämonen bietet. Sobald ihr mit einem von ihnen in Berührung kommt, wäre euch ein Platz in den Reihen der *Unberührten* verschlossen.« Gil ließ seine Worte effektvoll unheimlich ausklingen.

»Dämonen?« Mit einem Mal war Siriel hellwach.

Gil sah sie lächelnd an. Er schien nur darauf gewartet zu haben, ihre Aufmerksamkeit wieder auf seinen Unterrichtsstoff zu ziehen. »Ja, Dämonen. Sie sind der Grund, warum ihr alle hier seid. Ohne die Dämonen wären die *Unberührten* für die Gesellschaft überflüssig. Denn sie sind es, die sich unerschrocken dem ewigen Kampf gegen die Dämonen verschrieben haben.« Forschend betrachtete Gil Siriels Gesichtszüge, die sich zu einem hämischen Grinsen formten.

»Aber die Menschen sagen, Dämonen gibt es nicht.«

Das Lächeln auf Gils Zügen erstarb. »Unwissenheit und Dummheit. Im Leugnen von Wahrheiten, tun sich die Menschen leicht. Es ist der einfachste und unbeschwerlichere Weg, zu glauben, was man will. Aber es widerspricht der Wahrheit. Nein, du irrst dich, Siriel. Jeder von uns trägt einen guten und einen bösen Teil in sich, der König tat dies ebenfalls. Viele Menschen, die über ein wenig mehr Wissen verfügen, bezeichnen daher alle Verführungen oder schlechten Gedanken als Dämonen, die versuchen, sie in ihrer angestrebten Tugendhaftigkeit zu bedrängen und zu peinigen.«

Siriel dachte kurz über das Gehörte nach und runzelte schließlich die Stirn. »Nach dem, was Ihr erzählt, existieren Dämonen überhaupt nicht als sichtbare Wesen.«

In Gils Blick leuchtete etwas auf. Er nickte zufrieden. »Ich sehe, du lernst schnell. Die Dämonen gehören zu den Menschen. Sie begleiten uns, wohin wir gehen und sie verleiten uns, Dinge zu tun, die wir unter anderen Umständen selbst verurteilt hätten. Unsere Seele ist entzwei gespalten und wird es immer bleiben.«

Siriel behagte es nicht, was sie gerade eben von Gil erfuhr. Es beunruhigte sie zutiefst.

Wenn er Recht behielt, dann war sie schon so oft einem Dämon begegnet. Fest verwurzelt in ihren Gedanken und tief verankert in ihrem Selbst.

»Ist es nicht verständlich, dass die Menschen die Existenz von Dämonen leugnen? Immerhin binden die *Unberührten* die Notwendigkeit ihrer Existenz an etwas, das für viele Menschen gar nicht greifbar ist«, wandte Siriel selbstbewusst ein. Noch während sie sprach stellte sie fest, dass sie ein Tabu gebrochen haben musste.

Die übrigen Mitlehrlinge hielten erschrocken den Atem an und blickten einander entsetzt ins Gesicht.

Keiner außer Siriel wagte es, Gil offen ins Gesicht zu sehen.

Doch entgegen jeglichen Erwartungen blieb Gil zumindest äußerlich gefasst. »Du wirst noch sehr viel lernen müssen, um die Aufgabe der *Unberührten* gegenüber den übrigen Menschen zu verstehen, Siriel. Ungewöhnliche Talente und eine große Macht liegen tief im Zirkel verborgen. Sie sind unsere Waffe im Kampf, das habe ich dir wieder und wieder gesagt. Auch du besitzt eine besondere Gabe. Das weißt du besser als jeder andere. Und selbst wenn du sie weiter verborgen hältst, wirst du dein Schicksal dadurch nicht mehr ändern.« Genugtuung blitzte in Gils Augen auf. Mit einer beängstigenden Ruhe beobachtete er, wie Siriel zusammenzuckte und zitternd vor ihm zurückwich.

Tausend Gedanken schossen durch ihren Kopf und rangen um ihre Aufmerksamkeit. Er konnte, nein, er durfte es nicht erfahren haben. Niemand durfte es wissen.

Ihr Herz klopfte protestierend, ihre Hände zitterten und Angstschweiß ließ sie frösteln.

»Du brauchst dich nicht vor deiner Gabe zu fürchten, Siriel«, beschwichtigte Gil sie. Ein seltsamer Ausdruck beherrschte sein Gesicht, während er ihr Mienenspiel beobachtete, das zwischen erzwungener Ruhe und Panik schwankte. »Deine Andersartigkeit trennt dich von allen gewöhnlichen Menschen. Aber auch von uns übrigen *Unberührten*, sei dir dessen immer bewusst. Der Mitternachtszirkel ist ein Zusammenschluss von Menschen mit ungewöhnlichen Fähigkeiten. Niemand gleicht dem anderen. Der Zirkel sorgt dafür, dass sich diese Fähigkeiten in einem geschützten Umfeld entwickeln können. Deine Kräfte kommen nicht von ungefähr. Jeder von uns hat eine Aufgabe zu erfüllen, auch du. Die Aufgabe der *Unberührten* ist es, durch die Reinheit ihrer Seele die Dämonen von den Menschen fernzuhalten oder sie gegebenenfalls von ihnen zu befreien. Es besteht also kein Grund zur Angst.« Gil richtete sich auf. Ohne einen weiteren Blick auf Siriel zu werfen, wandte er ihr den Rücken zu.

Sie hielt den Atem an und wurde sich plötzlich bewusst, dass alle ihrer Mitlehrlinge sie anstarrten. Sie wagte es nicht, einem von ihnen offen in die Augen zu sehen. Sie fürchtete sich vor dem, was sie dort erkennen würde.

Misstrauen, Furcht, Argwohn, vielleicht sogar Abscheu und Hass?

Ihr Herzschlag setzte einen Moment aus, als es unerwartet an der verborgenen Tür zu dem Spiegelsaal klopfte, in dem Gil für gewöhnlich seinen Unterricht abhielt.

Ensis trat ein. Seine Miene war verschlossen und streng. Er würdigte sie, wie auch die letzten Male, wenn er ihren Unterricht gestört hatte, nicht einmal eines Blickes.

Mit zunehmender Unruhe nahm sie wahr, wie sehr sich ihr Verhältnis zu Ensis seit ihrer Ankunft bei den *Unberührten* verändert hatte. In den ersten Wochen ihres Unterrichts bei Gil hatte Ensis sie noch hin und wieder besucht und sich nach Siriels Befinden erkundigt. Anfangs waren seine Besuche unangenehm und hatten angesichts des Streits mit Gil, den Siriel belauscht hatte, einen eher faden Beigeschmack.

Seitdem Siriel die offensichtliche Ablehnung des Zirkels jedoch immer deutlicher zu spüren bekam, genoss sie die willkommene Abwechslung seiner Anwesenheit.

Er war der Einzige, der sie nicht behandelte, als wäre sie eine Aussätzige. In den letzten Wochen jedoch, war auch er ihr immer häufiger aus dem Weg gegangen.

Siriel hatte sich oft allein gelassen gefühlt und hin und wieder beschlich sie sogar das Gefühl, dass Ensis sie im Stich ließ.

Kein neckendes Wort kam ihr gegenüber mehr über seine Lippen, keine zärtlichen Handbewegungen mehr und kein Lächeln, das seine Augen erreichte. Ausdruckslosigkeit und Gleichgültigkeit prägten sein Gesicht und sein Handeln Siriel gegenüber. Er hatte sich in einen stillen, passiven Beobachter verwandelt, in dessen Herz Groll und Abscheu regierten.

Siriel zitterte unmerklich, während Ensis ohne ein Wort des Grußes an ihr vorbei auf Gil zutrat.

Seine Ignoranz ließ ihr Herz erfrieren.

»Gil, du musst mit in die große Halle kommen, sofort.« Ensis Worte waren nur ein Flüstern. »Etwas Seltsames geht dort vor.«

Gil warf Ensis einen kurzen, forschenden Blick zu. Dann beugte sich dieser zu ihm vor und raunte ihm etwas ins Ohr.

Siriel hatte keine Chance, zu lauschen.

Abrupt schweifte Gils Blick zu Siriel hinüber. In seinen Augen spiegelten sich Zorn, aber auch Entsetzen und Erstaunen. Sichtlich aufgewühlt wandte er sich wieder an seine Klasse. »Ihr wartet hier. Siriel kann gehen.« Gils Worte kamen einem Befehl gleich.

Siriel wartete, bis Gil und Ensis den Raum verlassen hatten. Erst danach erhob sie sich ebenfalls. Während die Tür hinter ihr ins Schloss fiel, atmete sie halbwegs erleichtert auf. Wachsam blickte sie sich um, bis sie sicher war, dass Gil und Ensis bereits in den angrenzenden Gängen verschwunden waren.

Weit und breit war keine Menschenseele zu sehen.

Siriel nahm ihren ganzen Mut zusammen und wählte den kürzesten, ihr bekannten Weg zur Großen Halle, in der Gil sie vor einer gefühlten Ewigkeit in den Zirkel aufgenommen hatte.

Die Gänge waren wie ausgestorben. Eine ungewohnte Stille herrschte im Haus der *Unberührten*, die erst wieder von Geräuschen durchbrochen wurde, als sich Siriel ihrem Ziel näherte.

Ein Summen wie von tausenden Bienen hing in der Luft und wurde immer lauter. Nervosität stieg in Siriels Magengrube auf. Irgendetwas hatte sich innerhalb der

Mauern des Mitternachtszirkels verändert und sie war sich nicht sicher, ob sie herausfinden wollte, um was es sich handelte.

Sie wollte gerade um die letzte Ecke des Korridors biegen, da entdeckte sie Gil und Ensis, die wie angewurzelt im Eingang zur Großen Halle standen. Entsetzt prallte sie zurück und duckte sich in den Schatten einer schmalen Nische. Selbst von dort konnte sie über die Schultern der Männer das Chaos sehen, das sich in der Halle erstreckte.

Kälte schlug ihr entgegen und ließ ihren Atem gefrieren. Kristalle funkelten und glitzerten über dem gefrorenen Boden. Wunderschöne, filigrane Eisblumen zogen sich über die Wände bis zur Decke empor. Der zersplitterte Boden war mit einer dicken Eisschicht überzogen und hatte sich in eine einzige spiegelnde Fläche verwandelt. Jegliches Mobiliar war verschwunden. Kronleuchter und Fackeln waren erloschen und sträubten sich hartnäckig dagegen, wieder entzündet zu werden. Eine seltsame Atmosphäre beherrschte den Raum und ließ ihn in einem skurrilen Blau erstrahlen. Stille hing in der Luft und erstickte jedes Geräusch bereits im Keim. Der Zauber, der über der Großen Halle lag, schien durch nichts durchbrochen werden zu können.

»Das ist in der Tat eigenartig. Sehr eigenartig.«

Siriel beobachtete, wie Gil neugierig einen Schritt vortrat.

Voller Ehrfurcht berührte er einen Teil des Eises und zog die Hand abrupt wieder zurück. »Teufel noch mal! Dies ist keine Spiegelung! Das ist uralte Magie, das Eis lässt sich nicht berühren!«

Ensis nickte aufgeregt. »Es ist erstaunlich. Das Eis lässt sich weder schmelzen noch einbrechen. Je mehr ich es versucht habe, umso dicker schien die Eisschicht zu werden.«

»So etwas hat es seit hundert Jahren nicht mehr gegeben. Es muss etwas geschehen sein, dass unser Leben als *Unberührte* nachhaltig verändern wird.« Nachdenklich betrachtete Gil den Raum, dann wandte er sich um. Der Ausdruck in Gils Gesicht mahnte sie dazu, zu gehen.

Hastig zog sich Siriel in den Korridor zurück. Leise machte sie sich leise auf den Rückweg.

»Die Halle muss warten. Veranlasse für die Mitternachtstreffen alles Nötige. Wir werden sie ab heute Nacht woanders abhalten müssen. Ich muss mich weiter um Siriel kümmern. Sie ist zu widerstrebend. Sie muss endlich lernen, ihre Gedanken zu verstecken.«

Siriel war ihrem Lehrmeister nur einige Schritte voraus, doch konnte sie jedes seiner Worte verstehen. Mit vor Angst klopfendem Herzen beschleunigte sie ihre Schritte und schlug zielsicher den Weg zu ihrem Zimmer ein. Dort angekommen schloss sie keuchend die Tür hinter sich und atmete einmal tief durch.

Die vereiste Halle war unzweifelhaft ihr Werk. Die Vertrautheit, die ihr aus dem eisigen Raum entgegen geschlagen war, ließ keinen anderen Schluss zu. In ihrem Kopf kreisten ruhelose Gedanken. Mit klopfendem Herzen beschloss sie, diese Erkenntnis für sich zu behalten.

Niemand sollte wissen, dass sie direkt in ihr Herz gesehen hatten.

Gil

Königliches Blut

Die Luft war stickig. Staub flirrte durch die fahlen Sonnenstrahlen eines schwülheißen Sommertages. Es roch nach abgestandenen Rauch, Essen und Schweiß. Der Schankraum war fast leer.

Siriel saß allein an einem der vielen Tische. Beharrlich kritzelte sie auf einem Stück Pergament herum. Sie war froh, dass der Wirt sie in Ruhe ließ, solange sie ihr Bier bezahlte. Ihr Blick glitt über die krakelige Skizze, die sie mit Kohle auf das Stück Pergament gebannt hatte. Entsetzt zuckte Siriel zusammen.

Das Bild zeigte das verschwommene, jedoch im ganzen Land bekannte, kantige Gesicht eines Mannes, der sie mit ungewöhnlich festem und klarem Blick ansah. Das detaillierte Portrait wirkte erschreckend real.

Siriel schluckte schwer, als es direkt vor ihren Augen lebendig wurde.

Wie von Zauberhand veränderte sich das Bild und begann, sich zu bewegen. Der Mann ließ den Blick ungläubig sinken und seine Gestalt entfernte sich. Furcht und blankes Entsetzen standen ihm ins Gesicht geschrieben, während er an sich hinab auf all das Blut starrte, das aus seiner Brust quoll. Kraftlos hielt er in der anderen Hand noch das eigene Schwert umklammert. Die Krone des Mannes glitt zu Boden und zerschellte. Der König glitt sterbend zu Boden.

Das Bild erstarrte und bewegte sich nicht mehr. Doch das Pergament begann, sich langsam intensiv blutrot zu verfärben.

Keuchend zerknüllte Siriel die Zeichnung. Das Herz in ihrer Brust hämmerte. Voller Angst sah sie sich um, ob jemand auf sie aufmerksam geworden war. Hitze wallte in ihr auf, als sie sich dem Blick eines Gastes der Schenke bewusst wurde.

Dort hinten in der Ecke saß er und starrte sie unentwegt an. Er schien nicht einmal zu blinzeln. Ensis' stechend grüne Augen sahen Siriel unter den feinen hellen Augenbrauen beängstigend offen entgegen.

Panisch ließ sie das Stück Pergament in ihrer Tasche verschwinden, die zu ihren Füßen unter dem Tisch stand. Sie warf einen raschen Seitenblick nach draußen. Die

Sonne ging unter. Wenn sie sich beeilte, konnte sie die Dunkelheit der Nacht nutzen und verschwinden.

Der König. Es war der Tod des Königs, den sie vorausgesehen hatte. Noch in dieser Nacht würde es vielleicht geschehen. Er würde sterben und sie konnte nichts dagegen tun.

Mit zitternden Händen öffnete sie erneut die Schnallen ihrer Tasche, um sich zu vergewissern, dass es tatsächlich der Tod des Königs war, den sie gezeichnet hatte. Doch das Pergament war verschwunden. Das Einzige, was sie in der Tasche fand, war eine blutverschmierte, prächtige Krone.

Schreiend und schweißgebadet erwachte Siriel.

Des Königs Krone

Siriels Herz raste und ihr Atem ging keuchend. Ihre schweißnasse Brust hob und senkte sich rasch. Orientierungslos flirrte ihr Blick durch ihr Zimmer, das im Dunkel der Nacht lag. Mit zitternden Händen schlug sie die Decke beiseite und setzte sich auf. Angespannt lauschte sie in die Stille, die wie ein schweres Tuch auf ihren Ohren lastete.

Nichts geschah.

Stöhnend vergrub sie das Gesicht in den feuchten Händen. Sie konnte die Tränen nicht aufhalten, die durch einen unerträglichen, inneren Druck angetrieben über ihre Wangen liefen. Mit bebenden Schultern schluchzte sie hemmungslos in die Nacht hinein.

Ja, sie war es, nach der alle suchten. Sie hatte die Tod und Unheil bringenden Bilder gemalt. Aber sie hatte nie einen Mord begangen.

Ihre Bilder erschienen wie von Zauberhand und gingen drohendem Unheil voran. Siriel konnte nie sicher sein, wann die Dinge eintraten, die sie vorausgesehen hatte. Es war eine Sehergabe, von der Gil gesprochen hatte. Für Siriel jedoch war sie ein Fluch.

Ein leises Geräusch, das vom Flur jenseits ihrer Zimmertür her rührte, scheuchte sie auf wie ein namenloses Gespenst.

Angstvoll ließ sie die Hände sinken und hielt den Atem an. Ihr Blick fixierte die Tür. Ein schwacher Lichtschein flackerte unter dem Türblatt zu Siriel hindurch ins Zimmer. Die Zeit schien für eine Moment lang stehen zu bleiben, dann wurde es wieder dunkel und Siriel atmete kaum hörbar auf.

Wie elektrisiert sprang sie auf und lief hinüber zu dem Bündel, das sie seit ihrer Ankunft bei den *Unberührten* nicht mehr geöffnet hatte. Hastig wühlte sie zwischen einer Hand voll Kleidern und anderen Wertgegenständen herum. Sie kramte eine Hand voll Bücher beiseite, bis sie das fand, was sie suchte:

Die blutbefleckte Krone des verstorbenen Königs.

Mit zitternden Händen zog Siriel das Machtsymbol aus dem Bündel hervor und betrachtete es im kalten Licht des Mondes. Schlagartig wurde ihr bewusst, dass ihr der Besitz der Königskrone irgendwann sicherlich zum Verhängnis werden würde. Gehetzt blickte sie sich um und überlegte fieberhaft, wo sie den Beweis für ihre Gabe verschwinden lassen konnte.

Es dämmerte bereits, als ihr endlich ein geeignetes Versteck einfiel.

Ausgebrannt

Erschöpft lehnte sich Siriel in den Schatten der schlecht einsehbaren Nische. Der Stein fühlte sich kalt und feucht unter ihren Fingern an. Erleichtert schloss sie für einen Moment die Augen. Gedankenverloren lauschte sie ihrem eigenen, pochenden Herzschlag und dem Rauschen des Blutes in ihren Ohren. Sie genoss den Moment der Ruhe und des Innehaltens. Es hatte ihr so gefehlt, einfach nichts zu tun und sich treiben zu lassen.

Sie verabscheute die Hektik des Alltags im Zirkel und sie hasste die viel zu hohen Ansprüche, die insbesondere Gil an sie stellte. Tief in ihrem Inneren spürte sie, dass sie keiner seiner Erwartungen an sie gerecht wurde, so sehr sie sich auch bemühte.

Die erwachsenen Mitglieder des Zirkels waren weiterhin überaus höflich und zuvorkommend zu ihr. Der Umgang mit ihnen war angenehm und unverbindlich. Trotz allem herrschte zwischen ihr und den anderen *Unberührten* ein scheinbar unüberwindlicher Abgrund. Dieser Zwiespalt machte ihr zu schaffen.

Siriel fühlte sich ausgebrannt. All ihre Reserven waren verbraucht von der ständigen Angst, in der sie lebte, und sie wusste nicht, woher sie neue Kraft nehmen sollte. Wenn sie in den Spiegel sah, blickte eine Fremde zu ihr zurück.

Ihre Glieder schmerzten, während sie auf der dünnen Decke hin und her rutschte, um auf dem kalten Stein einen bequemeren Platz zu finden. Kraftlos bettete sie ihren Kopf auf die Knie. Er fühlte sich unendlich schwer an.

In ihrem Inneren herrschte eine unbeschreibliche Leere. Sie war einsam, traurig und müde. Sie wusste nicht, wie spät es war oder wie lange sie sich nun schon in dieser kalten, dunklen Nische zurückzog. Ob Gil bereits nach ihr suchte? Was würde er tun, wenn er sie nicht fand?

Siriel zuckte zusammen, als sie plötzlich Schritte in dem Gang hinter sich vernahm. Hastig zog sie sich so weit in die Dunkelheit zurück wie sie nur konnte. Sie wollte nicht gefunden werden.

Doch die Schritte eilten, ohne innezuhalten, an ihr vorbei.

Überrascht sah Siriel auf.

Ein hochgewachsener Mann schritt majestätisch den Gang hinunter. Sein rötliches, schulterlanges Haar wehte ebenso hinter ihm her, wie seine lange, schwarze Robe. Eine filigran anmutende Brille funkelte auf seiner langen gebogenen Nase. Vor einer schmalen, schmucklosen Tür blieb er stehen. Verstohlen sah er sich kurz um und verschwand.

Neugierig blickte Siriel ihm hinterher. Sie fand das Benehmen des Mannes merkwürdig, denn bisher hatte sie Heimlichkeiten innerhalb des Zirkels nur erahnen können. Außerdem kam er ihr seltsam bekannt vor, dabei war sie sich sicher, ihn noch nie zuvor gesehen zu haben. Neugier stieg in Siriels Bewusstsein auf und drängte sie, dem Mann hinterher zu schleichen. So sehr sie sich auch dagegen wehrte, sie konnte der Versuchung einfach nicht widerstehen.

Leise stand sie auf und raffte die Decke zusammen, auf der sie gesessen hatte. Wachsam vergewisserte sie sich, dass sie allein war. Dann huschte sie zu der schmalen Tür hinüber, hinter der der geheimnisvolle Mann verschwunden war. Erwartungsvoll drückte Siriel die Klinke herunter.

Ihre Augen weiteten sich vor Staunen, als sie sich in einem prachtvoll blühenden Garten wiederfand. Der süße, betörende Duft von unzähligen Blumen hing schwer in der Luft und schien in seiner Vielfalt beinahe ihre Sinne zu sprengen. Leuchtend bunte Farben strahlten ihr entgegen und Wasser plätscherte in der Ferne fröhlich vor sich hin.

Siriel war fasziniert von dem Wunder, das sich vor ihr auftat. Beinahe vergaß sie, warum sie den geheimnisvollen Garten überhaupt betreten hatte, so viel gab es in seinen verborgenen Winkeln zu entdecken. Umso heftiger zuckte sie zusammen, als grässliches Klirren die paradiesische Atmosphäre zerriss. Wie angewurzelt blieb sie stehen und horchte.

Das Krachen wiederholte sich, diesmal lauter und eindringlicher. Es klang beinahe wie zerspringendes Glas und Holz, das gewaltsam auseinander gebrochen wurde.

Ein Schrei riss Siriel aus ihrer Starre. Neugierig folgte sie den Geräuschen, bis sie eine weitere Tür erreichte. Diese stand einen Spalt weit offen, sodass Siriel in den Raum dahinter blicken konnte.

Fluchend warf der Mann, den sie bereits draußen auf dem Flur gesehen hatte, ein Gemälde beiseite. Es prallte gegen die Tür, hinter der Siriel hockte und zerschellte. Knirschend zerbrach das schützende Glas vor der Kostbarkeit und auch der Holzrahmen barst in tausende kleiner Stücke.

Wütend darüber, wie jemand einem Kunstwerk solch eine Verachtung entgegenbringen konnte, blickte sie darauf hinab und erschrak.

Das Gemälde zeigte sie, wie sie am Tisch in der Schenke saß und die Zeichnung vom Tod des Königs anfertigte.

Angst stieg in ihr hoch und kroch in jeden Winkel ihres Körpers. Wer hatte das Bild von ihr angefertigt und warum? Wusste vielleicht bereits der ganze Zirkel, wen sie in ihre Mitte aufgenommen hatten?

Panisch lief Siriel zurück in den Garten. Sie blickte nicht mehr zurück, denn sie fürchtete, dass der Fremde ihre Anwesenheit bemerkt haben könnte. Tränen liefen haltlos über ihr Gesicht. Sie wusste nicht, wohin. Am liebsten wäre sie weit fort gelaufen, irgendwo hin, in eine bessere Zukunft.

Siriel wusste nicht wie, doch ihre Füße trugen sie wie von selbst zurück zu ihrem Zimmer. Schluchzend warf sie sich auf ihr Bett. Die unsichtbare Last schien sie förmlich unter sich zu zerdrücken.

Es wurde Zeit, sich einen Plan zur Flucht zurecht zu legen, sollte der Zirkel tatsächlich zu viel über sie in Erfahrung gebracht haben.

Sie spielte mit dem Feuer. Gekettet an die Gegenwart, da sie es nicht wagte, einen Blick zurück in ihre Vergangenheit zu werfen, und nicht in der Lage war, ihren Pfad in der Zukunft zu erkennen. Hilflos stand sie zwischen Erde und Himmel gefangen. Ein winziger Teil eines riesigen Gefüges, das um seine Existenz und um seine Träume bangte. Und niemanden würde es interessieren, ob sie am Leben scheiterte.

Ihre Entscheidung war gefallen. Sollte der Zirkel sein düsteres Wissen über sie offenbaren, wäre sie bereit zu fliehen. Egal wohin.

Dunkle Bedrohung

»**S**etz dich zu mir, Gil. Erzähl', wie macht sich deine neue Schülerin?« Der Blinde im Rollstuhl machte eine einladende Handbewegung.

Seufzend nahm Gil in dem Sessel ihm gegenüber Platz. »Sie hat Schwierigkeiten, sich an das Leben im Zirkel zu gewöhnen. Jeder, der ihr begegnet, behandelt sie freundlich und respektvoll. Doch ihr Durst nach Freiheit und der Drang, dorthin zu gehen, wohin es sie eben verschlägt, machen ihr zu schaffen. Ich spüre, dass sie oft daran denkt, wie ihr Leben früher einmal war. Sie wünscht sich ein Leben zurück, in das es kein Zurück gibt. Das macht sie sehr traurig.«

»Aus deinen Worten spricht Sorge, Gil«, bemerkte der Blinde stirnrunzelnd. »Hattest du nicht gesagt, dass Ensis sich um sie kümmern wollte?«

Gil lachte verbittert auf. »Das wollte er. Aber ihr Verhältnis hat sich rapide verschlechtert. Ensis zweifelt an der Entscheidung, Siriel in den Zirkel aufzunehmen. Er ahnt, dass sie diejenige sein könnte, die die Bilder in Umlauf gebracht hat.«

Nachdenklichkeit zeichnete sich in dem Gesicht des Blinden ab, während dieser nervös über sein Kinn strich. »Dann ist unser Plan in Gefahr. Ensis zeigt in letzter Zeit zu häufig Interesse an Dingen, die ihn nicht interessierten dürften. Behalte ihn im Auge und gib auf Siriel Acht. Die politischen Unruhen draußen nehmen zu. *Er* ist zurückgekehrt, ich spüre seine Anwesenheit von Tag zu Tag deutlicher. Auch wenn ich noch nicht verstehe, wie er dem Bann entkommen konnte. Die größte Bedrohung aller Zeiten steht dem Mitternachtszirkel bevor. Wir sollten anfangen, uns gegen den Feind zu wappnen. Auf die Hilfe der Menschen können wir nicht hoffen. Sie sind momentan genug mit ihrer eigenen Revolution beschäftigt. Wir müssen uns auf einen leisen, unerwarteten Angriff vorbereiten. Wir können nur erahnen, was uns erwartet. *Seine* Rache wird grausam sein!«

Gil schauderte bei den Worten des Blinden. Er nickte ernst. »Habt Vertrauen, wir werden uns auf *ihn* und seine Tücken gut vorbereiten!«

»Sei nicht zu voreilig, Gil. Der Kampf hat bereits begonnen. Die unaufhaltsame Zersetzung des Zirkels ist bereits in vollem Gange, ich kann es spüren! Wir können uns nicht sicher sein, wie viele der *Unberührten* mitten unter uns noch immer tatsächlich unberührt geblieben sind. Viele kehren verändert von ihren Reisen und Aufträgen zum Zirkel zurück. Denk nur an die merkwürdigen Ereignisse nachdem Ensis mit Siriel zurückkam!«

Gil nickte nachdenklich.

Die vielen Morde, die viel zu überstürzten Umbrüche in der politischen Welt außerhalb des Zirkels. Aber auch kaum wahrnehmbare Umschwünge innerhalb der Gemeinschaft der *Unberührten* hatten seit Siriels Ankunft alles ins Wanken gebracht.

»Was sollen wir tun? Wem können wir noch vertrauen?«, fragte Gil leise und in seiner Stimme lag ein verbitterter Unterton.

„Du musst dir selbst vertrauen, Gil. Dann fällt es dir leichter, auch mir, Jilsaki und Siriel zu vertrauen. Siriel ist der Schlüssel. Ich wusste es, seitdem ich zum ersten Mal von ihr hörte. Sie verfügt über eine einzigartige Gabe, auch wenn ihr das selbst nicht bewusst ist. Teste ihre Fähigkeiten und stelle sie auf die Probe, bis wir wissen, wie weit ihr Talent reicht. Und behalte Ensis im Auge. Belauere jegliche Zuwendung, die er Siriel zuteilwerden lässt. Ich ahne, dass sie noch die ein, oder andere Überraschung zu bieten hat. Sie ist diejenige, die uns prophezeit wurde. Also liegt es allein in ihrer Hand, ob der Zirkel überlebt oder untergeht.«

Gil nickte. Er war nicht besonders überzeugt, doch er beugte sich den Wünschen des Blinden. Seufzend stand er auf. »Es ist Zeit für den Unterricht. Ich werde Euch von Siriels Fortschritten berichten.«

Der Blinde nickte höflich zum Abschied.

Dann eilte Gil von dem Gespräch aufgewühlt davon.

Am Ende ihrer Kraft

»**K**onzentriere dich, Siriel!« Unbarmherzig unterzog Gil sie einem kritischen Blick. »Nur wer gelernt hat, auf lärmenden Schuhen einen Raum zu durchqueren, dass man ihn nicht kommen hört, kann auch mit leisem Schuhwerk über denselben Boden gehen, ohne sich durch einen Laut zu verraten!«

Siriel seufzte. Seit Stunden versuchte sie bereits den knarrenden Dielenboden möglichst leise zu überqueren. Von überall her beobachtete sie ihr eigenes Gesicht, das von unzähligen Spiegeln an der Decke und den Wänden des Raumes auf sie herabschaute. Die verglasten Flächen verliehen dem Raum eine schier unendlich große Dimension und machten Siriel zusätzlich das Leben schwer. Sie war zu müde und erschöpft, um auch nur einen weiteren Schritt zu machen.

»Gil, ich weiß nicht, was das damit zu haben soll, dass ich meine Gedanken zu kontrollieren lerne! Ich kann nicht mehr, es ist genug für heute!« Stöhnend sank sie zu Boden und zog die hochhackigen Schuhe von den schmerzenden Füßen.

»Deine zukünftigen Feinde ruhen sich auch nicht aus, Siriel! Nur wenn du auch nur einen Augenblick schneller als sie bist, kannst du dich gegen sie behaupten! Die Welt dreht sich von Jahr zu Jahr schneller. Selbstdisziplin und Stärke sind das Einzige, was du ihnen entgegen zu setzen hast. Also arbeite daran, eben diese Eigenschaften in dir zu stärken, und in voller Wucht aus dir herauszubringen, wenn du sie benötigst! Steh auf!« Grob zerrte er sie zurück auf die Füße und machte eine ungeduldige Handbewegung.

»Gil, es ist bestimmt schon mitten in der Nacht! Ich kann mich nicht mehr konzentrieren!« Siriels Stimme war matt und ein Kratzen im Hals ließ sie husten. Sie fühlte sich elend. Müdigkeit und seelische Erschöpfung hatten ihr Gesicht gezeichnet.

Doch Gil war unnachgiebig. »Konzentriere dich, Siriel. Denk an das Emblem unten in der Halle. Deine Seele muss makellos sein, damit sie die Grausamkeiten der

Welt ertragen kann! Vergiss nicht, es wird Jahre dauern, das zersplitterte Bodenemblem wieder zusammen zusetzen.«

Unwillkürlich huschte ein schadenfrohes Lächeln über Siriels Züge.

In diesem Punkt hatte Gil durchaus Recht. Viele *Unberührte* waren sehr wütend auf sie, dass sie das Symbol ihrer Macht zerstört hatte.

Siriel biss die Zähne zusammen, schlüpfte zurück in die unbequemen Schuhe und unternahm einen erneuten Versuch.

Gils unerbittlich strenger Blick verfolgte sie, während sie sich bemühte, die Holzdielen möglichst lautlos zu überqueren.

Vorsichtig setzte sie einen Fuß vor den anderen und nahm die Bewegung ganz bewusst mit all ihren Sinnen wahr. Und mit einem Mal schien es ihr tatsächlich zu gelingen. Überrascht von sich selbst, sah sie zu Gil hinüber.

Dieser nickte zufrieden. »Das sollte fürs Erste genügen, Siriel. Du kannst gehen.«

Sie traute ihren Ohren kaum. Hastig nickte sie, streifte die Schuhe von den Füßen und verließ zügig den Raum. Müde schleppte Siriel sich durch die unzähligen Gänge. Beinahe wie von selbst schienen ihre Beine den Weg zu finden, denn sie achtete nicht sonderlich darauf, welchen davon sie einschlug. Auf einer großen, ausladenden Treppe geriet sie plötzlich ins Straucheln und fing ihren Sturz im letzten Moment ab. Als sie sich bewusst wurde, dass sich ein weicher, dicker Teppich über die kalten Stufen bis hinunter zu Treppenabsatz erstreckte, ließ sie sich auf den Boden sinken und schloss die Augen. Sie war zu erschöpft und zu müde, um noch einmal aufzustehen. Ihr fehlte jegliche Kraft zum Weitergehen und eine unbestimmte Gleichgültigkeit ergriff von ihr Besitz. All ihre Probleme und Sorgen schienen zwar immer noch sehr nah. Aber war es ihr plötzlich gleich, was mit ihr geschehen würde, wenn sie einfach liegen blieb und sich selbst ihrem Schicksal überließ.

Irgendwo in der Ferne vernahm sie Schritte und Stimmen, die nahezu panisch nach ihr riefen. Sie spürte, wie sie jemand unsanft schüttelte, doch sie konnte keinen Muskel rühren, noch die Augen wieder öffnen. Bevor sie sich versah, verblassten auch diese Wahrnehmungen in ihrem Bewusstsein und sie glitt hinüber in einen tiefen, traumlosen Schlaf.

Ohne Kurs

»Ich habe gehört, was passiert ist. Wo ist sie?« Aufgeregt kam Jilsaki in den Raum gestürzt und schloss rasch die Tür hinter sich. Besorgt funkelten die hellbraunen Augen hinter den Gläsern seiner Brille zu Gil hinüber, der vor Sorge gebeugt an seinem Schreibtisch hockte.

Mit leerem Blick starrte er auf eines der darauf liegenden Pergamente und hielt den Blick gesenkt. »Sie ist in Sicherheit.« Gils Worte waren nicht mehr als ein ersticktes Flüstern.

»Gil, wir geraten mehr und mehr in Bedrängnis! Was passiert, wenn sich die Prophezeiung nicht erfüllen sollte? Was sollen wir Siriel sagen? Sollen wir sie einfach wieder fortschicken?« Jilsakis Stimme hatte einen drängenden Unterton.

Gil lachte kurz und heiser auf. Verzweifelt blickte er auf. »Glaubst du, ich hätte nicht bereits hunderte Male darüber nachgedacht? Glaubst du ernsthaft, ich hätte nicht...« Gil versagte die Stimme. Erneut starrte er ins Nichts.

Jilsaki schwieg bedrückt und wartete.

Es dauerte eine Weile, bis Gil in der Lage war, weiterzusprechen. »Siriel kämpft. Sie kämpft mit sich selbst. Ich habe es wie oft in ihrem Blick gesehen, doch ich wollte warten.« Ein feuchtes Glitzern trat in Gils Augen.

»Ich befürchte, wir haben zu lange gewartet, Gil. Der Herr der Dämonen schläft nicht. Seine Macht wächst, ich spüre es von Tag zu Tag deutlicher. Wir müssen den Siegelring zurückholen, egal wieviel es kostet!«

»Nein, noch nicht. Wir dürfen nicht überstürzt handeln. Der Siegelring ist sicher versteckt. Der Dämon wird ihn nicht finden«, widersprach Gil vehement.

Jilsaki schüttelte nur mit dem Kopf. »Wenn Siriel tatsächlich diejenige ist, für die wir sie halten, müssen wir schnell handeln!«

»Es stimmt, Jilsaki. Doch wie sollen wir handeln? Du weißt genauso gut wie ich, dass viele, die als *Unberührte* unter uns leben, nicht mehr das Recht haben, sich unberührt zu nennen. Und dennoch duldet der Meister sie!« Wütend schlug Gil mit der geballten Faust auf den Tisch. Zorn beherrschte augenscheinlich seine Gedanken.

»Gil, beruhige dich!« Jilsaki packte seinen Freund bei der Schulter. »Ich werde zu den ehemaligen Beratern des Königs gehen. Sie kannten ihren Herrscher besser als sonst jemand. Und sie waren die besten Berater, die er je hatte. Sie werden auf mich hören, du weißt warum. Wenn uns ihre Unterstützung sicher ist, werde ich zu den Republikanern gehen. Einige wenige konnten dem Zorn der Kronloyalen entkommen. Auch ihr Wissen dürfte unglaublich wertvoll für uns sein.«

Gil nickte geistesabwesend. »Wir dürfen in der Tat keine Zeit mehr verlieren. Ich werde Siriel und Ensis zu dir schicken, wenn es ihr wieder besser geht. Und nun geh und lass dich auf deinem Weg weder aufhalten noch töten. Wir müssen rasch handeln.«

Jilsaki nickte. »Achte gut auf Siriel. Sie ist der Schlüssel zu dem Rätsel.« Ein letztes Mal sah Jilsaki seinen Freund eindringlich an. Dann verließ er Gil, der grübelnd und sorgenschwer allein in der Dunkelheit zurückblieb.

Die erste Wahrheit

Leise Musik und andere gedämpfte Geräusche drangen in ihr Bewusstsein. Nur langsam verzogen sich die Schleier des traumlosen Schlafes. Siriel spürte etwas auf sich liegen. Der Stoff unter ihr war warm und weich.

Mit einem Schlag kehrten die Erinnerungen zurück. Sie konnte nicht mehr auf der Treppe liegen.

Erschrocken schlug Siriel die Augen auf und blinzelte. Vor ihr lag ein relativ kleiner, runder Raum, der vollgestopft war mit wunderbar filigran gefertigten Möbeln und kräftig wachsenden Grünpflanzen. Hinter zwei großen, länglichen Schrägfenstern lag tiefe Nacht und Sterne glitzerten Siriel entgegen. Kaltes, silbriges Mondlicht schien herein, durchflutete den Raum und verlieh den gelb getünchten Wänden des Zimmers einen geheimnisvollen Schimmer.

Sie lag auf einem wunderbar weichen Sofa. Auf ihrem Körper ruhte eine warme Felldecke. Gähnend schlug Siriel diese nun zurück und setzte sich auf. Sie wunderte sich, als sie an ihrem Körper ein weiches Kleidungsstück entdeckte, das nicht ihr gehörte. Das lange Nachthemd war schlicht, doch sie mochte es. Am Saum war ein verschlungenes ‚E' eingestickt.

Neugierig sah Siriel sich erneut um und betrachtete den Raum genauer. Aus einem ihr unerfindlichen Grund schien ihr dieser sehr vertraut, selbst wenn sie wusste, niemals zuvor dort gewesen zu sein.

Als der feine, süßliche Geruch von Pfeifentabak in ihre Nase drang, wandte Siriel erschrocken den Blick ab. Schlagartig wurde ihr bewusst, dass sie jemand beobachtete.

Ein Stück von ihr entfernt auf der anderen Seite des niedrigen Glastisches, saß eine dunkle Gestalt in einem großen Sessel. Ihre Gesichtszüge wurden blass vom Mondlicht erhellt und verlieh ihnen eine ungewohnte Härte. Dann leuchtete die Glut einer Pfeife in der Dunkelheit auf und für einen kurzen Moment trat ein lebendiger Schein in die stechend wirkenden Augen ihres Betrachters.

»Ensis?« Siriels Stimme war leise und zögerlich. Sie glaubte den jungen Mann erkannt zu haben, der sie zu den *Unberührten* gebracht hatte. Doch seine Miene war verschlossen und in seinen Zügen lag eine Strenge, die sie an ihm noch nie zuvor entdeckt hatte.

Die Gestalt in dem Sessel schwieg. Ein weiteres Mal flackerte die Glut in der langen geschwungenen Pfeife auf und Rauchschwaden zogen in ihre Richtung.

Der süßliche Tabakgeruch machte sie wieder schläfrig, aber die innere Anspannung der letzten Wochen war mit einem Mal zurück. Unwohl zog Siriel die Beine an ihren Körper heran und wich dem Blick ihres Gegenübers nervös aus. Wo war sie und zu welchem Zweck war sie dort?

»Du hast lange und tief geschlafen, Siriel.« Plötzlich regte sich die Gestalt in dem Sessel und stand langsam auf. Die Pfeife wurde weg gelegt.

Siriel vernahm ein leises, dumpfes Geräusch von Holz auf Holz. Für einen Moment verschwand ihr Gegenüber in einer der dunklen Ecken des Zimmers und tat etwas. Dann leuchtete irgendwo ein grelles Licht auf. Siriel blinzelte.

Am anderen Ende des Raumes stand Ensis. In der Hand hielt er eine Laterne. Das Licht erhellte flackernd sein Gesicht.

Siriel erschrak bei seinem Anblick.

Er war blass und sein Mund hatte sich hart zu einer ernsten Miene verkrampft. Sein Körper war lediglich mit einer bodenlangen Robe aus einfachen, weichen Stoffen bedeckt. Nichts war geblieben von der Eleganz und dem eigenwilligen Charme, den er noch vor wenigen Wochen ausgestrahlt hatte. »Du bist hier in meinen Privaträumen«, erklärte Ensis kurz angebunden. Er kehrte zu ihr zurück, stellte den Kerzenhalter auf den Tisch und setzte sich wieder ihr gegenüber in seinen Sessel. »Es war Gils Entscheidung. Er meinte, es wäre besser für dich, wenn du getrennt von den anderen Lehrlingen deinen Unterricht absolvieren würdest. Aus diesem Grund bist du hier.«

Siriel bemerkte sofort den leicht gereizten Unterton in Ensis Stimme. Zuerst dachte sie, es sei Sorge, doch dann kam ihr angesichts der vergangenen Wochen ein ganz anderer quälender Gedanke. »Du scheinst nicht sonderlich erfreut über Gils Entscheidung zu sein«, bemerkte Siriel knapp. »Jetzt kannst du mir schließlich nicht mehr aus dem Weg gehen.« Die ganze Wut darüber, dass er sie die letzten Wochen so alleine gelassen hatte, entlud sich auf einmal in ihren Worten und versetzte ihrem Herzen einen schmerzhaften Stich.

Ensis' Augen wurden gefährlich schmal. Nur mühsam unterdrückte er die Wut, die ihm ins Gesicht geschrieben stand und sprang von seinem Sessel auf. Ruhelos lief er im Raum auf und ab.

Siriel konnte förmlich sehen, wie es tief in ihm brodelte.

»Natürlich bin ich nicht erfreut!«, platzte es mit einem Mal aus Ensis heraus. »Du weißt, ich mag dich sehr. Ich würde alles für dich tun. Aber du gehörst einfach nicht hierher!«

Verletzt sprang Siriel auf. Sie war fest entschlossen zu gehen, egal welchen Schutz der Zirkel ihr auch bieten konnte. Keinen Moment länger würde sie zusammen mit Ensis in einem Raum verbringen, wenn er ihr mit solcher Abneigung entgegen stand. »Dann werde ich gehen. Aber ich verlasse nicht nur diesen Raum, sondern ich verlasse auch dieses Haus und alle, die darin leben! Es war eine dumme Idee zu glauben, du würdest auch nur irgendetwas für mich empfinden. Das einzige, das dich interessiert, ist deine Pflicht dem Meister gegenüber. Weißt du was? Ich verfluche den Tag, an dem wir uns begegnet sind. Ich werde nicht hier bleiben und einem Phantom dienen, wenn selbst du mich nicht hier haben willst!« Siriel biss sich auf die Lippe, bis es schmerzte.

Sie hatte es Ensis nie erzählt, aber sie hatte seinem Drängen, mit ihm zu kommen, nicht nur aus Angst vor dem Hass der Menschen nachgegeben. Ihr war immer bewusst gewesen, dass man sie verfolgen würde, sobald jemand herausfinden würde, dass sie diejenige war, die die verfluchten Bilder gemalt hatte. Tief in ihrem Inneren hatte sie die außergewöhnliche Verbindung gespürt, die seit ihrer ersten Begegnung zwischen ihr und Ensis bestanden hatte. Eine seltsame gegenseitige Anziehungskraft hatte sie beide nicht mehr losgelassen. Sie waren immer respektvoll miteinander umgegangen, bis zu dem Tag, an dem sie das Haus der *Unberührten* betreten hatten.

Siriel war zutiefst verletzt und enttäuscht. Hin und wieder, in der dunkelsten Stunde der Nacht, hatte sie sich nichts mehr gewünscht und erhofft, dass Ensis' doch so offensichtliche Zuneigung zu ihr wiederkommen würde. Dieser Wunsch würde nun für immer unerfüllt bleiben. Ebenso wie das lange verborgene Gefühl für Ensis, das sie ohne eine Erklärung dafür zu haben, seit langem tief in ihrem Herzen mit sich getragen hatte: Liebe.

Tränen rannen still über ihr Gesicht und waren Zeuge ihrer tiefen Traurigkeit.

Mit einem riesigen Loch in ihrem Herzen ging sie um den Tisch herum und nahm das Bündel ihrer Habseligkeiten auf, das sie am anderen Ende des Raumes ausgemacht hatte. Ohne auch nur einmal zurückzusehen, trat sie auf die einzige schmale Tür des Zimmers zu. Entschlossen legte Siriel die Hand auf die Türklinke.

Da schob Ensis sie zur Seite und versperrte ihr den Weg.

Wütend sah sie ihn an. Hätten ihre Augen Funken sprühen können, so hätten sie es jetzt getan. »Lass mich durch! Ich werde nicht an einem Ort bleiben, an dem ich nichts als Kälte und Demütigung erfahre!« Siriel legte all ihren Zorn in ihre Worte, der sich über die die vergangenen Wochen in ihr angestaut hatte. Die Wahrheit lag wie ein bitterer Geschmack auf ihrer Zunge.

Seit sie zugestimmt hatte, mit Ensis zu gehen, hatte sie letztendlich allen Halt im Leben verloren. Sie wusste nicht mehr, ob es gut oder schlecht war, was sie fühlte und dachte. Es fiel ihr schwer einzuschätzen, ob Entscheidungen richtig oder falsch getroffen wurden. Sie erinnerte sich nicht mehr daran, was ihr Leben lebenswert machte. In ihrer Verzweiflung und Not hatte sie all ihre Hoffnungen und Wünsche in Ensis gesetzt. Und dieser hatte sie letzten Endes bitter enttäuscht.

»Ich darf dich nicht gehen lassen, Siriel.« Ensis' Worte klangen leer. Kein Gefühl nutzte den Platz. Vollkommene Ausdruckslosigkeit machte sich stattdessen in ihnen breit. Der Ensis, den sie kennen und schätzen gelernt hatte, war verschwunden.

»Ich werde nicht hier bleiben, egal wie viele Talente ich in mir berge. Ich bin keine Maschine, Ensis. Ich höre genau jetzt auf, so zu funktionieren, wie ihr es mir aufzwingen wollt. Lass mich endlich vorbei. Es endet jetzt und hier.«

Ensis schüttelte nur den Kopf. »Wenn Gil dich einmal unter seine Obhut genommen hat, wird er dich nie wieder gehen lassen! Und das ist allein deine Schuld! Er ist vollkommen besessen davon, dich zum Kronjuwel seines Schaffens zu formen!«

»Und genau dagegen wehre ich mich! Er hat kein Recht, das zu tun! Ich bin ein Mensch mit Gefühlen, die er verletzt! Und ich begreife sehr wohl, was er und du vorhaben. Ihr wollt mich hier einsperren, weil ich den Rest der Welt nicht sehen soll! Weil ich dort andere Dinge hören und sehen könnte, die mich an dem, was ihr mir sagt, zweifeln ließen. Ihr liegt seit Jahrhunderten mit anderen im Streit. Hier geht es nicht um mich. Hier geht es um Macht! Das ist die Wahrheit, gib sie doch endlich zu!«

Ensis schien sich innerlich zu verkrampfen. Sein Blick wurde starr. Mit einem dumpfen Geräusch stieß seine Schulter gegen das Holz der Tür.

Siriel ließ sich davon nicht beirren. »Das einzige was ich von hier mitnehme, sind Tränen. Und jetzt lass mich durch.«

»Nein! Hörst du nicht, es tut mir leid!« Eine Spur von Verzweiflung mischte sich in Ensis' wütende Stimme und er klang auf einmal heiser. Sein Mund war trocken und in seinen stechend grünen Augen schimmerte ein seltsamer Glanz.

Siriels Herz schlug schneller und die Gefühle, die sie so lange vor sich und der Welt weggeschlossen hatte, drohten mit einem Mal auszubrechen. »Es tut dir Leid? Man sperrt mich hier ein, verlangt Tag und Nacht von mir Disziplin und Aufmerksamkeit! Ich soll die Welt da draußen mit euren Augen sehen und es schert niemanden, dass ich nicht in diese Welt gehöre! Ich will nicht in eine solche Welt gehen, in der jeder nur egoistisch seine eigenen Ziele verfolgt ohne Rücksicht auf Verluste. Jeden Tag aufs Neue bekomme ich zu spüren, dass meine Entscheidung falsch war, mit dir zu kommen und du wendest dich von mir ab. Du lässt mich im Stich, obwohl ich dich mehr als irgendjemand anderes brauche! Hast du auch nur eine Sekunde daran gedacht, was ich fühle oder was ich denke? Und nicht nur daran, dass ich die Sicherheit des Zirkels gefährden könnte?«

Abrupt wurde Ensis' Blick abwesend und er sank langsam mit dem Rücken an der Tür bis zum Boden hinab. »Dann hast du meinen Streit mit Gil also doch mit angehört«, flüsterte er und seine Stimme zitterte.

Siriel nickte.

Für ein paar bange Sekunden herrschte eine bedrückende Stille zwischen ihnen.

Ensis sank auf die Knie, griff nach ihrer Hand und sah Siriel unvermittelt direkt in die Augen. In seinem Blick spiegelten sich Wut, aber auch Verzweiflung und Hoffnungslosigkeit. »Bitte, lass es nicht so enden. Ich liebe dich! Ich habe mich von dir ferngehalten, weil ich dich bei deinem Unterricht und deiner ganz persönlichen, eigenen Entfaltung nicht behindern wollte. Ich war blind für deine Erschöpfung und wenn ich die Sorgen in deinem Blick gesehen habe, habe ich gedacht, dass sie sein müssten. Mir war nicht bewusst, dass deine Traurigkeit und Verzweiflung so groß waren. Es tut mir so leid! Ich habe deine Hilferufe nicht gehört, bitte vergib mir!« Eine einsame Träne suchte sich ihren Weg über seine Wange.

Schamesröte stieg Siriel ins Gesicht. Sie wusste plötzlich nicht, wie sie sich verhalten sollte. Mit einem derartigen Gefühlsausbruch von Seiten Ensis' hatte sie nicht gerechnet. Sie ließ seine Entschuldigung unerwähnt im Raum stehen, denn sie wusste nichts darauf zu antworten. »Gibst du dir die Schuld daran, dass ich auf der Treppe zusammen gebrochen bin?«, fragte sie stattdessen leise und sah ihn bang an.

»Ja, und nein. Siriel, ich wollte dich nicht verletzen. Aber ich darf mich dem Meister nicht widersetzen.« Er drückte ihre Hände leicht, dann führte er sie so nah an sein Gesicht, dass sie seinen Atem auf ihrer Haut spüren konnte.

Viele ungeklärte Fragen stiegen in Siriel auf. Sie ahnte, was er mit seinen Worten zu bezwecken versuchte. »In wie fern darfst du dich dem Meister nicht widersetzen?«, hakte sie ungeduldig nach.

»Das ist eine schwierige Frage, auf die ich nur komplizierte Antworten geben kann. Zunächst einmal solltest du wissen, dass der Meister überall sein kann. Er hört uns. Er weiß von unserem Streit und er weiß auch von deinen Sorgen, Ängsten und deiner Traurigkeit. Aber er selbst greift höchst selten ein. Dies ist eine Probe, Siriel. Er stellt uns beide auf die Probe, denn er weiß, dass es so sein muss. Was hättest du getan, wenn ich dich nicht in die Obhut der Unberührten gebracht hätte?«

»Ich denke, ich hätte mich schon irgendwie durchgeschlagen.« Siriel sah ihn verwirrt an. Sie wusste nicht, worauf er hinaus wollte.

»Und glaubst du, dass dir dieses Leben leichter gefallen wäre?«

Siriel überlegte, doch sie kam zu keinem schlüssigen Ergebnis. »Ich weiß es nicht«, sagte sie schließlich. Sie war sie mit ihrer Antwort überaus unzufrieden.

Schaudernd dachte sie an die vielen Tränen zurück, die sie während ihrer Zeit bei den *Unberührten* geweint hatte. Nie offen, sondern meistens im Stillen, im Verborgenen.

Sie erinnerte sich an die Erschöpfung, die nicht hatte nachlassen wollen. An die düsteren Gedanken, die sie ruhelos umher getrieben und sie nachts nur wenig hatten schlafen lassen.

Erneut spürte sie die quälende Einsamkeit und die Verzweiflung darüber, dass niemand ihr Gefühlschaos aus Traurigkeit verstand. Plötzlich war sie wieder mittendrin in dem Gefühl, dass mit einem Mal ein riesiges Loch in ihr Leben gerissen worden war. Zum hundertsten Mal kam sie sich überflüssig und klein gegenüber allem andern vor.

Alles, was ihr wichtig gewesen war, war mit einem Mal in unerreichbare Ferne gerückt. Sie empfand sich selbst als Fremde, innerlich verroht und verkümmert.

Siriel dachte zurück an die vielen, oft sehr verletzenden Rügen von Gil, wenn sie wieder einmal einen Fehler gemacht hatte. Aber auch an die Standpauken, die sie auch dann ereilten, wenn sie meinte, alles richtig gemacht zu haben. Für den kleinsten Fehler zog Gil sie zur Rechenschaft.

Nichts bot mehr Sicherheit, die Welt stand völlig Kopf. Und sie war mittendrin, unfähig in irgendeine Richtung zu gehen.

Siriel schluckte und unterdrückte die Tränen. Im selben Moment spürte sie, wie ihr ohnehin schmerzlich verletztes Herz in Stücke gerissen wurde. Weinend brach sie in sich zusammen.

Mit einem schleifenden Geräusch ließ sich Ensis zu ihr auf den Boden sinken. Tröstend zog er sie an sich heran, hielt sie fest und strich sanft über ihren Kopf.

Sie hatte nicht mehr die Kraft, sich aufzuraffen. Sie hatte nicht mehr die Kraft, Ensis wütend zurückzuweisen. Zitternd suchten ihre eiskalten Hände seine Arme. Schluchzend vergrub sie ihr Gesicht an seiner Brust, in der sein Herz laut und aufgeregt klopfte.

Fest drückte er sie an sich, beinahe so, als wolle er sie nie wieder loslassen.

Wie betäubt ließ Siriel die unerwartete Zärtlichkeit und die immer wieder in ihr Ohr geflüsterten Entschuldigungen zu.

All ihre Gefühle brachen aus ihr heraus und suchten sich woanders ihren Platz. Alles, was ihr die letzten Wochen im Haus der Unberührten ihre letzten Kräfte geraubt hatte, fiel mit einem Mal von ihr ab und wich einem Gefühl der Erleichterung. Hoffnung schlich sich wieder in ihr schmerzendes Herz und sie war mit einem Mal froh darüber, dass Ensis sie nicht hatte gehen lassen.

Ihre Tränen versiegten nur langsam und ihr Zittern legte sich erst, nachdem sie den klammernden Griff um Ensis' Körper zögernd löste. Schniefend wischte sie sich die letzten Tränen aus dem Gesicht und öffnete die Strickjacke, die sie sich übergeworfen hatte. Das Nachthemd darunter war völlig verschwitzt und sie fröstelte.

Ensis sah es, löste die Umarmung, stand auf und zog sie mit sich auf die Füße. Dann war sein Gesicht dem ihren mit einem Mal ganz nah.

Mit Erstaunen sah sie, dass auch seine Augen gerötet waren und vor Tränen glänzten.

»Ich werde nicht zulassen, dass dir jemand jemals wieder so weh tut. Das verspreche ich dir. Ich kann dich nicht vor schmerzlichen Erfahrungen bewahren. Aber ich will dir helfen, diese schadlos zu überstehen. Ab jetzt wirst du nicht mehr alleine gehen.« Seine Hände berührten zärtlich ihre Wangen, dann beugte er sich vor und küsste sie sanft auf die Lippen.

Der kurze, sanfte Kuss schmeckte salzig. Ein seltsames, warmes Gefühl rann mit einem Mal unaufhörlich durch jede Faser ihres Körpers. Für einen Moment schien sich die Welt plötzlich langsamer zu drehen, bis sie beinahe stehen blieb.

Ihr Herz setzte einen Schlag lang aus, dann stieg ein lange vermisstes Gefühl in Siriel auf. Der Kuss war sehr kurz, dennoch bereitete er ihr eine Gänsehaut. Sie konnte nicht anders, als sich in das so vertraute Gefühl hineinfallen zu lassen.

Nach einer Weile ließ Ensis sie los. Mit einem seltsamen Glänzen in den Augen wandte er sich von ihr ab und holte etwas aus einem Schrank am anderen Ende des Zimmers. »Hier.« Ensis kehrte mit einem frischen Hemd für Siriel zurück. »Wasch' dich und zieh dich um. Ich gehe derweil zu Gil. Er soll dich weiter unterrichten. Aber ich werde dafür sorgen, dass er nicht mehr so hart zu dir ist.« Lächelnd überreiche er Siriel das Hemd und ging zur Tür hinüber. Dort angekommen wandte er sich noch einmal zu Siriel um und sah sie mit einem seltsamen Gesichtsausdruck an. »Ich hoffe, es geht dir jetzt besser.« Seine letzten Worte waren nur ein Flüstern. Er schloss die Tür hinter sich.

Allein und mit schmerzendem Herzen blieb Siriel zurück. »Ja. Danke.«

Schwere Entscheidungen

»Sie wird es schaffen.« Gils Worte waren leise und vorsichtig. Mit gerunzelter Stirn sah er hinaus in die Nacht.

Der Meister sah Gil mit gerunzelter Stirn an. »Ich halte es für keine gute Idee, Siriel wissentlich eine solch schwierige Aufgabe aufzuerlegen.«

»Wir haben keine Wahl. Wenn sie uns den Siegelring nicht wiederbringt, können wir sie weder vor dem wachsenden Zorn der Menschen beschützen, noch haben wir den Zirkel außer Gefahr gebracht. Ich habe jahrelang dafür gebetet, dass ich niemals dazu gezwungen sein würde, den Ring zurückzuholen, das könnt Ihr mir glauben. Es war schwer genug, ihn unbemerkt in meinem Traum zu verstecken.«

»Und nun bist du nicht in der Lage, den Traum erneut zu träumen und den Siegelring zurückzuholen«, warf der Meister zweifelnd ein. »Aber sie kann es wahrscheinlich, denn sie kann in deine Träume treten. Warum?«

»Ich weiß es nicht!« Wütend fuhr Gil auf. »Wichtig ist nur, dass sie es kann!« Unbehaglich sah er sich um.

Es hasste die Situation, in der sie sich befanden. Die Zukunft des Zirkels hing am seidenen Faden. Alles hing von Siriels Erfolg ab.

»Wenn sie versagt, war alles umsonst.« Gils Worte waren eine nüchterne Feststellung, trotzdem jagte es ihm einen Schauder über den Rücken.

»Erst wenn wir alle Vertrauen in sie haben, wird sie wird es schaffen, Gil. Ich glaube an sie. Ihr Wille ist stark. Vielleicht zweifeln wir zu sehr an ihr und auch an uns.«

Gil nickte. Dann ging er und ließ einen angespannten, nachdenklichen Meister in der Dunkelheit zurück.

Begegnung im Traum

Ein lang gezogenes, einstöckiges Haus aus rötlichem Stein erhob sich am Ufer des Sees. Es hatte ein niedriges Dach, dessen Ziegel feuerrot im Licht der Sonne glänzten.

Zufrieden genoss Siriel das Gefühl des frischen, angenehm kühlen Winds auf ihrer Haut. Ihr helles, leichtes Sommerkleid und ihr langes Haar flatterten um sie herum und ließen in ihrem Herzen das Gefühl von Leichtigkeit und Unbeschwertheit aufkommen. Sie beschattete die Augen mit den Händen und sah sich um.

Zwischen der größtenteils verglasten Hauswand des lang gezogenen Gebäudes und dem Wasser erstreckte sich eine große, weite Wiese auf der am Ufer des Sees ein einziger Baum stand. Er trug reich an rotbackigen Äpfeln, von denen manche als Fallobst bereits das Gras bedeckten.

Siriel stutzte irritiert, denn sie wusste, dass es im Sommer noch keine reifen Äpfel gab. Sie erschrak, als sie im Schatten des Baumes eine groß gewachsene Gestalt sah, die am Ufer eine niedrige Grube aushob. Sie trug eine weite, bodenlange Robe und eine Kapuze verdeckte ihr Gesicht. Mit flinken Fingern ließ sie etwas darin verschwinden und häufte darüber erneut nasse Erde zu einem kleinen Hügel an.

Siriel hatte noch nie jemandem am Ufer des Sees gesehen, egal wie oft sie auch schon dort gewesen war. Stirnrunzelnd beobachtete sie, wie die Gestalt rasch zurück zum Haus eilte. Aus irgendeinem Grund kam ihr die Person bekannt vor. Aufgrund ihres Ganges und der Art ihrer Bewegungen, schloss Siriel, dass es sich dabei um einen Mann handelte.

Wer konnte ihr hierher gefolgt sein? Neugierig stand Siriel auf und folgte dem Fremden in das Haus hinein.

Dort schien alles wie ausgestorben und unbewohnt, ebenso wie bei ihren letzten Besuchen. Sie betrat einen engen Flur, in dem alles bis auf die weiß getünchten Wände aus Holz bestand. Weit und breit war niemand zu sehen. Nichts deutete darauf hin, dass sie nicht mehr allein war.

Siriel lauschte angestrengt.

Ein leises Knarren verriet, das der Fremde durch die schlichte Eingangstür nach draußen getreten war.

Entschlossen nahm Siriel all ihren Mut zusammen und folgte dem Mann hinaus auf die schmale, überdachte Veranda, von der ein paar Stufen zu einem schmalen Weg führten. Das Holz war alt. Überall platzte Farbe ab und die Balken ächzten unter dem Gewicht des Fremden.

Der Mann hockte ein paar Meter entfernt an der Hauswand. Dort waren mürbe, bröckelige Ziegelsteine aufeinander gestapelt. Scheinbar wahllos griff sie nach einem von ihnen. Wie von Geisterhand erschien unter seiner Berührung ein kleines Symbol auf dem rötlichen Untergrund.

Siriel wunderte sich, dass sie das Zeichen auf eine Entfernung von mehreren Metern erkennen konnte. Sie zuckte zusammen, als ihr bewusst wurde, was es zu bedeuten hatte. Es war dasselbe Symbol, wie auf dem Boden der großen Halle im Haus der *Unberührten*. Das Bodenrelief, das sie bei ihrer Ankunft im Zirkel zerstört hatte.

Der Fremde legte die Hand auf den Ziegel und schloss die Augen. Die Oberseite des Steins glitt unter seinen Fingern zur Seite und öffnete sich wie ein steinerner Sarg. Hastig zog der Mann ein hölzernes Kästchen aus den vielen Falten seiner Gewänder, das dasselbe Symbol trug, und ließ es in die freigelegte Öffnung gleiten. Er schien erleichtert zu sein, es loszuwerden.

Siriel wollte sich gerade bemerkbar machen, als Rufe in der Ferne laut wurden. Alarmiert sah sie sich um. Ihr Blick fiel auf etwa ein Dutzend Menschen, die aufgebracht und bewaffnet den schmalen Pfad zum Haus hinunter stürmten.

Von ihrer Wut aufgescheucht, legte der Mann den Ziegelstein unter einen der anderen und richtete sich auf.

Für einen Moment hatte Siriel das Gefühl, er würde zu ihr hinübersehen und entdecken.

Doch anstatt auch nur ein Wort zu sagen, wandte er sich von ihr ab und hielt mit eiligem Schritt auf den angrenzenden Wald zu.

Atemlos und mit Sicherheitsabstand folgte Siriel ihm über zerbrochene Steinstufen einen Hügel hinauf. Das Haus blieb unrealistisch schnell hinter ihnen zurück und die Bäume standen zu dicht, um genügend Sonnenlicht hindurch zu lassen. Trotzdem war es hell genug, dass Siriel dem Fremden mühelos folgen konnte.

Es dauerte nur wenige Minuten, da erreichte der Mann eine Tür. Sie stand einzeln und ohne von irgendwelchen Wänden aufrecht gehalten zu werden. Beinahe so, als hätte man sie schlichtweg dort vergessen.

Oder aber die Wände, die sie halten, sind unsichtbar. Ungläubig runzelte Siriel die Stirn.

Den Mann hingegen schien die geheimnisvolle Tür nicht zu überraschen. Selbstsicher griff er nach der Klinke und wandte sich ein letztes Mal um. Seine Kapuze fiel zurück.

Siriel blinzelte überrascht.

Gil sah sie eindringlich mit seinen stechend und kalt wirkenden Augen an. Ohne etwas zu sagen, drückte er die Tür mitten im Wald auf und verschwand ins Nichts.

Unschlüssig bleib Siriel zurück. Hinter ihr wurden erneut Schreie laut, die bedrohlich immer näher kamen. Siriel hatte nicht die Zeit, länger darüber nachzudenken und entschloss sich kurzerhand, Gil durch die Tür, die noch einen Spalt breit offen stand, zu folgen. Eilig schlüpfte sie hindurch und blinzelte sie in ein gleißend helles Licht, das sich nur langsam zurückzog.

Sie fand sich in einem schmalen Gang wieder, der mit Bücherregalen gesäumt war. Mit einem leisen Klicken schloss sich die Tür hinter ihr und verschwand. Unsicher wandte Siriel sich um. Hinter ihr war nur noch ein Bücherregal zu sehen und der Gang vor ihr endete an einem hohen, länglichen Fenster, hinter dem die Sonne unterging. Panisch suchte sie nach einem Fluchtweg, doch es gab keinen. Das Geräusch von Stiefelabsätzen ließ sie schließlich aufsehen.

Eindringlich sah Gil sie an. Seine Gestalt war aus einem unerfindlichen Grund wesentlich imposanter, als sie ihn in Erinnerung hatte und seine Körperhaltung wirkte seltsam steif. Er hielt ein großes, schweres Buch in der Hand, über deren aufgeschlagene Seiten in stetiger Hast eine kratzende Feder eilte, ohne dass seine Hand diese führte. »Was tust du hier, Siriel? Wie bist du ans Seeufer gekommen?«, fragte er scharf und eine ungewohnte Unruhe sprach aus seiner Stimme.

Siriel zuckte hilflos mit den Achseln. Sie wusste auf seine Frage tatsächlich keine Antwort. »Ich weiß es nicht. Aber ich bin schon oft dort gewesen.« Sie hoffte, Gil nicht verärgert zu haben.

Dieser zog nur sichtlich überrascht und ein wenig argwöhnisch die Augenbraue hoch. »Bist du dir darüber bewusst, dass dein Körper momentan schläft und wir uns in einem Traum begegnen?«, fragte er nun ein wenig sanfter und beobachtete ihr Mienenspiel genau.

»Da ich mich schon manches Mal nach dem Aufwachen erinnern konnte, an dem See gesessen zu haben, gehe ich davon aus, ja.« Verwirrt zog Siriel die Augenbrauen zusammen. Sie wusste nicht, worauf Gil hinaus wollte.

»Nun, du überraschst mich, Siriel. Du hast ein ungewöhnliches Talent. Streng genommen, dürftest du diesen Ort nie betreten können, denn es ist mein Traum. Das Eindringen in die Traumbilder anderer Menschen kommt dem Eindringen in ihre Seele sehr nahe.« Gils durchbohrender Blick wurde unerträglich.

Beschämt wandte Siriel den Blick von ihm ab. Stattdessen betrachtete sie ihre Umgebung nun mit ganz anderen Augen. »Und was ist dies hier für ein Ort? Ist er real?« Sie wollte verstehen, warum sie in Gils Traumbild eingedrungen war.

»Ja und nein. Er existiert in mir und er ist so lange Realität, bis wir erwachen. Du hast nicht gewusst, dass es nicht dein Traumbild ist, in dem du dich aufhältst. Deshalb mache ich dir keinen Vorwurf. Ich möchte nur, dass du weißt, was es bedeutet, wenn du den Traum eines anderen betrittst. Ich muss ich dich eindringlich darum bitten, vollkommenes Stillschweigen darüber zu bewahren. Es ist unser Geheimnis. Niemand darf davon erfahren. Der Traum eines jeden ist ein geschützter Ort, solange man ihn geheim hält. Doch er kann einem jeden zum Verhängnis werden, wenn er in die falschen Hände gerät, hast du mich verstanden?«

Siriel nickte stumm, bevor sie über das Gehörte nachdenken konnte. Sie wusste nicht, was sie anderes hätte sagen sollen.

»Allerdings«, begann Gil leise, »könnte sich deine Anwesenheit hier ebenso als ein unglaublicher Glücksfall erweisen. Vielleicht bist du im Stande das zu tun, was ich nicht tun konnte.«

Alarmiert sah Siriel auf.

Für den Bruchteil eines Moments sah sie Belustigung in Gils Augen aufblitzen. »Habe keine Angst. Die Aufgabe wird dir nicht zu viel abverlangen. Du sollst lediglich etwas zurückholen, dass dem Meister gehört.« Er machte eine kurze Handbewegung und das Bücherregal neben ihm veränderte sich in einem verwirrenden Wirbel von Farben, bis es die Form einer schlichten Holztür annahm. Mit einem auffordernden Nicken sah er Siriel an und deutete auf die Tür. »Du hast gesehen, dass ich etwas in dem Ziegelstein versteckt habe. Also ist dieser Ort nicht länger geheim. Tritt mit geschlossenen Augen durch diese Tür und hol zurück, was ich versteckt habe, Siriel. Danach folge dem Weg erneut hinauf bis zu der Tür im Wald. Lass dich von niemandem aufhalten und sprich mit niemandem. Ich werde hier auf dich warten.«

Versteck im Traum

Siriel blinzelte und blickte in ein helles Licht. Sie stand in dem engen Flur, in den sie Gil bereits vorher gefolgt war. Überrascht sah sie sich um.

Die Tür, durch die sie gekommen war, war verschwunden. Dafür konnte sie durch eine breite Fensterfront hinaus auf die Wiese zum Seeufer blicken. Siriel staunte, als sie dort einen Hügel entdeckte, den sie schon einmal gesehen hatte. Schnell erfasste ihr Blick auch die Tür, durch die sie hinaus auf die Veranda gelangen konnte.

Gil wusste, dass er nicht viel Zeit haben würde. Wahrscheinlich wird es mir genauso ergehen. Eilig trat Siriel nach draußen. Sie suchte nach den roten Ziegelsteinen, die neben der Hauswand hätten liegen müssen, doch sie waren fort. Unschlüssig blieb Siriel stehen.

Die roten Steine mussten doch irgendwo geblieben sein! Ihre angespannte Miene hellte sich auf, als ihr etwas ins Auge fiel, dass sie in Gils Bildern nicht gesehen hatte. Unterhalb der Veranda hatte jemand damit angefangen, eine Mauer aus den roten Ziegeln zu bauen.

Zufrieden ging sie auf das halb fertige Bauwerk zu und untersuchte sie auf den, mit dem Zeichen der *Unberührten* markierten, Stein. Ihn zu erkennen war gar nicht so leicht, aber sie fand ihn. Er war gleich in der oberen Ecke der Mauer verbaut. Vorsichtig ging sie in die Hocke und streckte die Hand nach ihm aus. Noch bevor sie den Ziegel berühren konnte, zerfiel er unter ihren zitternden Fingern zu Staub. Zurück blieb nur das schmale Holzkästchen, das Gil dort versteckt hatte.

Siriel war ein bisschen schwindlig vor Glück, als ihr bewusst wurde, dass sie es geschafft haben musste. Sie wollte nach dem Kästchen greifen und es einstecken, doch so sehr sie sich auch bemühte, es ließ sich keinen Millimeter von der Stelle bewegen.

Siriel fluchte. *Das wäre auch zu schön gewesen.*

Mit einem Mal wurden Stimmen und aufgebrachte Rufe hinter ihr laut. Erschrocken wandte sie sich um.

Eine Hand von Menschen kam den Weg vom See hinauf. In ihren Händen lagen gefährlich blitzende Waffen. Hass stand unmissverständlich in ihre Augen geschrieben. Sie näherten sich gefährlich schnell.

Unter Zeitdruck unternahm Siriel einen weiteren Versuch, das Kästchen an sich zu nehmen und scheiterte. »Verdammt noch mal!« Mit einem Schrei hieb Siriel auf die niedrige Mauer vor sich ein und erstarrte mitten in der Bewegung. Die vorher noch massiv wirkende Mauer zerfiel augenblicklich zu Staub. Mit einem dumpfen Geräusch fiel das hölzerne Kästchen zu Boden. Siriel griff danach, aber es war schwer wie Blei.

Fluchend vergewisserte Siriel sich, wie viel Zeit ihr noch blieb. Im selben Moment wirbelte eine Windböe den roten Staub auf und vernebelte ihr die Sicht. Siriel hustete und wartete, bis sich der Staub wieder gelegt hatte. Entsetzt bemerkte sie, dass die wütende Menge ein ganzes Stück näher gekommen war. Ihr blieb keine Zeit mehr.

Öffne dich, öffne dich für mich!

Siriels Gedanken rasten vor Angst. Ein letztes Mal hielt sie ihren gehetzten Blick auf das Kästchen gerichtet. Sie keuchte erschrocken, als das Kästchen mit einem Mal wie Kerzenwachs dahinschmolz und sich auflöste. Zurück blieb ein kleiner, aus glänzendem Gold gefertigter Siegelring. Ohne auch nur einen Moment länger zu zögern griff Siriel danach, streifte ihn auf ihren Finger und rappelte sich auf.

Die Menschenmenge hatte inzwischen beinahe das Haus erreicht.

So schnell sie konnte, rannte sie den Weg hinunter zum Wald, in den auch Gil geflüchtet war und eilte die zerbrochenen Steinstufen zwischen den hohen, alten Bäumen empor. Sie hörte nichts außer ihrem vor Angst laut klopfenden Herzen und ihrem eigenen keuchenden Atem, wagte es jedoch nicht, zurückzusehen. Unbeirrt nahm sie eine Stufe nach den anderen.

Der Weg schien anders als beim letzten Mal in einem scharfen Winkel anzusteigen und schon nach einer Weile fiel es Siriel schwer, ihr Tempo weiterhin beizubehalten. Sie stolperte und stand sofort wieder auf.

Dann endlich, nach einer Ewigkeit, wie es ihr vorkam, entdeckte sie durch die dunklen, immer enger beieinander stehenden Bäume hindurch eine einzelne Tür.

Siriel jubelte. Darauf hatte sie lange hatte genug warten müssen.

Keuchend hielt sie vor dem vom Wetter gegerbten Holz inne, legte die Hand auf die Türklinke und drückte sie herunter. Stolpernd trat Siriel über die Türschwelle und fing ihren Sturz ab, in dem sie sich an einem der Bücherregale festkrallte. Krachend fiel die Tür hinter ihr ins Schloss.

»Hast du es geschafft?« Gil musterte sie neugierig. Sein Blick war seltsam starr.

»Ja. Aber der Traum hatte sich verändert.«

Alarmiert sah Gil auf. Für einen Moment leuchtete seinen hellen Augen entsetzt auf.

Beunruhigt entdeckte Siriel etwas in ihnen, das sie noch nie zuvor gesehen an ihrem Lehrmeister gesehen hatte: Furcht.

»Ensis ist wach, er beobachtet dich. Gib mir den Ring, verlasse den Traum und erwache. Du darfst dir nicht anmerken lassen, was du erlebt hast. Niemand darf erfahren, dass wir miteinander gesprochen haben. Halte dich bereit. Heute Nacht wird sich unser aller Schicksal entscheidend.« Warnend sah Gil sie an.

Abermals nickte Siriel. Dann erwachte sie und schlug die Augen auf.

Sie war zurück.

Mitternachtsversammlung

»Wer auch immer die Gabe besitzt: Man sollte ihn einsperren und dafür sorgen, dass er sie nicht noch einmal gegen einen anderen Menschen einsetzt!«

»Das ist doch Blödsinn, so nehmt doch Vernunft an! Wer immer diese Gabe inne hat, ist bestimmt nicht glücklich darüber, dass er sie besitzt! Er sieht schreckliche Dinge mit seiner Fähigkeit vorher, doch er löst sie nicht aus. Eine Sehergabe ist nichts Verwerfliches!«

»Woher wollt Ihr das wissen?! Beweist es!«

Schon von weitem schlugen Gil aufgebrachte Stimmen und eine Welle von Wut entgegen. Die Stimmung war aufgeheizt und geradezu geladen. In dieser Versammlung seinen Standpunkt zu vertreten und nicht nachzugeben, würde keine leichte Aufgabe sein, dessen war er sich sicher. Die Meinungen über den geheimnisvollen Künstler, dessen Bilder überall im Land grausame Morde ankündigten, hielten den Zirkel seit Monaten in Atem und hatten ihn innerlich gespalten.

Gil atmete einmal tief durch, straffte die Schultern und richtete sich zu seiner vollen Größe auf. Selbstbewusst trat er über die Schwelle zur Großen Halle, in der sich die *Unberührten* zu der wichtigen Versammlung zusammen gefunden hatten.

Ein Zittern lief durch den Boden des großen, mit einer dicken Eisschicht überzogenen, Raumes. Mit einem tiefen Grollen und Knirschen taten sich mit einem Mal weite Risse von seinem Fuß aus auf und beendeten den lauten Streit.

Abrupt trat Stille ein. Während die Eiszapfen, die von der hohen Decke hingen, bedrohlich schwankten, trat Gil in die Mitte der Anwesenden. Um seine Füße flirrte ein diffuses, rotes Licht. Das Eis schmolz unter Gils Schritten und fror knirschend hinter ihm wieder zu, nachdem er weitergegangen war. Alle Blicke waren abrupt auf ihn gerichtet, alle Gespräche ohne ein weiteres Wort beendet.

Verwundert nahm Gil wahr, welch große Auswirkungen seine Anwesenheit auf die Große Halle augenscheinlich hatte, ließ sich jedoch nichts davon anmerken.

»Ich begrüße, dass Ihr unserem Ersuchen gefolgt seid, Gil«, richtete einer der *Unberührten* das Wort an ihn. Es war einer der ältesten *Unberührten* des Zirkels, ein ewiger Zweifler und Streithahn. Er durchbrach damit die unangenehme Stille, die zwischen ihnen entstanden war.

Gil musterte ihn mit verschlossener Miene. »Selbstverständlich, Bardur. Ich komme gerne, um Euch in meiner Funktion als Mentor Rede und Antwort zu stehen.« Er wählte seine Worte bewusst höflich. Mit wachsamem Blick betrachtete er das Mienenspiel des älteren *Unberührten* und versuchte, dessen Gedanken zu erraten.

Plötzlich wirkte sein Gegenüber verunsichert. Er versuchte, es zu überspielen, war jedoch sichtlich schlecht darin. Stattdessen bekam seine Stimme einen vorwurfsvollen, kompromittierenden Tonfall. »Nun gut. Welche Meinung vertretet Ihr gegenüber diesem geheimnisvollen Künstler, Gil? Ich werde das seltsame Gefühl nicht los, dass Ihr mehr über diesen ominösen Künstler wisst.«

Verärgert zog Gil die hellen Augenbrauen zusammen. »Ihr vergesst, mit wem Ihr sprecht, Bardur. Keiner von uns hat das Recht über jemanden zu urteilen, der eine, uns unbekannte, Ressourcen nutzt. Wir als *Unberührte* sollten das besser wissen, als jeder andere. Uns als Zirkel kommt diesbezüglich viel Verantwortung zu. Wir schützen Menschen mit besonderen Fähigkeiten und bestrafen sie nicht für das, was sie sind. Vergesst das nicht, Bardur.« Die Worte des Lehrmeisters waren streng und von einer ungewohnten Härte, die nur wenige von ihm kannten. Seine Selbstsicherheit verunsicherte die ihm gegenüber stehenden *Unberührten* sichtlich.

»Aber… aber diese Gabe ist gefährlich«, versuchte sich einer der anderen Streithähne stotternd in einer Erklärung.

»Sie ist nicht gefährlicher, als die Anwendung jener Techniken, die Ihr euren Schülern lehrt«, erwiderte Gil kühl. »Eure Furcht gründet auf Unwissenheit. Damit seid Ihr nicht besser, als der Rest der Menschheit. Ich hoffe also nicht, dass dies der einzige Grund ist, weshalb Ihr zu dieser Versammlung gerufen habt.«

»Nein«, gab der älteren Männer zu. »Das ist nicht der einzige Grund. Ihr seid hier, weil Eure Fähigkeiten als Mentor von manchen der *Unberührten* angezweifelt werden.«

Gils Augenbraue zuckte nervös in die Höhe. »Ist dem so? Ich befürchte, ich kann Euch nicht ganz folgen.« Ungehalten ließ seinen Blick durch die Reihen der Anwesenden schweifen.

Nicht einmal ein Drittel der Mitglieder des Zirkels war bei der Versammlung anwesend. Die meisten von ihnen waren jung und hatten gerade erst ihre Abschluss-Aufnahmezeremonie überstanden.

Demnach trägt eine Mehrheit der Unberührten diese Bloßstellung nicht mit. Ein wenig erleichtert atmete Gil tief durch und stellte sich den kritischen Blicken der Umherstehenden.

Bardur schnaubte verächtlich. »Ich schätze, Ihr wisst ganz genau, wovon ich spreche. Siriel genießt jetzt bereits seit mehreren Wochen den Schutz des Zirkels. Und dennoch hat sie noch keine der wichtigen Informationen offenbart, die sie verborgen halten soll. Wie sollen wir sicher sein, dass sie tatsächlich ihr Wort hält und uns genau die Informationen gibt, die der Zirkel benötigt?«

Viele der Anwesenden stimmten ihm raunend zu.

Gils Augenbrauen zogen sich noch dichter zusammen. »Siriels Aufnahme in den Zirkel wurde unserem Meister bestimmt, nicht von mir. Ich bin lediglich zu ihrem Lehrmeister ernannt worden. Es obliegt meiner Verantwortung, sie unsere Werte zu lehren und nicht darin, sie zum Reden zu bringen.« Wütend ballte er die Hände zu Fäusten. Er konnte es nicht glauben. Sollte *er* tatsächlich mittlerweile einen solch großen Einfluss auf den Zirkel haben, dass dieser sich gegen den Willen seines eigenen Meisters wandte?

»Aber Ihr habt ihre Aufnahme im Zirkel unterstützt. Welchen Wert hat dieses dubiose Frau also für Euch?« Provokant machte Bardur einen Schritt auf Gil zu.

Dieser bebte vor Zorn. »Stellt Ihr etwa die Entscheidung des Meisters in Frage?« Seine Stimme hallte wie ein Peitschenhieb von den vereisten Wänden der Halle wider und verlieh ihm jene Autorität, die seinem Amt gebührte.

Schlagartig wurde es still. Niemand wagte es, auch nur einen Muskel zu rühren.

Abschätzend wandte Gil sich den umherstehenden *Unberührten* zu und sah jenen, die nicht schnell genug seinem wütenden Blick auswichen, fordernd in die Augen. Genugtuung überkam ihn, als er die Angst in ihren Gesichtern sah. »Wagt es und ihr verstoßt gegen das wichtigste Gesetz des Zirkels! Die Konsequenzen kennt ihr. Erwartet nicht, dass der Meister auch nur einen von euch verschont.« Schnaubend vor Wut wandte er sich von seinem Gesprächspartner ab und machte auf dem Absatz kehrt. Mit flatternden Gewändern verließ er die Mitternachtsversammlung.

Die Fremde im Spiegel

Es war mitten in der Nacht. Angespannt rieb Siriel sich die Augen und gähnte. Die seltsamen Erlebnisse im Traum und die dortige Begegnung mit Gil ließen sie einfach nicht los. Nachdem Ensis wieder friedlich neben ihr eingeschlafen war, hatte sie sich deshalb davon geschlichen. Aufgewühlt hatte Siriel sich in Ensis' Arbeitszimmer zurückgezogen, um ein wenig nachzudenken und um ungestört lesen zu können.

Gils Bitte, den Siegelring für ihn zurückzuholen, hatte sie neugierig gemacht. Seit Stunden schon wälzte Siriel alles, was sie über die Aktivitäten des Zirkels aus den vergangenen Jahren finden konnte. Auf dem Boden vor ihr lagen haufenweise Akten aufgeschlagen, die sie aus dem Archiv gekramt hatte, das Ensis verwaltete. Siriel hatte gehofft, dass sie darin etwas über den Siegelring finden würde, den sie Gil gegeben hatte. Angeblich waren in diesen Akten alle Aktivitäten der *Unberührten* erfasst. Doch da sie nicht wusste, wonach sie suchen sollte, gestaltete sich die Suche danach als ausgesprochen schwierig. Gelangweilt von den vielen, sich größtenteils ähnelnden Fällen, blätterte sie durch einen Stapel Papier, als ihr plötzlich ein vergilbtes Blatt in die Hand fiel.

Es war ein Ausschnitt aus einer Tageszeitung, der bereits verblichen und gelb geworden war. Laut dem Datum, das in die rechte obere Ecke gekritzelt worden war, war der Artikel bereits über 40 Jahre alt. Interessiert begann sie zu lesen:

Nachdem die Kutsche höchst wahrscheinlich recht unsanft durch ein tiefes Loch in der Straße fuhr, brach die Radachse. Das Gefährt geriet ins Schlingern, bevor sie seitlich ausbrach und sich mehrmals überschlug. Augenzeugen zufolge ist es angesichts der völlig zerstörten Wrackteile ein wahres Wunder, dass einer der Reisenden überleben konnte.

Siriel betrachtete das Gesicht des jungen Mannes auf dem Bild. Er hatte ein schönes, männliches Gesicht. Sein fester, entschlossener Blick und seine akkurate, teure Kleidung verrieten, dass er keinesfalls eine niedrige Stellung im Kreis der *Unberührten* eingenommen haben musste. Siriel fragte sich, ob er vielleicht sogar das Amt des

76

Meisters bekleidet haben könnte. Schlagartig kamen ihr wieder die Worte in den Sinn, die Ensis zu ihr gesagt hatte, als sie zum ersten Mal das Haus der *Unberührten* betrat: *Den Meister bekommen wir nur selten zu Gesicht. Gil spricht lediglich für ihn.*

Wenn sie jetzt darüber nachdachte, kam ihr Ensis' Erklärung sehr seltsam vor. Sie richtete den Blick wieder auf den Zeitungsausschnitt und las weiter:

Der, erst nach dem Unfall, zum neuen Meister des Mitternachtszirkels ernannte junge Mann wurde schwer verletzt den heilenden Händen seines Zirkels übergeben. Laut Aussage seiner Ärzte ist er mittlerweile außer Lebensgefahr und befindet sich somit auf dem Weg der Besserung. Alle anderen Insassen der Kutsche kamen bei diesem wirklich tragischen Unfall ums Leben.

Sie hatte also richtig vermutet. Das Bild zeigte den jetzigen Meister. Immerhin hatte es in den letzten 40 Jahren keinen neuen Meister mehr gegeben.

Stirnrunzelnd legte Siriel den Artikel beiseite und durchsuchte die Akten nach weiteren Hinweisen auf den geheimnisvollen Unfall. Doch so sehr sie auch danach suchte, sie fand nichts. Stattdessen erstickte sie beinahe in Akten über die Verfolgung von Dämonen. Unbeirrt suchte Siriel weiter und stieß schließlich auf ein kleines, eng beschriebenes Stück Pergament. Aufgeregt hielt sie für einen Moment die Luft an.

Die Handschrift war sauber, aber klein und verschlungen. Es schien sich um einen Bittbrief an den Meister zu handeln. Neugierig, aber aus irgendeinem, ihr unerfindlichem Grund auch widerstrebend, begann sie, die Furcht einflößenden Worte zu lesen:

Ich versuche die Dämonen in mir zu bekämpfen, doch es gelingt mir nicht. Sie sind wie ein unversöhnlicher Zwilling zu meiner Seele. Sie kennen jede meiner Schwächen und verwenden ihr verdorbenes Wissen gegen mich. Nachts dringen sie mit ihren schrillen Stimmen auf mich ein und peinigen mich. Sie lassen mir keine Ruhe. Immer wieder versuche ich die quälenden Gedanken von mir zu schieben und ihnen nicht nachzugeben. Ich suche einen Weg, als Sieger aus diesem Kampf hervorzugehen, bin aber immer wieder ein nutzloser Verlierer. Meine Kräfte neigen sich ihrem Ende zu. Ich befürchte das Schlimmste. Bitte helft mir, Meister der Unberührten!

Schaudernd legte sie das Pergament beiseite. Sie dachte an Gils Ausführungen im Unterricht, was Dämonen anbelangte. Er hatte nie erwähnt, woran man sie erkannte.

Siriel erschrak. Schritte näherten sich im Flur und ein eisiger Lufthauch durchzog das Zimmer. Hastig schlug sie die Akten zu und warf sie auf einen Stapel neben der Tür. Die ihr Licht und Wärme spendende Kerze flackerte, doch die Tür zu Ensis'

Arbeitszimmer blieb geschlossen. Erleichtert atmete sie auf und endzündete eine neue Kerze. Der Docht war eben entfacht, als sie eine flüchtige Bewegung aus dem Augenwinkel wahrnahm. Ruckartig wandte sie sich um. Sie befand sich immer noch allein im Raum. Etwas funkelte ihr aus dem Dunkeln entgegen. Es war ein Wandspiegel, der in einer Ecke verborgen stand. Die langen Stoffbahnen, die ihn für gewöhnlich geheim hielten, waren zurück geglitten und gaben den Blick auf einen Teil seiner spiegelnden Oberfläche frei. Neugierig trat Siriel an die verborgene Kostbarkeit heran.

Sie hielt sich nicht zum ersten Mal in Ensis' Arbeitszimmer auf, aber aus irgendeinem verrückten Grund, war der Spiegel ihr noch nie zuvor aufgefallen.

Vorsichtig griff sie nach den Stoffbahnen, sodass auch der Rest von ihnen mit einem leisen Rascheln zu Boden glitt. Der Spiegel war ein einzigartiges Kunstwerk aus geschliffenem Glas. Doch etwas Wichtiges fehlte bei all der vollkommenen Pracht dieses Schmuckstückes: Ihr eigenes Ebenbild blickte ihr nicht entgegen. Stattdessen entzündete sich am Rand der leeren Spiegelfläche ein Licht. Siriel zuckte unvermittelt zurück. Was sie sah, ließ sie ernsthaft an ihrem Verstand zweifeln. Das Spiegelbild zeigte ein ihr völlig unbekanntes, kleines Zimmer. Es war äußerst ungewöhnlich eingerichtet. Den meisten Gegenständen darin konnte Siriel nicht mal eine Funktion zuordnen.

Er ist wie ein Tor in eine andere Welt, schoss es ihr durch den Kopf.

Eine fremde, junge Frau erschien unvermittelt auf der Bildfläche und sah ihr traurig entgegen. Dunkelblonde Haar umrahmte wirr ihr Gesicht und fiel ihr tief in die Stirn. Sie war hübsch, doch ihre Haut wies unzählige kleine Narben und Unreinheiten auf, die unter ihrer Schminke hindurch schimmerten. Dunkle Schatten ließen sie alt und müde wirken. Die schmalen, roten Lippen der Fremden zitterten. Tränen standen in ihren grün-grauen Augen.

Siriel konnte sich ihrem Blick nicht entziehen. Er war wie ein Sog. Wer war sie? Warum war sie so traurig?

Ein metallenes Geräusch von der Tür zu Ensis' Arbeitszimmer riss Siriel in die Realität zurück. Alarmiert wandte sie sich von ihrer Entdeckung ab. Die Klinke bewegte sich langsam nach unten. Reflexartig hob Siriel die Stoffbahnen vom Boden auf und warf sie über den Spiegel. Augenblicklich wurde die Oberfläche wieder dunkel und die fremde Frau schwand im Nichts. Mit rasendem Herzen trat Siriel an Ensis' Schreibtisch und beugte sich scheinbar lesend über eines der Bücher. Sie bemühte sich um einen möglichst arglosen Gesichtsausdruck, doch ihr Magen krampfte sich schmerzhaft zusammen.

78

Niemand stürmte in den Raum. Die Tür knarrte nur einmal leicht in den Angeln, öffnete sich einen Spalt weit und behielt dann diese Position.

Verwundert ließ Siriel von ihrem Ablenkungsmanöver ab und verharrte eine Weile lang bewegungslos.

Die Tür rührte sich auch weiterhin nicht. Nur knapp über dem Boden zeigte sich eine Bewegung. Ein paar hell leuchtende Augen durchdrangen die Dunkelheit des Raumes.

Erleichtert atmete Siriel auf und ging in die Hocke. Ein leises Lachen entfuhr ihr, als sie von skeptischen Katzenaugen gemustert wurde. Einen Moment lang sahen sie und das Tier sich bewegungslos an.

Die kleine Besucherin machte den ersten Schritt und schlich auf leisen Pfoten auf Siriel zu.

Fasziniert betrachtete diesen den Neuankömmling. »Na, wo kommst du denn her?«

Die Katze strich ihr schnurrend um die Beine und schien sich in ihrer Gegenwart sichtlich wohlzufühlen. Sie war ein sehr schönes Tier. Ihr Fell war tiefschwarz, dicht und weich. Sie ließ sich von Siriel streicheln, bis sie plötzlich von ihr fort sprang und im angrenzenden Korridor verschwand.

»Hast du etwas entdeckt?« Siriel lächelte. Zum ersten Mal fühlte sie sich von jemandem innerhalb des Zirkels akzeptiert und geachtet. Neugierig trat sie an die Tür heran, um zu sehen, wo das Tier geblieben war.

Es miaute ihr von der anderen Seite des Korridors entgegen.

Siriel dachte an die vielen *Unberührten*, die um diese Zeit bereits fest schliefen und konnte dem Drang, der kleinen Katze zu folgen, einfach nicht widerstehen. Rasch warf sie sich die Decke über die Schultern, die über der Lehne ihres Stuhles gelegen hatte und zog die Tür hinter sich zu. Leise folgte sie dem Tier durch die dunklen, verlassenen Gänge.

Kaltes Mondlicht flutete über die Bodenplatten und erleuchtete die weiß getünchten Wände in einem ungewohnten Licht. Schatten tanzten und huschten verstohlen umher.

Bis auf Siriels behutsame Schritte und das Miauen der Katze im Dunkeln war es unheimlich still. Schaudernd lauschte sie den Geräuschen des Hauses. Bei Nacht machte das Gebäude trotz seiner zahlreichen Bewohner einen seltsam verlassenen Eindruck. Die vielen Korridore sahen fremd aus und unterschieden sich kaum voneinander. Siriel fluchte, als sie feststellte, dass sie die Orientierung verloren hatte. Mit vor Angst laut klopfendem Herzen fand sie sich in einem runden Raum wieder. Vor ihr schraubte sich eine enge Wendeltreppe in die Höhe, die nur spärlich beleuchtet war.

Die Katze miaute Siriel von einer der Stufen entgegen. Ungeduldig forderte das Tier sie dazu auf, weiterzugehen.

Misstrauisch runzelte Siriel die Stirn. Sie hatte plötzlich das Gefühl etwas Verbotenes zu tun. Trotzdem konnte sie nicht widerstehen. Neugierig folgte sie der Katze und verlor dabei jegliches Zeitgefühl. Als sie schließlich das Ende der Treppe erreicht hatte, ging ihr Atem keuchend und ihr Herz raste. Das Stechen in der unteren Seite ihres Brustkorbs war unerträglich und löste ein unangenehmes Schwindelgefühl in ihrem Kopf aus. Keuchend schleppte sie sich durch einen niedrigen Bogen aus Stein und hielt beeindruckt inne.

Tausende von magischen Lichtern schwebten durch den weitläufigen Raum und erhellten ihn in einem warmen, glamourösen Schein. Über Decke und Wände zogen sich Weinranken, deren Trauben reif und prall herabhingen. Sie entsprangen schmalen Beeten, die sich an den Wänden entlang zogen. Möbel aus dunklem Holz verliehen dem Raum einen edlen, ehrfürchtigen Glanz. Die Vorhänge vor der hohen Fensterfront flatterten in einer sanften Brise. Hin und wieder gaben sie den Blick auf einen ausladenden Balkon frei, der in die Nacht hinaus ragte.

Siriel konnte sich gar nicht satt sehen an den wunderschönen, filigranen Kleinigkeiten, die der Raum vor ihr zu bieten hatte. Überwältigt von deren Schönheit bemerkte sie nicht, dass sie und die Katze nicht mehr alleine waren.

»Guten Abend, Siriel.«

Sie erschrak.

In einem der Stühle, die an die Fensterfront gerückt waren, saß eine groß gewachsene Gestalt. Anscheinend handelte es sich um einen Mann. Volles, kräftiges Haar umrahmte sein längliches Gesicht, dessen feine Züge nun einen zufriedenen Ausdruck annahmen. »Willkommen, Siriel.« Ihr Gastgeber sprach sehr leise. Seine Stimme hatte einen melodischen, wohlklingenden Klang. »Willkommen in den Gemächern des Meisters.«

Das Geheimnis des Meisters

Erschrocken zuckte Siriel zurück. Sie hatte unbefugt die Gemächer des Meisters betreten. Gedanklich vernahm sie bereits das Donnerwetter, welches auf diesen Tabubruch hin folgen würde.

Hastig verbeugte sie sich tief, doch der Meister schüttelte nur mit dem Kopf und machte eine wegwerfende Handbewegung. »Unterwürfigkeit ist unangebracht, Siriel. Mein Kater Beelzebub hat gute Arbeit geleistet.«

Resigniert erkannte Siriel die Katze, die nun auf dem Schoß des Meisters hockte und sich selbstzufrieden von ihm streicheln ließ.

»Er sollte dich zu mir bringen und nun bist du hier. Ich sollte mich vor dir verbeugen und ich würde es tun, wenn ich könnte. Das kannst du mir glauben.« Der Meister griff in die Dunkelheit hinter den Stuhl, in dem er saß. Plötzlich bewegte sich dieser ins Licht.

Entsetzt erkannte Siriel, dass der Meister in einem hölzernen Rollstuhl saß. Eine warme Decke war um seine unheimlich dünn anmutenden Beine geschlungen. Seine weißlichen, trüben Augäpfel starrten blind ins Leere.

Bestürzt über seinen Anblick und den Zustand des Meisters, machte Siriel ein paar Schritte auf den Mann zu und war schnell bei ihm. Mitfühlend nahm sie seine Hand und wunderte sich darüber, dass seine Haut im Gegensatz dazu jung und makellos wirkte.

»Lass dich nicht täuschen, Siriel. Ich mag blind und von der Hüfte abwärts gelähmt sein. Aber ich bestimme selbst über mein Schicksal. Und über den Zirkel.«

Siriel schluckte und schalt sich insgeheim dafür, den Meister derart gemustert zu haben. »Der Unfall vor 40 Jahren... ist er Schuld an Eurer Verfassung?«

Ein Lächeln stahl sich auf die Gesichtszüge des Meisters. »Ich sehe, du versuchst hinter die Dinge zu blicken. Das ist gut. Ja, es war der Unfall, der mich körperlich derart in die Knie gezwungen hat. Damals war ich noch sehr jung. Der Unfall mag meinen Körper verändert haben, nicht aber meine geistige Stärke. Weißt du auch, was damals passierte?«

Siriel nickte wahrheitsgemäß und schluckte schwer. »Eure Kutsche ist ins Schleudern geraten.«

»Ja, das ist die Geschichte, die ich später dem Zeitungsredakteur erzählt habe. Doch sie stimmt nicht. Es war kein gewöhnlicher Unfall.«

Verwundert horchte Siriel auf. »Was meint Ihr damit?«

»Nun, ich war damals zwar sehr jung, aber nicht dumm. Viele Geschehnisse im Haus der *Unberührten* und die außerordentlich angespannte politische Lage hatten meine Aufmerksamkeit erregt. Du musst wissen, dass es zu dieser Zeit einen beinahe öffentlichen Streit zwischen dem König und seinem ältesten Sohn um die zukünftige politische Ausrichtung der Königsfamilie gab. Es kam zum Eklat, als sein Sohn eine Revolution gegen den König entfesselte. Heimlich schmiedete er eine Allianz mit allen wichtigen Bündnispartner, die er jenseits der damaligen Grenzen finden konnte. Seine Unterschrift unter einem Dokument, das eine neue Verfassung in diesen verbündeten Ländern ausrufen sollte, besiegelte den Hochverrat gegenüber seinem eigenen Vater. Es war sein Todesurteil. Der alte König konnte seine Macht nur retten, weil er seinen Sohn opferte. Er wurde hingerichtet. Mit eiserner Faust schlug der alte König die Aufstände nieder und stellte die alte Ordnung wieder her. Doch schon damals kursierten Gerüchte, der Thronfolger habe das königliche Exekutionskommando überlebt. Man munkelte, der Königssohn hätte sich mit Hilfe der gefürchteten Dämonen zu einem blutigen Racheakt gegen seinen Vater verschworen. Diese Gerüchte haben mich letztlich dazu gebracht, detaillierte Nachforschungen über die Wesen anzustellen, die von den *Unberührten* als Dämonen bezeichnet und bekämpft wurden. Mir erschien die Vorstellung, dass ein Wesen allein alles Böse in sich tragen könnte, abwegig und unsinnig. Nur eine Kleinigkeit trennte mich noch vor der Wahrheit, als der Unfall geschah. Und bis heute bin ich der festen Überzeugung, dass der Unfall absichtlich herbeigeführt worden ist, um die Wahrheit zu vertuschen. Denn der damalige Meister der Unberührten unterstützte meine Arbeit. Er hatte die Absicht, die Dämonen einzufangen und für immer zu verbannen!«

»Ihr meint, jemand hat versucht, Euch und Eure Fragen zu beseitigen?« Siriels Magen krampfte sich schmerzhaft zusammen. Sie verstand nicht, weshalb der Meister gerade ihr davon erzählte.

»Ja. Durch mein Wissen und die Unterstützung des damaligen Meisters war ich zu einer ernstzunehmenden Bedrohung geworden. Es gibt nur einen, der es wagen

82

würde, ein Oberhaupt des Zirkels anzugreifen. *Sein* Zeitpunkt war klug gewählt.« Eine Weile lang schwieg der Meister.

Siriel, die sein Gesicht betrachtete, fiel erneut auf, wie jung der Meister doch wirkte, obwohl er um einiges älter sein musste. »Was ist mit dem damaligen Meister der Unberührten geschehen?« Sie ahnte bereits, dass ihr die Antwort nicht gefallen würde.

»Er ist bei dem Unfall ums Leben gekommen.« In die milchigen Augen des Meisters trat ein Tränenschleier. »Er war wie ein Vater für mich. In den schrecklichen Sekunden, als wir durch die Luft geschleudert wurden und er sich das Genick brach, war es, als würde ein Teil von mir mit ihm sterben.« Die Stimme des Meisters zitterte. »Siriel, du darfst nicht denken, dass ich ein rachsüchtiger Mann bin. Ich habe dich nicht hergerufen, um längst vergessene Taten zu sühnen. Ich spüre eine Bedrohung auf uns zukommen. Und du bist die Einzige, die eine nahende Katastrophe noch abwenden kann.«

Verwirrt zog Siriel die Augenbrauen zusammen. »Ich fürchte, Ihr irrt Euch. Ich wüsste nicht, auf welche Art und Weise ich Euch helfen könnte.«

»Mach dich nicht kleiner, als du bist, Siriel. Du weißt, deine Gabe ist einzigartig. Du musst nur lernen, sie zu nutzen. Durch deine Sehergabe siehst du die Zukunft voraus. Demnach müsstest du auch *ihn* sehen können.« Mit blinden Augen sah er sie an.

Siriel schluckte unwillkürlich. Ihr Geheimnis war nicht länger gewahrt. Der Meister wusste, was sie getan hatte. Es hatte keinen Zweck ihre Fähigkeit, Grauen und Schrecken vorherzusehen, länger zu leugnen. »Wenn Ihr Euch wirklich sicher seid, dass meine Sehergabe etwas Gutes an sich haben soll: Wen soll ich dann sehen? Von wem sprecht Ihr?« Stirnrunzelnd sah sie ihn an und wartete auf eine Antwort.

Der Invalide lächelte sanft, sagte aber kein Wort. Stattdessen zog sich das Weiß in seinen Augen plötzlich zurück. Sie erstrahlten in einem klaren Smaragdgrün. Die Anziehungskraft seines ernsten Blickes hatte etwas Magisches an sich.

Alarmiert spürte Siriel, wie unerbittlich er sie in seinen Bann zog. Sie versuchte, dagegen anzukämpfen, aber es hatte keinen Zweck. Als ihre Abwehr in sich zusammenbrach, ging ein Ruck durch ihren Körper. Plötzlich erkannte sie in ihrem Gegenüber jenen Mann, den sie am Rand der alten Zeitungsartikel in Ensis' Arbeitszimmer gesehen hatte.

»Ich spreche vom Meister der Dämonen Siriel. Er lebt. Und er muss sehr nah sein. Ich kann seine Anwesenheit spüren, doch ich vermag es nicht, ihn nicht zu finden und mich ihm zu stellen.«

»Ein Meister? Jemand, der Eurer Macht ebenbürtig ist?«

»Ja!« Seine Augen schienen sich zu weiten. Dann brach der Blick des Meisters und das Weiß trat erneut in seine Augen. Erschöpft sank seine Gestalt in sich zusammen. Er wirkte gebrechlicher als je zuvor.

»Der Meister der Dämonen ist wie das perfekte Gegenstück zu mir. Und er kann nicht sterben. Ebenso wie das Böse in ihm niemals sterben wird. Er unterliegt erst dann, wenn er seinen eigenen Meister findet.«

Für einen Moment herrschte eine bis zum äußersten angespannte Atmosphäre zwischen ihnen.

Plötzlich verstand Siriel, warum der Meister der *Unberührten* so darauf gedrängt hatte, dass sie zu ihm kam. Ihre Gefühle befanden sich im Zwiespalt. Sie wusste nicht, was sie davon halten sollte, dass sie dem Meister der *Unberührten* mit ihrer Sehergabe helfen sollte.

Wenn sie es tat, würde sie ihren eigenen Eid brechen. Nachdem sie den Tod des Königs vorausgesehen hatte, hatte Siriel geschworen, nie wieder willentlich eine Zeichnung anzufertigen oder ein Bild zu malen.

Der Meister packte Siriels Arm und zog sie nah an sich heran. In seiner Hand blitzte etwas auf, das sie kannte. Es war der Siegelring, den sie für Gil aus seinem Versteck geholt hatte. Verwundert bemerkte sie, dass in den Ring dasselbe Zeichen eingelassen worden war, das sie auf dem Fußbodenmosaik in der Großen Halle zerstört hatte. Filigrane Linien aus Gold formten eine Art Windrose, wie man sie von den alten Landkarten her kannte. Mit verschlungenen Buchstaben waren die Himmelsrichtungen angezeigt. Winzige Zeichen zogen sich über den Rand des Siegelringes, die Siriel nicht entziffern konnte. »Was soll ich damit?«

»Mit der Hilfe eines solchen Ringes«, begann der Meister, ohne ihrem verwirrten Blick Beachtung zu schenken, »hat der damalige Meister in der Unfallnacht den Herrn der Dämonen gebannt. Ich habe diesen Ring lange verwahrt und versteckt gehalten. Niemand sollte ihn finden. Ich habe Gil damit beauftragt, den Ring zurückzuholen, als ich eine namenlose Bedrohung immer näher kommen spürte. Aber er war nicht dazu im Stande, bis er deine Macht dazu nutzte, ihn zu finden. Du hast diese Aufgabe mit mehr als nur Bravur gemeistert, Siriel. Dass du ohne Vorkenntnisse in den Traum eines Fremden einbrechen und ihn unbeschadet wieder verlassen konntest, grenzt beinahe an ein Wunder! Doch leider gibt es etwas, dass ich nicht erwartet habe und erst jetzt erkennen konnte. Dieser Ring ist eine Fälschung.«

Für einen schrecklich langen Moment schien die Zeit plötzlich stehen zu bleiben.

Siriel stockte der Atem, während ihr bewusst wurde, was das zu bedeuten hatte. »Dann muss jemand den Ring ausgetauscht haben.«

Die grünen Augen des Meisters leuchteten ein weiteres Mal begeistert auf, bevor sie wieder milchig wurden. »Ja, und zwar noch in derselben Nacht, in dem der Unfall geschah!«

»Aber, das würde bedeuten...« Siriel blieben die Worte entsetzt im Halse stecken.

Der Meister nickte kaum wahrnehmbar und seine Miene wurde wieder ernst. »Ja, es würde bedeuten, dass wir uns nicht sicher sein können, ob der Herr der Dämonen noch immer unter dem echten Siegelring gebannt ist. Oder bereits seinen Rachefeldzug gegen uns führt.«

Für einen weiteren Moment herrschte Stille zwischen ihnen.

»Ich ahne, warum Ihr mich habt her holen lassen«, begann Siriel verzweifelt und biss sich vor Angst auf die Lippe, bevor sie den Satz zu Ende führen konnte.

»Wenn du es weißt, bist du schon ein weites Stück des steinigen Weges gegangen. Du bist unterwegs, auch wenn dein Weg beschwerlich ist. Du bist ihm trotz aller Hindernisse hierher gefolgt. Ich habe deine vielen Tränen gesehen, Siriel. Ich wusste um deine Verzweiflung und deine Einsamkeit. Aber du bist immer wieder aufgestanden, egal wie tief du gefallen zu sein glaubtest. Ich habe diese Kraft an dir immer bewundert. Selbst in der tiefsten Hoffnungslosigkeit hast du einen Funken im Dunkeln gesehen. Du hast dich weiter durch die Zeit treiben lassen. Deine Zuversicht hat dich so viele Male gerettet, ohne, dass du es selbst gemerkt hättest. Diese Hürden waren schmerzhaft, aber sie waren nötig. Ich kann dich nicht dazu zwingen, mir zu helfen. Ich kann dich lediglich darum bitten. Deine Gabe ist stark. Sie hat dir die Kraft gegeben, die du für dein Leben brauchst. Es ist nicht leicht ständig auf der Flucht zu sein und in stetiger Angst vor der Wut der Menschen zu leben. Du kannst diese Gabe nun nutzen und darauf zurückgreifen, um mit mir gegen die Dämonen zu kämpfen. Und ein solches Leben steht dir bevor. Egal, ob du an deiner Ausbildung zur *Unberührten* scheitern solltest oder dieses Haus aus einem anderen Grund verlässt. Du wirst ewig gegen Dämonen kämpfen müssen. Das Böse ist überall zugleich.«

»Das ist mir bewusst. Ich habe viel zu oft darüber nachgedacht.« Siriels Worte verrieten eine Spur von Bitterkeit.

»Dann hast du nichts zu verlieren.« Die Feststellung des Meisters klang nüchtern.

In Siriels Ohren enthielt sie die Endgültigkeit, vor der sie sich schon immer gefürchtet hatte.

Der Meister hatte Recht. Sobald sie den Schutz der *Unberührten* verließ, würden die Menschen sie wieder jagen. Und Siriel war fest entschlossen nicht für immer bei den *Unberührten* zu bleiben.

»Es widerstrebt mir zutiefst, aber ich befürchte, dass ich Euch Recht geben muss. Ich habe tatsächlich nichts zu verlieren.« Siriels Worte waren sehr leise.

»Dann wirst du mir helfen?«

Siriel schluckte. Ihre Kehle war wie zugeschnürt. »Ja.« Ihre Stimme klang wie erstickt.

Der Meister lächelte zufrieden. »Endlich nimmst du an, wer du bist. Lass dich nie verbiegen, Siriel. Und nun fang' an. Pergament und Zeichenkohle findest du auf dem Tisch dort drüben.« Er deutete zu dem niedrigen Tisch hinüber, der nahe an der gemütlichen Couch stand.

Verunsichert ließ Siriel die Hand des Meisters los und ging zu dem Tisch hinüber. Vorsichtig griff sie nach der Zeichenkohle und drehte sie zwischen den Fingern hin und her. Es fiel ihr schwer zuzugeben, dass sie dieses Gefühl vermisst hatte.

Seufzend nahm sie am Tisch Platz und begann zögerlich mit ihrer ersten Skizze.

Als der Meister das Kratzen der Kohle auf dem Pergament hörte, bewegte er seinen Rollstuhl zu ihr her und lauschte dem Geräusch der Kohle aufmerksam. »Bitte sag mir, was du siehst, Siriel. Erzähl mir von dem, was du zeichnest.«

»Dunkle Wolken, ich sehe dunkle Wolken am Horizont. Böse, kalte Augen starren wie Sonnenstrahlen daraus hervor. Da sind noch andere. Gesichter voller Neid, Verachtung und Hass. Viele Menschen weinen bitterlich. Sie sehen sehr verzweifelt aus. Paare sitzen beieinander. Aus ihren Augen kann ich lesen, dass sie keine Zukunft miteinander sehen. Es sind düstere, bedrückende Bilder.« Ohne einen Laut bahnte sich eine einsame Träne ihren Weg über Siriels Wange. Die bedrückende Atmosphäre der Visionen nahmen ihr Herz seltsam gefangen.

»Und kannst du jemanden erkennen?« Der Meister klang angespannt.

Siriel hörte sein Herz einen Moment lang schneller schlagen. »Nein.« Ihre Enttäuschung war riesig. Die Visionen waren mit einem Mal unklar und schwer zu erfassen. Ob es daran lag, dass sie ihre Gabe so lange Zeit unterdrückt hatte?

»Das ist nicht schlimm, Siriel. Mach weiter. Immerhin macht Übung bekanntlich den Meister.« Aufmunternd zwinkerte der Invalide ihr zu.

Seine Zuversicht entlockte Siriel ein Lächeln. Zum ersten Mal seit langem fühlte sie sich angenommen. So wie sie nun einmal war.

Und dabei habe ich mich so lange geweigert, Ensis zum Mitternachtszirkel zu begleiten. Welch' eine Ironie.

Der Meister

Schlechte Voraussetzungen

Grübelnd sah Gil hinaus in die Dunkelheit der Nacht. Ungewissheit nagte an ihm und ließ ihn keine Ruhe finden. Immer wieder fragte er sich, ob seine Entscheidung, Siriel zwangsweise mit Ensis zusammen wohnen zulassen, richtig gewesen war. Gähnend rieb er sich die müden Augen.

Nicht nur Siriel war erschöpft von den Ereignissen der letzten Wochen.

Auch ihm selbst setzte die ungewohnte Belastung zu. Regungslos horchte er in die Stille und schreckte auf, als zügige Schritte draußen auf dem Flur zu seinem Arbeitszimmer einen eiligen Besucher ankündigten. Er wartete auf ein höfliches Klopfen, doch es blieb aus.

Stattdessen schlug die Tür krachend gegen die Wand.

Aufgebracht stürmte ihm Jilsaki entgegen.

Gil stöhnte. »Weißt du wie spät es ist?«, fragte er matt. »Du weckst noch den ganzen Zirkel.«

Jilsaki musterte ihn scharf. »Das wird wahrscheinlich gar nicht mehr nötig sein, Gil. Das Bild von Siriel, wie sie an dem Tisch in der Schenke sitzt und die Zeichnung vom König anfertigt…«

»Ja, was ist damit?«, unterbrach Gil ihn ungeduldig.

»Es ist verschwunden.«

Mit einem Mal war Gil hellwach. Der Verlust des Bildes kam einer Katastrophe gleich. »Was ist mit denen, die es bewachen sollten?!«

»Sie sind ebenfalls verschwunden. Wie die Wachen der letzten Nächte auch.«

Gil fluchte. »Wir haben zu lange gewartet. Wecke Siriel. Der Zirkel darf noch nichts von ihrer Fähigkeit erfahren.«

»Leider ist da noch etwas, Gil. Auch Siriel ist verschwunden.«

Gil fluchte erneut. Das Schicksal hatte seinen Lauf genommen. Er musste handeln.

Entscheidungen

»Meister!« Gil stürmte von der Wendeltreppe her in die Gemächer des obersten *Unberührten*.

Abrupt sah Siriel von ihrem Zeichenblock auf. Sie hatte ihren Lehrmeister noch nie derart aufgeregt erlebt.

Sein weißes Haar flatterte wild um seinen Kopf und in seinen Augen brannte ein seltsames Feuer. Aufgeschreckt wie ein wildes Tier durchquerte er den Raum und blieb unvermittelt stehen. »Siriel!« Er klang erleichtert. »Ich habe überall nach dir gesucht, dem Himmel sei Dank!«

Überrascht und irritiert begann Siriels Herz schneller zu schlagen. »Warum, was ist passiert?«

Gils Gesichtsausdruck wurde ernst.

Für den Bruchteil einer Sekunde erhaschte sie einen vollkommen neuen, differenzierteren Blick auf ihren sonst so strengen und finster drein blickenden Lehrmeister.

Er kam nicht mehr dazu, ihr zu antworten.

»Siriel und ich haben uns verplaudert«, mischte sich nun der Meister in ihr Gespräch mit ein und ließ das Thema fallen.

Gil schien froh darüber zu sein und hörte aufmerksam zu, als der Meister von dem Gespräch zwischen ihm und Siriel erzählte. Er wurde sichtlich bleich, als er erfuhr, dass der Siegelring eine Fälschung und damit nutzlos war. »Das ist mein Fehler. Deshalb erkläre ich mich dazu bereit, nach dem echten Ring zu suchen und ihn unversehrt zu Euch zu bringen.« Gils Miene verdüsterte sich. Er wirkte fest entschlossen.

Der Meister nickte langsam. Trotzdem schien es ihm zu widerstreben, Gil gehen zu lassen. »Du musst dich beeilen. Es steht zu viel auf dem Spiel.«

Gil sah dem Meister fest in die Augen.

Siriel beobachtete es mit einem Schaudern. Für einen Moment herrschte eine seltsame Atmosphäre zwischen ihnen.

»Du bist bis auf weiteres von deinen Pflichten als Mentor für die Lehrlinge befreit. Ensis wird sich um Siriel kümmern, während du fort bist, Gil«, entschied der Meister mit leiser Stimme. Er schien erschöpft.

Gil nickte langsam, dann fiel sein Blick auf die Zeichnung, die vor Siriel auf dem Tisch lag.

Sie bewegte sich.

Siriel öffnete überrascht den Mund, als sie die Große Halle erkannte, die sie unglaublich exakt getroffen hatte. Ein gerahmtes Gemälde hing direkt gegenüber dem Eingang. Und es hatte eine klare Botschaft.

Mit wenigen Schritten stand Gil neben Siriel und riss das Pergament vom Tisch. Fluchend warf er es in das Feuer des knisternden Kamins, dessen Flammen es rasch erfassten.

»Was tut Ihr da?« Entgeistert sprang Siriel auf. Bevor sie auch nur ansatzweise einen Schritt Richtung Kamin machen konnte, packte Gil sie um die Taille und zog sie zurück. Vor ihren Augen verzehrten die Flammen die wirre Zeichnung und alles, was davon zurückblieb, war ein kleines Häufchen Asche. Fassungslos starrte sie ins Feuer.

Gil jedoch atmete erleichtert auf und ließ Siriel los. Sein Schweigen kam einer Folter gleich.

»Was hast du herausgefunden, Gil?« Die Stimme des Meisters war sehr leise, beinahe als fürchtete er, belauscht zu werden.

Gil seufzte und strich sich das lange, weiße Haar aus der Stirn. Besorgt heftete er seinen Blick auf Siriel. »Es ist noch viel schlimmer, als ich befürchtet hatte.« Gil schnaubte leise. »Wir haben einen Verräter unter uns. Er hat das Bild gestohlen, dass Siriel beim Zeichnen der Vorhersage des Mordes am König zeigt. Sie weiß, welches Bild ich meine. Sie hat es schon einmal gesehen.« Fest sah Gil Siriel in die Augen.

Diese wagte es nicht einmal, zu blinzeln. Woher wusste Gil davon? Hatte er überall seine Augen und Ohren?

Die Augenbraue des Meisters zuckte nervös. »Ich hätte nie gedacht, dass es einmal so weit kommen würde.« Seine Stimme war dunkel vor Sorge.

Gil nickte zustimmend. »Wir haben keine Zeit mehr, Meister. Wenn ich zurückkomme, muss Siriel bereit dazu sein, sich der schlimmsten Bedrohung entgegenzustellen, die den Zirkel je bedroht hat.« Die Worte ihres Lehrmeisters hatten etwas erschreckend Endgültiges an sich.

»Ja, da hast du leider Recht. Ensis soll sich darum kümmern. Mache dich auf die Suche nach dem Siegelring, doch sei auf der Hut. *Er* ist tückisch und wird versuchen, dich in Versuchung zu führen.« Eindringlich mahnte der Meister ihn zur Vorsicht.

Siriel schluckte. Deutlicher als je zuvor spürte sie die unterschwellige Angst, die in den Worten der beiden hochrangigen Männer mitschwang. Ein mulmiges Gefühl überkam sie.

Dann wandte sich der Meister unvermittelt an Gils Schülerin. »Wir müssen alle unsere Entscheidungen treffen Siriel. Bist du wirklich bereit, durch stetiges Üben und Zulassen deiner Gabe ihre Kontrolle zu erlernen?«

Siriel sah ihm fest in die blinden Augen und nickte. »Ja, denn wie Ihr so treffend bemerktet, habe ich ohnehin keine Wahl. Jetzt da das Bild verschwunden ist, wird das, was es zeigt, ohnehin wie ein Lauffeuer die Runde machen.« Entschlossen ballte sie beide Hände zur Faust.

»Es scheint wohl so, als hätten wir ein Mittel zur Kontrolle deiner Gabe gefunden«, bemerkte der Meister mit einem anerkennenden Lächeln, das Siriel das Blut auf die Wangen trieb. »Gil, Siriel, ihr wisst, was nun zu tun ist. Deshalb will ich euch nicht aufhalten. Ich werde mich nun zurückziehen. Die ungewohnte Anstrengung hat mich viel Kraft gekostet.« Es waren Worte des Abschieds.

Gil nickte und verbeugte sich ergeben, als der Rollstuhl des Meisters lautlos an ihm vorbeiglitt.

Siriel senkte nur respektvoll den Kopf.

Keiner von ihnen sah dem Meister nach, während dieser in der Dunkelheit verschwand.

Die zweite Wahrheit

Vögel zwitscherten in der Ferne. Wasser bahnte sich plätschernd seinen Weg durch den ungewöhnlichen, filigranen Brunnen. Eine milchige Sonne schien mit diffusem Licht durch das hohe Glasdach des riesigen Gewächshauses, in dem eine feucht- schwüle Wärme herrschte. Die Luft roch würzig und war schwer vom Duft der vielen Blüten und dem frischen Mulch, der die Beete bedeckte. Gierig sog Siriel ihn in ihre Lungen und atmete zum ersten Mal seit Tagen wieder frei durch. Der helle Sand der verschlungenen Wege durch das Gewächshaus knirschte unter ihren Füßen, während sie die vielen Gewächse bestaunte, die die *Unberührten* dort anbauten. Überrascht entdeckte Siriel eine große, buschige Pflanze mit recht seltsam gemusterten Blättern. Sie blieb stehen und ging in die Hocke, um sie näher betrachten zu können. Stimmengewirr ließ sie schließlich aufsehen.

»Hast du das Bild von Siriel unten in der Großen Halle gesehen? Meinst du wirklich, dass sie diejenige ist, die all die Morde und Unglücke gemalt hat?«, fragte eine Stimme plötzlich nachdenklich.

Erschrocken fuhr Siriel in die Höhe und sah sich forschend um.

Zwei Frauen schlenderten den Weg am östlichen Rand des Gewächshauses entlang. Sie waren so vertieft in ihr Gespräch, dass sie Siriel nicht wahrnahmen.

Vorsichtig duckte diese sich in den Schatten einer Hecke, um nicht entdeckt zu werden.

»Nun ja, die Bilder können auch nun wirklich nicht vom Himmel gefallen sein und das Bild hat schließlich eine deutliche Botschaft«, erwiderte die andere Frau spitz. »Aber dass sie diese Fähigkeit zu einer *Unberührten* machen soll, finde ich nicht besonders überzeugend.«

»Wenn man ihre Fähigkeit überhaupt eine solche nennen kann«, pflichtete ihre Begleiterin ihr bei. »Schließlich sind Zeichnen und Malen meiner Meinung nach reine Übungssache. Und die meisten anderen *Unberührten* würden mir da zustimmen. Niemand nimmt diese Fähigkeit besonders ernst. Es sei denn man betrachtet ihre grausamen Folgen, für die sie aber nicht verantwortlich sein soll. Gil und der Meister scheinen sich mit ihrer Entscheidung sehr sicher zu sein.«

»Umso schlimmer. Eine Schande ist das, dieses Mädchen in den Zirkel aufnehmen zu wollen. Ihre Persönlichkeit ist noch völlig unausgereift. Sie ist zickig und passt so gar nicht zu dem, was den Zirkel ausmacht.«

»Das stimmt. Ich wüsste niemanden außer Gil, der mit der Entscheidung des Meisters wirklich einverstanden ist. Ich frage mich ernsthaft, was er damit erreichen will, wenn er dieses halsstarrige Kind in den Zirkel aufnimmt.«

»Mich wundert es am meisten, dass gerade Ensis so viel Zeit mit diesem Mädchen verbringt. Er lässt sie sogar bei sich wohnen. Vom Körper her mag sie eine hübsche junge Frau sein. Doch alles andere an ihr lässt doch sehr zu wünschen übrig.«

»Nun ja, sein Geschmack, was Frauen betrifft, war schon immer sehr bizarr.« Die Frauen entfernten sich von Siriel.

Sie wartete noch einige Sekunden, dann richtete sie sich auf und sah ihnen nachdenklich, sowie ungläubig hinterher.

Das Chaos und der Aufruhr unter den *Unberührten* war groß gewesen, als das verschwundene Bild wieder aufgetaucht war und Siriels Geheimnis enthüllt hatte.

Gil hatte am Morgen schnell für Ordnung gesorgt, ehe er sich daran machte, seine Abreise vorzubereiten.

Siriel spürte die Kälte und Abneigung gegen ihre Person, auch wenn niemand ihr gegenüber darüber ein Wort verlor. Nun hatte jemand geredet, auch wenn er meinte, dies vertraulich behandelt zu haben.

Die Wahrheit traf Siriel unerwartet hart.

Verletzt wandte sie sich um und lief den Weg hinunter, um das Gewächshaus zu verlassen. Tränen schossen in ihre müden Augen. Verbitterung mischte sich in ihre Enttäuschung und Traurigkeit.

Stimmen drangen an ihre Ohren, als sie an Gils Gemächern vorbeikam.

»Sie weiß, dass es ihre Pflicht ist, mir solch wichtige Dinge anzuvertrauen! Es gehört zu ihren simpelsten Aufgaben hier in unserem Hause, wenigstens das müsste sie eigentlich hinkriegen!« Ensis war außer sich vor Wut.

Überrascht blieb Siriel stehen, wischte sich die Tränen aus dem Gesicht und sah sich suchend um. Dabei entdeckte sie eine halb offene Tür zu ihrer Rechten.

Ensis stand mit dem Rücken zu ihr und wirkte bebte vor Zorn.

Gil hingegen zeigte sich unbeeindruckt. »Ich weiß nicht, worüber du dich so aufregst. Du warst von Anfang an überzeugt davon, dass Siriel diejenige ist, nach der wir suchen. Du solltest froh sein, Recht zu behalten.«

»Ich bin aber nicht froh darüber!« Wütend schlug Ensis mit der Faust auf die Tischplatte zwischen ihnen.

Gil runzelte verärgert die Stirn. »Ensis, ich weiß nicht, was mit dir los ist. Du vergeudest meine Zeit. Geh und lass mich allein. Ich habe Wichtigeres zu tun, als mir dein Gezeter anzuhören. Ich muss meine Abreise vorbereiten. In einer Stunde fährt meine Kutsche. Ich kann nichts für dafür, dass du nicht eher darauf gekommen bist, dass Siriel die mysteriösen Bilder gemalt hat.« Mit ruhiger Stimme verwies er den Mann seiner Gemächer und wandte sich wieder dem Buch zu, das er in der Hand hielt.

Siriel beeilte sich, möglichst schnell in einem der angrenzenden Flure zu verschwinden, doch Ensis hatte sie gesehen.

Die Wut in seinem Gesicht erlosch sofort. »Was machst du denn hier?« Seine Stimme war ungewohnt sanft, fast schon umgarnend. Mit wenigen Schritten holte er zu ihr auf. »Wenn du zu Gil willst, solltest du dich beeilen. In einer Stunde reist er ab.«

Siriel verzog das Gesicht. »Das weiß ich. Es war nicht zu überhören.« Krampfhaft versuchte sie der Wut und Enttäuschung Herr zu werden, die tief in ihrem Inneren aufbrandete.

Ensis' Miene verdunkelte sich schlagartig. »Das tut mir Leid. Ich wollte nicht, dass du es auf diese Art erfährst. Ich war wütend, weil du es mir verheimlicht hast.«

Siriel schnaubte verächtlich. »Spar dir deine Ausreden, Ensis. Ihr habt mich genug an der Nase herum geführt. Seit ich hier bin, redet der Zirkel hinter meinem Rücken. Ich dachte, dass wenigstens du den Mut hast, mich an deinen Gedanken teilhaben zu lassen. Stattdessen versuchst du mir seit Tagen aus dem Weg zu gehen und jeden Konflikt mit mir zu vermeiden. Ich hatte gehofft, dass sich zwischen uns mehr entwickeln würde, als eine intime Nähe, die wahre Gefühle scheut. Da habe ich mich wohl geirrt.« Zorn wallte in ihr auf. Mit geballten Fäusten ließ sie Ensis stehen und eilte in Richtung Speisesaal davon.

Der junge Mann starrte ihr einen Moment lang fassungslos hinterher. Dann setzte auch er sich in Bewegung und holte sie erneut ein. »Warte!« Entschlossen versperrte er ihr den Weg. »Du hast Recht. Ich habe dir etwas verschwiegen.«

»Anscheinend ist das eine Spezialität der *Unberührten*«, zischte Siriel verächtlich und verschränkte die Arme vor der Brust. »Wenn du auch nur einen Hauch von Anstand hast, solltest du mir auf der Stelle erklären, was hier los ist.« Jede Faser ihres Körpers war bis zum Zerreißen angespannt.

94

Ensis zögerte. Schweigend presste er die Lippen aufeinander, schaffte es jedoch nicht, Siriels bohrenden Blicken länger standzuhalten. Hastig sah er sich und senkte seine Stimme auf ein heiseres Flüstern herab. »Es hat geheime Versammlungen gegeben, in denen über dich und deine Gabe beratschlagt wurde. Die Frage, warum der Meister dich bei sich behält, wird immer lauter. Der Zirkel ist innerlich gespalten. Die meisten nehmen deine Gabe gar nicht erst ernst. Oder sie tun es und werfen dir den Mord am König vor. Es gibt genug Akteure auf beiden Seiten, die versuchen, die Gunst der Stunde für sich auszunutzen. Ein paar der *Unberührten* haben sich gegen den Meister und seine Entscheidungen gewandt. Seitdem werden in den Mitternachtsversammlungen zunehmend von Angst beherrscht. Jeder im Zirkel fürchtet, der Nächste auf deiner Liste zu sein. Deshalb sind allermeisten von ihnen der Auffassung, dass du nicht in die Obhut des Zirkels gehörst, sondern auf das Schafott! Ich habe versucht, diese Dinge von dir fern zu halten, ich wollte dich nicht verletzen.«

»Du hast was?!« Fassungslos sah Siriel Ensis an. »Das ist nicht dein Ernst. Sag mir, dass das nicht wahr ist!«

»Siriel, deine Gabe ist unter den *Unberührten* zutiefst umstritten! Der Wille des Meisters mag entscheidend sein, damit die anderen *Unberührten* dich nach seinem Willen gewähren lassen. Aber das ändert nicht ihre Meinung dir und deiner Gabe gegenüber. Es tut mir leid.«

»Es tut dir Leid?! Was soll ich machen? Sag mir, was soll ich tun, ohne mich selbst dabei zu verraten?! Du weißt, wie ich mich fühle. Du weißt, was in mir vorgeht. Ich kann meiner Gabe nicht entfliehen, sie ist ein Teil von mir! Seit wann weißt du es schon?«

Ensis wich ihrem Blick aus und druckste herum.

»Seit wann, Ensis?!«

Der Angesprochene seufzte gequält und vergrub das Gesicht in den Händen. »Seit ein paar Tagen.«

Fassungslos starrte Siriel ihn an. Für einen Moment war sie sprachlos vor Wut, aber auch vor Enttäuschung und Hilflosigkeit. Dann traten Tränen in ihre Augen.

Anscheinend wollte sie niemand so, wie sie war. Selbst die *Unberührten*, die ihr Schutz und Zuflucht gewährt hatten, konnten sie letztlich nicht akzeptieren. Wie betäubt taumelte sie ein paar Schritte zurück. »Zuerst werde ich von dir dazu gedrängt, in den Zirkel einzutreten. Dabei wusste ich von Anfang an, dass man mich und meine Gabe nicht willkommen heißen würde. Und jetzt erfahre ich, dass sich alles wiederholt. Jeder sieht in mir nur eine Bestie. Weißt du, was das für ein Gefühl ist?!« Verletzt wandte Siriel sich von Ensis ab. »Der Zirkel hat mir seinen Schutz versprochen. Im Gegenzug habe ich versucht, mich den Regeln und der Gemeinschaft im Zirkel anzupassen. Dieses Leben hat mir alles abverlangt. Trotzdem bin ich geblieben. Dabei hätten mich Gils übertriebene Erwartungen an meine Fähigkeiten eines Besseren belehren sollen. Ich habe mich bemüht, weil er und der Meister an mich geglaubt haben. Ich weiß nicht, was ihr noch von mir verlangen könntet. Ich kann nichts dafür, dass ich so bin, wie ich bin. Und ich kann nichts für meine Gabe. Sie ist ein Teil von mir. Ob ich sie will oder nicht. Es ist ungerecht, einen Menschen deshalb zu verurteilen!«

Eine gespenstische Stille folgte auf Siriels Worte.

Ensis wagte es nicht, ihr zu widersprechen. Er starrte sie nur an.

Traurig presste Siriel die Lippen aufeinander. Sie hatte von den *Unberührten* mehr Vernunft, aber vor allem Verständnis erwartet. Schließlich besaß jedes Mitglied des Zirkels eine besondere Fähigkeit, die sie von allen anderen Menschen trennte. Sie konnten als Einzige nachvollziehen, wie man sich fühlen musste, wenn man deshalb von den gewöhnlichen Menschen wie ein Aussätziger behandelt wurde. Zumindest hatte Siriel das immer geglaubt.

»Siriel.« Ensis' Stimme war nur ein verzweifeltes Flüstern. »Ich weiß nicht, was ich machen soll. Glaub mir, ich fühle mich genau so hilflos wie du. Der *Mitternachtszirkel* ist meine Familie. Ich darf das, was sie über dich sagen, nicht ignorieren!« Seine Worte waren wie ein Schlag ins Gesicht.

Trotzdem bemühte Siriel sich, ruhig zu bleiben. »Natürlich nicht! Aber du solltest dir darüber klar werden, welche Meinung du selbst vertrittst. Seitdem diese Bilder in meinem Leben aufgetaucht sind, weiß ich nicht mehr, wo ich hingehöre. Ob es richtig ist, was ich mache. Oder ob der von mir gewählte Weg nicht jetzt schon mein Scheitern bedeutet. Für mich steht nur eins sicher fest: Alles, was ich liebe, löst sich seit meiner Flucht vor mir selbst in Luft auf und verschwindet ins Nichts. Ich kann es nicht aufhalten. Alles um mich herum verändert sich, aber ich bleibe dieselbe. Es ist ein schlimmes Gefühl, nichts dagegen unternehmen zu können. Es gibt keine Orientierung. Keinen, der mir sagen kann, ob ich das Richtige tue.«

»Ich befürchte, du missverstehst die Aufgaben des Mitternachtszirkels«, unterbrach Ensis sie. »Du bist noch zu jung, um zu begreifen, worum es hier wirklich geht. Das ist einer der Gründe, warum sich viele *Unberührte* dagegen sträuben, dich als vollwertiges Mitglied aufzunehmen. Dir fehlt die geistige Reife.«

Siriel spürte, wie ihr das Blut in den Adern gefror. Ein Riss sprengte ihr Herz in unzählige Stücke. Sie hatte nichts mehr zu verlieren. »Wenn selbst der Zirkel mir trotz meiner Unangepasstheit keinen Halt geben will, ist auch er zu sehr belastet mit Vorurteilen und Ängsten. Der *Mitternachtszirkel* macht sich selbst überflüssig, wenn er seinen Zweck, Menschen mit besonderen Fähigkeiten vor der Angst der Menschen zu schützen, nicht länger erfüllt! Entweder der Zirkel oder ich. Du musst dich entscheiden.«

Die Luft zwischen ihnen schien zu knistern. Anscheinend hatte es noch nie zuvor jemand gewagt, die Notwendigkeit und Existenz des Zirkels in Frage zu stellen.

Ensis' Gesichtszüge war zu einer wächsernen Maske erstarrt. Nichts an ihm ließ erkennen, was er dachte. »Ich habe dich immer geschützt, Siriel. Ich habe dich geliebt, auch mit deiner Gabe. Aber eine solche Entscheidung kannst du nicht von mir verlangen. Ich werde mich nicht zwischen dir und dem Zirkel entscheiden.«

Siriel konnte in seinen Augen lesen, dass er es ernst meinte. Sie schluckte benommen. Der Kloß in ihrer Kehle fühlte sich an, als könnte sie jeden Moment daran ersticken. »Dann hast du unsere Liebe gerade verraten.« Ihre Stimme zitterte.

Ensis zeigte sich ungerührt. Er verzog keine Miene.

Siriel konnte die, in ihr angestaute, Wut und Trauer nicht länger zurückhalten. Zitternd wandte sie sich von dem jungen Mann ab und trat ans Fenster. Der Sturm in ihrem Inneren drohte, sie auseinander zu reißen. Zitternd stützte sie sich auf dem Fensterbrett ab und ließ ihren Tränen freien Lauf. Ihre Schultern bebten, während die Welt um sie herum zusammenbrach. Sie stand buchstäblich in den Trümmern ihrer Existenz und niemanden schien es zu kümmern.

Nicht einmal Ensis, der ein paar Schritte von ihr entfernt stand. Er machte keinerlei Anstalten, sie zu trösten. Regungslos starrte er auf seine Hände.

Quälend lange Minuten vergingen.

Siriel hoffte, dass Ensis gehen und sie allein lassen würde.

Doch der Mann bewegte keinen Muskel. Seine Anwesenheit wurde mit jeder Sekunde unerträglicher.

Ich muss etwas tun! Mit grimmiger Entschlossenheit wischte Siriel sich die Tränen aus dem Gesicht und wandte sich vom Fenster ab. Still ging sie an Ensis vorbei und schlug den Weg zurück zum Gewächshaus ein. Stumm registrierte sie, dass Gil aus seinen Gemächern getreten war.

Seinem Gesichtsausdruck nach zu urteilen, war ihm der Streit mit Ensis nicht entgangen. Er war kreidebleich.

Es war ihr egal.

Ihre Blicke trafen sich.

»Siriel, wo willst du hin?« Gils Stimme war matt.

Ohne ein Wort ging sie an ihm vorbei, stieß die Tür vor sich auf und rannte. Stimmen wurden hinter Siriel laut, doch sie hielt nicht inne, um zu verstehen, was sie sagten. Eilig durchquerte sie das Gewächshaus, schlüpfte durch einen versteckten Hintereingang und nahm wahllos einen der angrenzenden Gänge, die in die abgelegenen, unbewohnten Flügel des Gebäudekomplexes führten. Ein Schleier aus Tränen behinderte ihre Sicht und es dauerte nicht lange, bis ihr bewusst wurde, dass sie sich wieder einmal in dem riesigen Haus der *Unberührten* verlaufen hatte. Fluchend schlug sie mit der Faust gegen die nächstgelegene Wand.

Schmerz schoss durch ihren Arm, der das Ausmaß des seelischen Schmerzes, der in ihrem Herzen tobte, nicht übertreffen konnte.

Sie schlug noch einmal gegen die grob gemauerte Wand und riss sich die Haut über den Knöcheln auf. Sie spürte es kaum. Auch nicht, als sie das Blut sah, das an ihrer Hand herab rann. Wimmernd sank sie auf die Knie und hielt sich die blutende Wunde.

Sie war wie das Loch, das Ensis' Worte in ihr Herz gerissen hatten.

Siriel war wütend und traurig. Sie fühlte sich hintergangen, gedemütigt und hilflos. Sie wusste nicht, wie es weitergehen sollte. Wohin sie gehen sollte oder was sie tun sollte. Sie stand vor einem riesigen Scherbenhaufen und ihr blieb keine Alternative. Kein Rückzugsort und keiner, der ihr zuhörte. Alle Hoffnungen auf ein Leben in Sicherheit und Frieden in der Mitte der *Unberührten* war zunichte.

Der Sturm tobte in ihr, bis er an Kraft verloren hatte. Er hinterließ eine unbegreifliche Leere, die sich in ihrem Inneren ausbreitete, wie ein lähmendes Gift.

Siriels Tränen versiegten. Mit jeder Minute wurde ihr die gespenstische Stille bewusster, die sie in ihre Abgeschiedenheit einschloss. Seufzend setzte Siriel sich auf den kalten Steinboden und zog die Knie nah an ihren Körper. Sie vergrub ihr Gesicht und wiegte sich hypnotisch hin und her, um sich selbst zu beruhigen. Ihr Kopf brannte vom vielen Weinen. Sie hatte Kopfschmerzen und ihr war übel. Am schlimmsten jedoch war das tiefe Loch, das in ihrer Brust prangte, und das nie wieder vollständig geschlossen werden sollte.

Das war sie also. Die zweite Wahrheit.

Unerwartete Hilfe

Siriel verlor jegliches Zeitgefühl.

Der Tag ging und die Nacht kam. Niemand war bisher den Korridor entlang gegangen, niemand hatte sie bisher gefunden. Wer sollte auch schon nach ihr suchen wollen?

Siriel dämmerte weg, doch der erhoffte Schlaf wollte sie nicht von ihrem Schmerz befreien. Ruhelos rasten die Gedanken in ihrem Kopf und kamen zu keinem Ende.

Plötzlich drangen Schritte durch die Dunkelheit.

Siriel wagte es nicht, aufzusehen. Regungslos blieb sie auf dem kalten Boden liegen und lauschte. Sie betete darum, dass die Geräusche im nächsten Gang verhallen würden.

Entgegen jeder Hoffnung hielt die dazu gehörige Person jedoch direkt auf sie zu und blieb schließlich vor ihr stehen. Ohne ein Wort zu sagen, beugte sich jemand zu ihr herunter und schlang seine kräftigen Arme um ihren dünnen Körper.

Bevor Siriel reagieren konnte, wurde sie hochgehoben und fortgetragen. Sie vernahm den ruhigen Herzschlag desjenigen, der sie trug. Der Geruch seiner Kleidung war ihr fremd. Ensis konnte es demnach nicht sein.

Siriel wagte es nicht, die Augen zu öffnen. Sie hatte Angst vor dem, was sie sehen würde. Angespannt wartete sie, bis der Fremde innehielt und sie behutsam auf einem weichen Untergrund abgelegte.

Eine warme, weiche Hand befühlte ihre Stirn. Mit sanftem, aber bestimmtem Griff versorgte jemand Siriels Wunde an der Hand und deckte sie zu.

Irgendwo in der Ferne klapperte Geschirr. Es schien aus einem anderen, angrenzenden Raum zu kommen. Der Duft von gerade erst zubereitetem Essen und wohlriechenden Kräuter drang in Siriels Nase und überraschte sie mit seiner Vielfältigkeit. Ihr schmerzender Körper lag weich und warm.

Siriels Neugierde wuchs ins Unermessliche. Sie hielt es nicht länger aus, so zu tun, als würde sie schlafen. Vorsichtig öffnete Siriel die Augen und blinzelte. Ihr Blick war zunächst verschwommen, klärte sich aber mit der Zeit.

Sie befand sich in einem weitläufigen Raum, der von ein oder zwei Öllampen schwach erhellt wurde. Von der Decke hingen Kräuterbündel. Hier und da brannten Kerzen in farbigen Gläsern und der schwere Duft von abgebranntem Beifuß hing in der Luft.

Ein Mann saß auf der Kante ihres Bettes und hielt ihre Hand. Er verdeckte ungefähr die Hälfte ihres Sichtfeldes. Als er bemerkte, dass sie die Augen geöffnet hatte, schien sich sein vor Sorge verdüstertes Gesicht ein wenig aufzuhellen, aber das war im Dämmerlicht schwerlich zu erkennen. »Du hast Glück gehabt, dass ich dich gefunden habe, Siriel. Du hast dich in große Gefahr gebracht.« Er hatte eine beruhigende, tiefe Stimme.

Siriel blinzelte irritiert. »Wer seid Ihr? Mir scheint, als wären wir uns schon einmal begegnet.«

Der junge Mann lachte und für einen Moment fiel das Licht einer Kerze in seine Augen und ließ sie tiefbraun aufblitzen. »Das ist wahr, wir sind uns schon einmal begegnet. Allerdings zu einer Zeit, zu der ich mir noch keine Sorgen um dich machen musste und deshalb in der Dunkelheit unerkannt bleiben konnte.«

Siriel kniff die Augen zusammen. Fieberhaft versuchte das, was sie im Dämmerlicht von dem Mann ausmachen konnte, einer ihr bekannten Person zuzuordnen. »Tut mir Leid. Ich erinnere mich nicht an Euch.« Ihr Herz schlug augenblicklich schneller. Jeder, der vorgab, sie zu kennen und sich ihrem Gedächtnis entzog, stellte eine potentielle Gefahr für sie dar.

Instinktiv wich Siriel vor dem Fremden zurück. Verunsichert schlug sie die Decke beiseite und sprang auf. Ihre Beine schmerzten protestierend, doch ihre Angst war stärker. Hektisch stolperte sie rückwärts und bemerkte panisch, dass hinter ihr nur noch die Lehne eines bequemen Sessels und eine Wand langen

Ihr Retter seufzte resigniert. »Warte, Siriel. Ich will es dir einfacher machen.« Überraschend wich er vor ihr zurück und verschwand irgendwo in dem weitläufigen Raum, der sich vor ihr ausbreitete.

Panisch huschte Siriel zu der einzigen Tür, die sie in dem Raum ausmachen konnte. Sie hatte die Hand bereits auf die Klinke gelegt, als der Mann zu ihr zurückkehrte.

Die Glut einer Pfeife glimmte in der Dunkelheit auf und spiegelte sich in dem wachsamen Paar Augen, das allein auf sie gerichtet war. Der charakteristische, unverkennbare Geruch von einer sehr speziellen Sorte süßem Tabak hing mit einem Mal in der Luft.

100

Eine beinahe vergessene Erinnerung stieg in Siriel auf. Denselben Tabakgeruch hatte sie auch wahrgenommen, als sie vor vielen Jahren mit ihren Eltern in ein verlassenes Dorf gereist war. Dort hatten sie einen Mann getroffen, der für ihre Eltern Glaswaren an Edelleute verkaufte.

Erleichtert atmete Siriel auf. Sie hatte ihn nicht erkannt, weil er zu diesem Zeitpunkt das Haar wesentlich kürzer getragen und allgemein um einige Jahre jünger gewirkt hatte. So sehr sie sich auch anstrengte, sein Name jedoch wollte ihr nicht einfallen.

Die Erinnerung daran versetzte Siriel einen schmerzhaften Stich. Zu dieser Zeit war ihr Leben noch in Ordnung gewesen.

»Ich schlage vor, wir setzen uns bei einer schönen Tasse Tee und vergessen für einen Moment die Spannungen unter den *Unberührten*. Oder du verkriechst dich in meinem Besenschrank. Diese Entscheidung überlasse ich allein dir.« Bei seinen letzten Worten klang er ein wenig belustigt.

Siriels Wangen brannten vor Scham. Verlegen öffnete sie die Tür einen Spalt breit und fand dahinter tatsächlich Putzeimer, Besen und Schrubber vor. Am liebsten wäre sie augenblicklich im Boden versunken.

Ihr Retter nahm es gelassen. »Da ich annehme, dass du meine Gesellschaft nun doch der eines Besenschranks vorziehst, kann ich dich nur einladen, mein Gast zu sein.« Amüsiert wies er mit einer Handbewegung auf einen Tisch, den Siriel gerade so im Dämmerlicht in einer der hinteren Ecken des Raumes ausmachen konnte.

»Hat Ensis Euch geschickt? Dann könnt Ihr mich gleich zur Tür hinausbegleiten.« Siriels Stimme klang ein wenig heiser, hatte jedoch nichts an Schärfe verloren.

Das Gesicht ihres Gastgebers verdunkelte sich schlagartig. »Ensis würde nie jemanden schicken, um eine Frau zurückzuholen. Er mag es nicht, wenn jemand diejenige berührt, die er für sich auserkoren hat.« Verbitterung lag plötzlich in seiner Stimme. Einen Moment lang schwieg er, dann ließ er sich auf einem der vielen Sessel im Raum sinken und rauchte seine Pfeife. Ein seltsamer Ausdruck trat in sein Gesicht.

»Jilsaki!«, entfuhr es Siriel schlagartig. Nun gab es keinen Zweifel mehr. Diesen Ausdruck hatte sie bisher bei nur einem bestimmten Menschen gesehen.

Mit einem vielsagenden Blick erhob sich Jilsaki und trat in den Lichtkegel einer Öllampe.

Siriel stockte der Atmen, als sie in ihm den Mann erkannte, dem sie vor langer Zeit in den Garten hinterher geschlichen war. Dort hatte sie zum ersten Mal jenes Bild von sich selbst gesehen, das nun unten in der Großen Halle hing.

Sein rötlich braunes, schulterlanges Haar war im Nacken mit einem gelben Band zusammengebunden und von seiner langen, gebogenen Nase glitzerte eine filigrane Brille. Tiefbraune Augen musterten sie aufmerksam. Sein Gesicht war von erhabener, fast königlicher Schönheit und beinahe makellos. Im Gegensatz zu dem Glashändler aus ihrer Erinnerung war Jilsaki diesmal in schlichte Gewänder gekleidet. Die Anmut seiner Bewegungen verlieh ihm eine besondere, faszinierende Ausstrahlung. Jilsaki hatte etwas Geheimnisvolles, aber doch Gutmütiges an sich, das konnte selbst Siriel nicht leugnen.

»Ah, ich sehe, du erinnerst dich.« Freudige Erwartung umspielte seine Mundwinkel. »Ich weiß, dass du mich beobachtet hast. An jenem Tag, an dem ich in den Garten gegangen bin, um nachzusehen, ob das Bild noch dort ist.«

Siriel erstarrte.

»Hast du dich nie gefragt, warum ich an diesem Tag so wütend war? Oder warum ich das Gemälde dort aufbewahrte?«

Siriel schluckte. »Nun ja, ich wusste, dass der Meister mehr über mich in Erfahrung gebracht hatte, als der Zirkel zugeben wollte.« Noch während Siriel es aussprach, begriff sie, worauf Jilsaki hinaus wollte. Überrascht zog Siriel die Stirn kraus.

»Schon damals gab es genug *Unberührte*, die dich gehasst und verabscheut haben. Selbst wenn sie zu diesem Zeitpunkt noch nicht ahnen konnten, dass du eine besondere Sehergabe besitzt. Sie meinten, du wärst unwürdig, eine von ihnen zu werden. Sie waren der Meinung, dass deine Kräfte sprunghaft und unausgereift wären.« Jilsakis Worte wogen schwer wie Blei.

Siriel zitterte. »Hört auf! Ich will es nicht wissen!« Ihre Stimme war wie erstickt und ihr war schwindelig. Haltsuchend taumelte Siriel zurück.

Langsam trat Jilsaki auf sie zu.

Entgegen ihrer Befürchtungen, er könnte ihren Kummer ignorieren, schloss er sie mit einem Mal in den Arm und strich ihr zärtlich über den Kopf. Er ließ sie nicht los, auch nicht als sie anfing zu zittern und bitterlich weinte.

»Die Wahrheit mag grausam sein, doch sie darf dich nicht davon abhalten, auf deine Stärken zu vertrauen. Du musst deinen Pflichten und der Stimme deines Herzens nachkommen. Der Meister wird dich beschützen, denn er braucht dich. Du musst weiterkämpfen. Tu es für ihn. Denk daran, du ihm deine Hilfe angeboten hast.«

»Woher wisst Ihr davon?«, fragte Siriel mit leiser, gedämpfter Stimme. Sie hatte nicht mehr die Kraft, Jilsaki zu widersprechen.

»Das ist irrelevant. Wichtig ist nur, dass es dir bald wieder gut geht. Ich möchte nicht, dass du Angst haben musst vor etwas, das man bekämpfen kann. Und den Hass der *Unberührten* kann man bekämpfen. Auch wenn dich dieser Kampf viel Kraft kosten wird.« Jilsakis Berührungen waren beruhigend, weich und zärtlich.

Siriel wehrte sich dagegen, dass sie sie beschwichtigten. Sie wehrte sich, dass dies die einzige Aussicht auf ihr weiteres Leben darstellen sollte. »Das mag sein«, räumte sie kraftlos ein, »aber die Zeiten haben sich gewandelt. Wie soll ich mein Versprechen halten, wenn mich die *Unberührten* nicht länger im Zirkel dulden?«

Sanft nahm Jilsaki ihr Gesicht in seine Hände. Ernst sah er sie an. »Der Meister wird nicht zulassen, dass sie dir etwas antun. Er hat mich gebeten, auf dich aufzupassen. Solange du bei mir bist, wird dir niemand wehtun. Siriel, ich will dir helfen. Das geht nur, indem ich dir die Wahrheit sage. Ich glaube, wenn du sie einmal kennst, ist es leichter für dich, deinen Weg zu finden. Du wirst ein selbst bestimmtes, stolzes Leben führen.«

Siriel schüttelte nur verzweifelt den Kopf. »Die *Unberührten* werden mich deshalb nur noch mehr hassen. Diese Verachtung meines Ichs oder vielmehr meiner Gabe, ist unerträglich. Ich weiß nicht, was für eine Hilfe das sein soll. Selbstzerstörung? Selbstverrat? Anscheinend habe ich kein ein Anrecht darauf, glücklich zu sein oder ein glückliches Leben zu führen. Es gibt es keine Garantie dafür, dass die eigenen Erlebnisse nicht durch irgendeine Lüge manipuliert wurden. Wenn man sich selbst nicht mehr vertrauen kann, wenn man sich selbst hassen, verachten und vernichten muss, nur um für andere gut genug zu sein, wie soll man dann als heile Person ein vernünftiges Leben führen?«

Für einen Moment schwieg Jilsaki. Dann räusperte er sich leise. Es klang wie ein unterdrücktes Lachen. »Jetzt wirst du theatralisch. Ich glaube, Ensis hat dir zu viele Lügen erzählt.« Schlagartig wurde er wieder ernst. »Du bist eine heile Person. Und du bist gut genug, dass der Meister dich schätzt. Das ist eine große Ehre, die du niemals aus den Augen verlieren solltest. Es nützt niemandem, darüber zu jammern, wie grausam die Welt ist. Wenn du mich lässt, werde ich an deiner Seite bleiben und dir helfen. So gut ich eben kann. Mehr kann ich nicht tun. Ich möchte nicht, dass die Siriel stirbt, die ich vor so langer Zeit mit stolzem, erhobenen Blick in einer Schenke traf.« Mit einem aufmunternden Blick ließ er sie los und wischte die Tränen von ihren Wangen.

Siriels Herz machte einen unerwarteten Satz. Sie wusste nicht, ob sie Jilsaki vertrauen konnte. Aber sie wollte es.

»Gib dich nicht auf, Siriel. Gerade jetzt, wenn es so scheint, als ob die meisten anderen dich aufgegeben hätten. Ich für meinen Teil, habe dich nie aufgegeben. Und ich werde es auch weiterhin nicht tun. Ich fürchte weder dich, noch deine Gabe. Du bist in Sicherheit, das ist erst einmal alles, was zählt.« Tröstend strich er ihr über die Wange. Dann führte er sie hinüber zu dem Bett, in das er sie bei ihrer Ankunft gelegt hatte. »Ruh dich aus. Wenn du etwas brauchst, frag' mich danach. Ich werde über deinen Schlaf wachen und alles Übel von dir fern halten, selbst Ensis. Schlaf, du wirst deine Kräfte brauchen.«

Erschöpft ließ sich Siriel auf die Matratze sinken. »Kannst du Gil darüber informieren, wo ich bin? Er war sehr streng mit mir. Aber er hat es immer gut mit mir gemeint. Er wird sich Sorgen um mich machen.«

Jilsaki lächelte. »Was glaubst du, wer mich gebeten hat, dass ich mich um dich kümmere? Gil hat mir einen Brief zukommen lassen. Er wird bald zurück sein. Und nun ruh dich aus.« Sanft drückte er Siriel hinunter auf die Kissen.

Kraftlos ließ sie es geschehen und schloss die Augen. Es dauerte nicht lange, da war sie eingeschlafen.

Gils Rückkehr

In den darauf folgenden Tagen erholte Siriel sich gut. Beinahe jeden Atemzug verbrachte in Gesellschaft von Jilsaki. Sie genoss die intime Nähe des jungen Mannes sehr, denn in seiner Gegenwart fühlte sie nicht gezwungen zu reden.

Jilsaki war die meiste Zeit damit beschäftigt Salben und andere Medizin herzustellen. Er arbeitete stets sauber und akribisch genau. Es war Balsam für ihre geschundene Seele, ihm dabei zuzusehen.

Siriel versuchte sich abzulenken und vergrub sich in Büchern über Kräuterkunde, die Jilsaki anwendete, um sie wieder aufzurichten. Manchmal bemerkte sie, wie ihr Tränen in die Augen stiegen, doch sie wischte sie schnell weg.

Jilsaki beobachtete ihre Traurigkeit schweigend.

Siriel versuchte ihre kalte und distanzierte Art zurückzugewinnen, die ihr vor ihrem Leben im Zirkel so oft weitergeholfen hatte. Doch so sehr sie sich auch bemühte, es schien ihr nicht zu gelingen. Sie fühlte sich so verletzlich wie noch nie zuvor. Beinahe so, als hätte der Schmerz ein solch tiefes Loch in ihre Seele gerissen, dass er all ihre Gefühle und Schwächen bloßgelegt hatte. Angestrengt wehrte Siriel sich dagegen und versuchte krampfhaft, selbst Jilsaki nur gering an sich heran zulassen. Bereits nach einem Tag musste sie feststellen, dass dies unmöglich war. Sie konnte nicht verhindern, dass sich zwischen ihr und Jilsaki Vertrauen zu entwickeln begann. Es war nur ein Gefühl, das drohte im Chaos, das in ihrem Inneren herrschte, unterzugehen. Doch es saß so tief, dass Siriel es nicht wagte, dieses anzurühren.

»Möchtest du ein bisschen mit mir spazieren gehen?«

Jilsakis Stimme riss sie sanft aus ihren Gedanken. Verwundert sah sie auf. »Hältst du das wirklich für eine gute Idee?«

Jilsaki nickte. »Gil wird heute zurückkehren. Wir können ihm entgegen kommen.«

Mit einem Mal war Siriel hellwach. Sie hatte die Tage nicht gezählt, die sie mit Jilsaki zusammen in dem engen Raum verbracht hatte, ohne ihn jemals zu verlassen. Eine beklemmende Furcht überkam sie.

Jilsaki schien das zu spüren. »Keine Angst, wir werden niemandem begegnen. Dieses Zimmer liegt im entlegensten Winkel des Hauses der *Unberührten*. Durch einen versteckten Gang werden wir direkt in den Geheimen Garten gelangen. Gil wird dort auf uns warten.« Auffordernd hielt er Siriel ihren Mantel entgegen.

Diese konnte sich ein Lächeln nicht verkneifen. Zum ersten Mal seit Tagen hellte sich ihre Miene auf. »Dann sollten wir uns beeilen.«

Jilsaki lächelte. Pflichtbewusst half seinem Gast in den Mantel zu schlüpfen. »So gefällst du mir.«

Siriel spürte, wie seine Worte ihr die Röte auf die Wangen trieb und war froh darüber, dass er sich in demselben Moment der Tür zuwandte. Ein letztes Mal atmete Siriel tief durch. Dann trat sie an Jilsaki vorbei auf den Gang hinaus.

Kälte schlug ihnen entgegen. Sofort erstarrte ihr Atem vor ihren Mündern zu kleinen, weißen Wolken. Es roch nach feuchtem Stein. Der Geruch weckte Erinnerungen, die Siriel lieber für immer vergessen hätte.

»Geh weiter. Stell dich deiner Angst.« Ermutigend legte Jilsaki ihr eine Hand auf die Schulter.

Siriel schluckte. Zögernd machte sie einen weiteren Schritt und behielt den Gang zu beiden Seiten im Auge.

Nichts geschah.

»Gut gemacht. Und nun komm mit. Wir sollten Gil nicht warten lassen.« Sanft nahm er ihre Hand und führte sie den Flur hinunter.

Dämmerlicht erfüllte die menschenleeren Korridore. Bis auf den Widerhall ihrer Schritte war es gespenstisch still.

Siriel schauderte. Ihr war nicht bewusst gewesen, wie weit Jilsaki sie von den Quartieren der *Unberührten* fortgebracht haben musste. Es dauerte eine gefühlte Ewigkeit, bis sie schließlich durch eine Tür hinaus in den Garten traten.

Erleichtert atmete Siriel auf.

Der schwere, süße Blumenduft drang in ihre Nase und erfreute ihre Sinne mit seiner Vielfältigkeit.

Gierig sog Siriel ihn in ihre Lungen ein und atmete zum ersten Mal seit Tagen wieder frei. Es war, als würden ihre Sorgen von ihren Schultern abfallen. Es fiel ihr leichter, aufrecht zu gehen. Stolz drückte sie den Rücken durch und betrachtete die leuchtenden Farben der Blütengewächse mit ganz anderen Augen. Zum ersten Mal seit Wochen fühlte sie sich lebendig.

»Dies war einmal der Rückzugsort des Meisters, wusstest du das?« Forschend sah Jilsaki die junge Frau von der Seite her an. Er führte sie zu einer filigran gearbeiteten Gartenbank, auf der eine Hand voll Kissen lagen und bat sie, Platz zu nehmen.

»Nein. Aber ich kann mir vorstellen, warum.« Vergnügt schloss Siriel die Augen und horchte dem Summen der vielen Insekten, die ihr bei ihrem letzten Besuch gar nicht aufgefallen waren.

Darüber hinaus still zwischen ihnen.

Jilsaki akzeptierte ihr Schweigen und ließ sie gewähren.

Siriel hörte sein Herz schlagen und genoss seine ungezwungene Nähe. Sie musste zugeben, dass sie sich lange nicht mehr so wohl gefühlt hatte.

Ein eisiger Luftzug veranlasste Siriel schließlich dazu, die Augen wieder zu öffnen. Irritiert sah sie Jilsaki an.

Der junge Mann war aufgestanden und hielt ihr auffordernd die Hand entgegen. »Komm, ich will dir etwas zeigen. Ich bin gespannt, was du dazu sagst.«

Blinzelnd sah sie zu Jilsaki hoch. »Ich dachte, wir warten hier auf Gil.«

»Er wird wissen, wo wir sind.« Schelmisch zwinkerte er ihr zu, griff nach ihrer Hand und zog sie auf die Beine.

Siriel schmunzelte und verkniff sich ein Kichern. »Warum so geheimnisvoll?«

Jilsaki grinste. »Das wirst du noch früh genug erfahren.« Ohne etwas zu verraten, ging er voraus und führte sie durch den Garten zu einer versteckten Tür. Er öffnete sie und ging hindurch.

Siriel zögerte.

Der Raum dahinter lag zunächst in tiefschwarzer Dunkelheit.

Dann hörte sie, wie Jilsaki mehrere schwere Vorhänge zur Seite zog und den Raum mit milchig hellem Sonnenlicht flutete.

Überrascht trat Siriel trat über die Türschwelle. »Ich bin schon einmal hier gewesen!« Sie fröstelte.

Überall waren Gemälde zu sehen. Manche von ihnen waren eingerahmt und wurden von dickem Glas vor Witterung und Verfall geschützt. Andere jedoch lagen offen umher und waren mit einer dicken Staubschicht überzogen.

Siriel entdeckte Bilder in Öl, aber auch Kohlezeichnungen, Kupferstiche und Schnitzereien. Überwältigt von der Schönheit und Vielfältigkeit der Kunstwerke trat sie auf eines der an der Wand hängenden, eingerahmten Bilder zu und betrachtete es.

Es zeigte den alten König. Er stritt mit jemandem, der mit dem Rücken zum Betrachter stand.

108

Verwundert machte Siriel einen Schritt zurück und sah sich weiter um. Als sie ihr eigenes Gesicht auf einer Hand voll Zeichnungen erblickte, die auf einem massiven Holztisch in der Mitte des Raumes verstreut lagen, zuckte sie zusammen. Überrascht trat sie an den Tisch heran und nahm eine der Zeichnungen in die Hand. »Wer hat diese Zeichnungen gemacht? Und woher stammen sie?« Aufgeregt drehte sie sich um.

Mit düsterer Miene trat Jilsaki an ihre Seite und nahm ihr die Zeichnung aus der Hand. »Sie sind sehr alt. Nur die Meister dürfen von der Existenz dieses Raumes wissen. Es ist das Erbe der Meister, das von Generation zu Generation weitergegeben wird«, erklärte er ihr sanft und in seiner Stimme lag ein seltsamer Unterton.

Sein Gesichtsausdruck war so ernst, dass Siriels Empörung augenblicklich verrauchte.

»In der Tat.« Eine vertraute Stimme in ihrem Rücken ließ sie aufhorchen und zusammenfahren. »Mit der kleinen Ausnahme, dass der momentane Meister uns beide ins Vertrauen gezogen hat.«

Wie vom Donner gerührt wandte Siriel sich um.

Gil stand im Türrahmen und musterte die sich ihm bietende Szenerie mit einem schiefen Lächeln. Er war kaum wiederzuerkennen. Sein weißes Haar hing in schmutzigen, verfilzten Strähnen herab. Seine Kleidung, einst edel und raffiniert geschnitten, war an vielen Stellen regelrecht zerfetzt und zerschlissen. Entkräftet lehnte Gil sich gegen den Türrahmen und stützte den Arm auf die Türklinke.

»Gil, du solltest dich setzten«, begann Jilsaki vorsichtig und in seiner Stimme schwang Sorge mit.

Siriels Lehrmeister winkte mürrisch ab. Stattdessen wandte er sich Siriel zu. »Alle Bilder, die du hier siehst, erfüllen dieselbe Funktion wie deine Zeichnungen. Sie alle stellen Vorhersagen dar. Bevor du geboren wurdest, gab es bereits andere, die dieselbe Gabe besaßen, die du heute besitzt. Sieh her.« Mit einer fahrigen Handbewegung zog Gil ein Stück Stoff von einem Bild, das zu seiner Rechten an der Wand lehnte.

Es zeigte eine Kutsche, die halb zerstört im Graben vor den Toren der Stadt lag. Leichen waren zwischen ihren Trümmern verstreut. Niemand außer einem jungen Mann, der im Schatten eines halb zerbrochenen Rades hockte, schien den Unfall überlebt zu haben. Vorsichtig duckte er sich und schaute verstohlen an den Trümmern vorbei.

Ein paar Meter entfernt erhob sich eine große Gestalt, die aus loderndem Feuer zu bestehen schien. Mit einem lechzenden Grinsen beugte sie sich über eine der Leichen. Das Flammenwesen griff nach etwas, das der Tote umklammert hielt.

Es war ein Ring. Er ähnelte dem Siegelring, den sie für Gil aus dem Traumbild geholt hatte.

Siriel blinzelte ungläubig. »Aber das würde bedeuten...«

»Ja.« Ein entferntes Licht leuchtete in Gils Augen auf. »Es würde bedeuten, dass der Herr der Dämonen tatsächlich an den Ring gelangt ist. Auf diese oder eine andere Art und Weise. Bis du mir eine nutzlose Kopie des Siegelrings zurückbrachtest, habe ich geglaubt, dieses Bild wäre eine Fälschung. Meine jüngsten Nachforschungen jedoch lassen keinen Zweifel mehr an der Echtheit des Bildes.«

Entsetzt sog Siriel die kalte Luft in ihre Lungen. Schlagartig wurde ihr die Bedeutung von Gils Worten bewusst. »Seine Rache wird schrecklich sein.«

Ihr Lehrmeister nickte resigniert und räumte damit auch den letzten Zweifel aus. »Sobald er seine ursprüngliche Kraft wiedererlangt hat, wird er den Mitternachtszirkel vernichten.« Seine Worte enthielten eine beängstigende Endgültigkeit. »Es ist Zeit zu handeln. Worte erfüllen nicht mehr das, wonach der Moment verlangt. Wir haben schon viel zu lange gezögert.«

Jilsaki nickte langsam und hob die Zeichnung in die Höhe, die er Siriel vor wenigen Minuten aus der Hand genommen hatte. »Auch die Zeichnungen scheinen keine Fälschungen zu sein. Sie hat sich selbst darauf erkannt. Sie ist es also wirklich.«

Gil lächelte schmal. »Dann hat sich die Prophezeiung in zweifacher Art und Weise erfüllt.«

Überrascht horchte Siriel auf. »Wie bitte? Ich verstehe nicht.« Verwirrt und anklagend zugleich sah sie zwischen den beiden Männern hin und her.

Ein besorgter Ausdruck trat in Gils Gesicht. Er zögerte mit seiner Antwort. »Der ehemalige Meister sah nicht nur seinen eigenen Tod voraus, sondern auch ihre Geburt und gleichzeitig die Weitergabe seiner Sehergabe.«

Jilsaki nickte zustimmend. »Du bist damit die Einzige, die das Siegel erneut setzen und den Dämon für alle Zeit bannen kann.«

Siriel stockte der Atmen. Ihre Augen weiteten sich vor Entsetzten, während die Worte der beiden Männer immer mehr an Sinn und Bedeutung gewannen.

Das war also der Grund gewesen, warum der Meister darauf bestanden hatte, sie zu ihm zu bringen. Ausgerechnet ihre Sehergabe war das Geschenk eines Mannes, der seinen eigenen Tod voraussah und Vorkehrungen getroffen hatte, um andere zu retten.

110

Siriels Leben bekam mit einem Mal einen neuen Sinn. Die Fähigkeit, Ereignisse vorherzusehen hatte bislang wie ein Fluch auf ihr gelastet. Nun eröffnete ihr diese plötzlich eine völlig andere Sicht auf die Dinge.

Erleichtert atmete Siriel auf. Sie besaß ihre Gabe nicht, um Leben zu nehmen. Sie besaß sie, um Leben zu geben. Sie hatte eine Aufgabe in der Welt und Menschen, die hinter ihr standen. Egal für welchen Weg sie sich letztlich entscheiden würde. Jemanden, der sie nicht fallen lassen würde, sobald der Schrecken gebannt war. Entschlossen, ihrer Aufgabe gerecht zu werden, nahm sie all ihren Mut zusammen. »Wir sollten uns auf die Suche nach dem Herrn der Dämonen machen und ihn aufhalten.« Ihre Worte klangen holprig.

Überrascht sah Gil auf. Um seine Wundwinkel spielte ein zufriedenes, stolzes Lächeln. »Eins muss dir klar sein, Siriel: Es wird nicht einfach sein, den Dämon zu finden. Der Meister und ich spüren seine Nähe schon seit geraumer Zeit. Seine Anwesenheit ist es, der den Verstand der *Unberührten* derart vergiftet hat.« Mahnend musterte er seine Schülerin.

Jilsaki nickte. »Diese Vermutung hatte ich bereits auch. Die vielen Gerüchte und die Angst, die überall geschürt wurde. All das entspricht der Vorgehensweise von Dämonen, die böse Gedanken verbreiten. Sie manipulieren und terrorisieren, bis sie ihr Ziel erreicht haben.«

Überrascht zog Siriel die Augenbraue in die Höhe. »Dann sind die *Unberührten* allesamt ein Opfer der Dämonen? «

Jilsaki nickte erneut. »Sie verändern ihre Opfer, bis sie so funktionieren, wie der Herr der Dämonen es wünscht.«

Siriel schauderte und runzelte sogleich die Stirn. »Aber wie kann man sich dann gegen sie schützen? Warum seid ihr beide dem Dämon und seinen Trugbildern nicht ebenso verfallen?« Sie schrak zusammen, als Jilsaki neben ihr plötzlich in lautes Lachen ausbrach.

»Einzig und allein aus dem Grund, weil wir es nicht akzeptieren wollten. Wir sind strikt dagegen, dass du dich verändern musst, nur damit andere aufhören, hinter deinem Rücken über dich zu reden. Gil und ich glauben an dich, seitdem du dem Zirkel beigetreten bist. Wir wussten, was aus dir werden könnte. Und nun sieh dich an: Du gehst gestärkt aus deinem ersten Kampf mit dem Dämon hervor. Du hast seine Lakaien bereits bezwungen.« Stolz glänzte in Jilsakis Augen.

Siriel schluckte. Sie fühlte sich geschmeichelt, konnte jedoch kaum glauben, was sie da hörte. Unschlüssig fing sie Gils Blick auf.

Ihr Lehrmeister war so blass, wie noch nie zuvor. Schweiß perlte über seine hohe Stirn. Mit Schmerz verzerrtem Gesicht presste er eine Hand in die Seite. »Wir dürfen keine Zeit mehr verlieren!« Streng nahm er seine Schülerin ins Visier.

Siriels Herzschlag setzte einen Moment lang aus. Erst jetzt bemerkte sie, dass Blut durch die Finger ihres Mentors rann.

»Gil, Ihr seid verletzt!« Entsetzt eilte Siriel zu ihm hinüber.

Abweisend wich der verletzte Mann vor ihr zurück. »Kümmere dich nicht um mich, Siriel. Jilsaki wird meine Wunden verbinden. Du weißt, dass ich bei ihm in guten Händen bin. Anstatt sich um mich zu sorgen, musst du etwas für mich tun.«

Siriels Mund wurde trocken. Sie ahnte, dass ihr Gils Forderung nicht gefallen würde.

»Du musst zu Ensis zurückkehren. Lass ihn glauben, du würdest ihm sein Schweigen vergeben und zu ihm zurückkommen, weil du ihn liebst.«

Siriels Euphorie erlosch schlagartig. »Ihr wisst nicht, was Ihr verlangt, Gil.«. Mit zitternder Stimme und leerem Blick sah sie zu Boden. Die alte Wunde in ihrem Herzen schmerzte unerträglich.

Gil stöhnte. »Glaub mir, ich weiß sehr wohl, worum ich dich bitte. Doch ich befürchte, dass es keine andere Möglichkeit gibt. Ensis wird für Außenstehende der einzige glaubhafte Grund sein, warum du den Zirkel noch nicht verlassen hast. Ich bin durch die Große Halle gegangen. Das Eis ist gebrochen! Jetzt hängt alles von dir ab, Siriel. Der Herr der Dämonen muss glauben, deinen Willen zerstört zu haben. Dabei sollten wir es belassen.« Eindringlich sah ihr Lehrmeister sie an.

Siriels Gedanken rasten. Jede Faser ihres Körpers sträubte sich dagegen, Gils Forderung nachzukommen.

Jilsaki seufzte. Ermutigend legte er ihr die Hand auf die Schulter und hob mit der anderen ihr Kinn an. Warmherzig und verständnisvoll sah er ihr direkt in die Augen. »Gil und ich wissen, wie schwer das für dich ist. Versuche nicht, zu vergessen. Versuche stattdessen einen Weg zu finden, Ensis so zu sehen, wie du es früher getan hast. Das wird es leichter machen.«

»Und die *Unberührten*? Wie soll ich ihnen begegnen?«

»Trage eine Maske, Siriel. Trage sie mit Stolz. Und lerne, ihre Vorteile zu lieben.«

Am Abgrund

Ein fernes Geräusch hallte leise durch die Dunkelheit.

Erschrocken fuhr Siriel aus einem leichten Schlaf auf. Resigniert stellte sie fest, dass sie sich wieder in Ensis' Gemächern befand. Der vertraute Geruch der Laken drang in ihre Nase, doch der Platz neben ihr im Bett war verwaist. Alarmiert schlug sie die warme, kuschelige Bettdecke zurück, stand auf und schlüpfte frierend in Bademantel und Pantoffeln. Leise schlich sie zur Tür und nach draußen ins Treppenhaus.

Die lange, schmale Wendeltreppe, die zum Saal darunter führte, war nur spärlich beleuchtet. Vorsichtig nahm Siriel Stufe um Stufe hinab in die Tiefe. Sie musste aufpassen, nicht ins Leere zu treten. Es dauerte eine Weile, bis sie unten angekommen war.

Die Treppe führte in einen kleinen Vorraum, hinter dem sich einer der vielen, prunkvollen Spiegelsäle befand. Die Tür dorthin war nur angelehnt. Licht fiel durch einen schmalen Spalt hinein und das Geräusch von Stiefelabsätzen hallte von den Wänden wider.

Wachsam hielt Siriel sich in den Schatten verborgen und lugte verstohlen in den Spiegelsaal hinein. Sie entdeckte eine große Gestalt, die mit raschen Schritten den Saal durchquerte und unbeirrt auf eine Tür am anderen Ende des Raumes zuhielt.

Es war Ensis. Siriel erkannte ihn an seinem zielstrebigen, stolzen Gang und an dem hellen, wild hinter ihm her wehenden Haar.

Er trug einen weiten, schwarzen Umhang, der hinter ihm her wehte und seine Gestalt zu einem einzigen riesigen Schatten verschmelzen ließ.

Wohin wollte Ensis mitten in der Nacht, während er dachte, dass sie in seinem Bett schlief und nicht bemerken würde, wenn er fortging?

Eine merkwürdige Anziehungskraft ging von der Tatsache aus, dass Ensis ihr und dem Zirkel etwas verheimlichte. Sie war so stark, dass Siriel sich nicht dagegen zur Wehr setzen konnte. Ohne zu überlegen schlich sie Ensis hinterher.

Das leise Klackern von seinen Stiefelabsätzen führte Siriel durch eine Vielzahl von verlassenen, dunklen Gängen, bis sie plötzlich vor einer nackten Wand stehen blieb. Die Geräusche von Ensis' Schuhen schienen förmlich durch die Wand vor ihr zu dringen und sich von ihr zu entfernen. Als sie ein kaum wahrnehmbares, metallenes Klicken vernahm, ließ Siriel ihre Hände suchend über die Wand gleiten. Aufmerksam tastete sie über eine kleine Unebenheit im Stein, die sich wie eine klaffende Wunde in das Mauerwerk grub. Darinnen spürte sie einen winzigen Hebel und zog daran. Die Wand gab ein leises Knirschen von sich und schwang wie von Zauberhand nach innen weg.

Die Geheimtür führte nach draußen vor die Stadtmauern.

Überrascht runzelte Siriel die Stirn. Konnte das Haus des *Mitternachtszirkels* wirklich derart gigantisch große Ausmaße haben, dass es sich bis vor die Stadt erstreckte? Offensichtlich, denn das Gras unter ihren Füßen fühlte sich echt an.

Fasziniert trat Siriel unter einen klaren Sternenhimmel, der über verlassenen Feldern und Wiesen prangte. Silbriges Mondlicht erhellte die unwirklich scheinende Landschaft, die sich bis zum Fuß des nahe gelegenen Gebirges erstreckte. Der würzige Geruch von kräftigem Gras und Erde drang in ihre Nase. Kalte, frische Luft füllte wohlig ihre Lungen. Angesichts der nur spärlichen Bekleidung fror sie.

Mit zügigen Schritten lief Ensis in Richtung der Berge, die sich am Horizont erstreckten, wie ein dunkles, schlafendes Ungetüm. Er bewegte sich unnatürlich schnell und sah sich nicht einmal um.

Umso besser. Dann erwartet er nicht, dass ihm jemand folgt. Frierend biss Siriel die Zähne zusammen und beeilte sich, Ensis zu folgen. Es fiel ihr schwer, mit ihm mitzuhalten. Ihre Pantoffeln waren dafür ungeeignet und die Nachtluft war so kalt, dass sie bereits nach wenigen Schritten vollkommen durchgefroren war. Trotzdem gab sie nicht auf. *Ich muss wissen, was Ensis dem Zirkel verheimlicht!*

Immer größer und bedrohlicher ragte das Gebirge vor ihr auf. Sein Schatten schien alles Licht unheilvoll zu schlucken. Nicht einmal das Licht des Mondes war stark genug, um die Schwärze der zerklüfteten Bergwelt zu durchdringen.

Mit einem Mal verlangsamte Ensis seine Schritte und hielt schließlich inne. Er bückte sich, strich mit der Hand über den Boden und richtete sich dann wieder auf. Sein strohblondes Haar leuchtete in der Dunkelheit.

Es war das Einzige, was Siriel noch von ihm ausmachen konnte. Überrascht blieb sie stehen und beobachtete, wie er einen letzten Schritt in Richtung Gebirge machte.

Dunkle Wolken zogen auf und verdeckten das Antlitz des Mondes. Abrupt wurde es dunkel. Siriel konnte gerade noch erkennen, wie Ensis sich wieder in Bewegung setzte. Dann war er plötzlich verschwunden.

Siriel schlug das Herz bis zum Hals. Angespannt wartete sie darauf, dass Ensis zurückkäme oder sich zumindest erneut zeigen würde. Aber das tat er nicht.

Verunsichert trat sie an dieselbe Stelle, an der sie Ensis zuletzt gesehen hatte. Siriel schauderte, als ein eiskalter Luftzug sie erfasste und ihr Haar zerwühlte.

Vor ihr lag, sich schemenhaft vom Rest der Landschaft abgrenzend, eine tiefe Schlucht. Der Wind heulte durch den Abgrund wie der Atem eines schier unendlich großen Tieres. Er säuselte in Siriels Ohren, die wie gebannt in das schwarze unendlich tiefe Nichts vor sich schaute. Fieberhaft überlegte sie, wie Ensis diesen Abgrund wohl überwunden hatte, bis der Mond plötzlich wieder hinter einer vorbeiziehenden Wolke zum Vorschein kam. Im silbrigen Licht entdeckte sie eine schmale, höchstens einen Fuß breite Brücke, die den Gesetzen der Physik trotzend über dem Abgrund schwebte.

Siriels Verstand wehrte sich mit allen Mitteln dagegen, ihr Leben zu riskieren, um Ensis weiter zu folgen. Doch ihre Neugier war stärker. Schwankend zog sie die Pantoffeln aus und setzte einen Fuß auf die Brücke.

Der Fels unter ihr war eiskalt und feucht. Es dauerte nicht lange und sie konnte ihre Zehen kaum noch spüren. Vorsichtig machte Siriel einen Schritt vor den anderen und versuchte fieberhaft keinen Gedanken daran zu verschwenden, in welch törichte Gefahr sie sich damit brachte. Angespannt wartete sie auf irgendein Geräusch, das sie eventuell vor dem Einsturz der seltsamen Konstruktion aus Stein warnte. Der Wind schwieg mit einem Mal, als würde selbst er den Atem anhalten.

Ihre Befürchtungen wurden nicht bestätigt. Die Angst, in den Abgrund zu stürzen trieb sie dazu an, weiterzugehen. Bevor sie sich versah, hatte sie die andere Seite der Schlucht erreicht und betrat harten, felsigen Untergrund.

Erleichtert atmete Siriel auf und wischte sich den Angstschweiß von der Stirn. Sie beeilte sich, ihre Pantoffeln wieder anzuziehen und sah sich suchend nach Ensis um.

Vor ihr lag eine Art Höhle. Eine unendlich tiefe Schwärze gähnte Siriel entgegen, die noch nicht einmal das Mondlicht zu durchdringen vermochte. Blind tastete sie in der Dunkelheit nach den grob behauenen Wänden und wagte sich Schritt für Schritt weiter vor. Es roch nach kaltem, nassem Gestein und der Geruch von Moder hing in der Luft. Über alledem hing ein anderer, fremdartig süßlicher, abartiger Gestank.

116

Angeekelt rümpfte Siriel die Nase. Sie kannte diesen Geruch, konnte ihn jedoch beim besten Willen nicht eindeutig zuordnen. Nervös ging sie weiter und unterdrückte einen spitzen Schrei, als ihr plötzlich etwas auf die Stirn tropfte. Die Flüssigkeit war kalt und schmeckte salzig. Schaudernd wischte Siriel mit dem Ärmel über das Gesicht und stolperte weiter vorwärts. Das immer leiser werdende Geräusch von Ensis' Stiefeln wies ihr den Weg, bis ein unsteter Lichtschein ihre Aufmerksamkeit erweckte. Erleichtert hielt Siriel darauf zu und entdeckte, dass der Tunnel, durch den sie gekommen war, in einen riesigen Hohlraum unter der Erde mündete.

Das Flackern von unzähligen Kerzen huschte über den felsigen Boden. Augenscheinlich war sie gerade erst entzündet worden, denn das Wachs um den Docht herum hatte sich noch nicht vollständig verflüssigt. Das Licht war für eine Kerze ungewöhnlich hell. Es erleuchtete den ansteigenden Weg, der über zahlreiche Felsvorsprünge auf der linken Seite an der Wand entlang führte. Rechts von dem Pfad erstreckte sich ein Hohlraum von derart gigantischen Ausmaßen, dass eine ganze Stadt darin Platz gefunden hätte. Es war, als hätte ein riesiger Parasit den Berg von innen her ausgehöhlt und nichts als seine Hülle zurück gelassen.

Fasziniert von der kargen Schönheit, die sich vor ihr auftat, folgte Siriel dem, von den Kerzen vorgezeichneten, Weg hinauf. Der abartige Gestank wurde unterdessen immer penetranter. Angewidert versuchte Siriel, nur noch durch den Mund zu atmen. Als das nicht mehr ausreichte, presste sie sich den Ärmel ihres Bademantels vors Gesicht, doch er verschaffte ihr kaum Linderung.

Der Weg führte immer weiter hinauf und endete überraschend vor dem Eingang in eine weitere Höhle. Seltsam klingende Geräusche schlugen ihr daraus entgegen. Es war wie ein Surren und Klingen, gepaart mit einem widerlich zerreißenden Klagen einer nicht menschlich anmutenden Kreatur. Ensis' Lachen mischte sich grausam darunter und wurde von unsichtbaren Wänden zurückgeworfen. Sein Echo schwoll zu einer unheimlichen, gewaltigen Geräuschkulisse an.

Es war nicht das Lachen, das Siriel von Ensis kannte. Das Lachen war kalt und grausam. Es vibrierte in ihrem Körper und drohte ihr den Verstand zu rauben. Siriel hingegen blieb standhaft und kämpfte mit aller Kraft gegen das Drehen in ihrem Kopf an. Mühsam machte sie die letzten Schritte, dann konnte sie endlich in die Höhle vor sich hineinsehen.

Die Decke war sehr niedrig. Sie begrenzte einen engen, schmalen Raum, der vollgepackt war mit allerlei Gerätschaften, die Siriel noch nie zuvor gesehen hatte.

Überall waren Kerzen verteilt, die ein flackerndes, unheimliches Licht über alles warfen.

Ensis hatte die weiten, schwarzen Gewänder abgelegt. Beinahe nackt stand er nun vor einem mannshohen Spiegel und wandte ihr den Rücken zu. Die Oberfläche war diffus erhellt. Ensis' Gestalt war nicht wiederzuerkennen. Sie war verschwommen und grausam entstellt, schuppig und blutig aufgesprungen. Wahnsinn leuchtete aus zwei bösartig dreinblickenden Augen und der Mund war zu einem hämischen Lachen verzerrt. Verstümmelte Flügel hingen gebrochen von seinen Schultern herab. Blutige Federn bedeckten seine Oberarme und seinen Unterleib.

Siriel schauderte bei dem Anblick der Hässlichkeit der Kreatur im Spiegel. Vor allem, weil Ensis' Haut in Wirklichkeit unversehrt und von unbegreiflicher Schönheit war. Er strahlte eine seltsame Anziehungskraft und Faszination auf Siriel aus. Selbst dann noch, als ihre innere Stimme gequält aufschrie und sie vor der drohenden Gefahr warnte.

Diese Gestalt, diese Kreatur vor ihr. Das war nicht der Ensis, den sie kannte. Es war eine Ausgeburt der Hölle. Ein zweites Ich, das Ensis lange unbemerkt in sich getragen haben musste.

Irgendetwas an ihm zog sie gegen ihren Willen so sehr in seinen Bann, dass sie entgegen aller Vorsicht ihre Deckung verließ. Sie erschrak, als am Rand des Spiegelglases die fremde Frau auftauchte, die sie schon einmal in einem solch hohen Spiegel gesehen hatte. Dieses Mal jedoch leuchteten ihre Augen vor Hoffnung und einer unbestimmten Begierde auf.

Siriel erstarrte, als ihr bewusst wurde, dass der Ensis, der vor dem Spiegel stand, seinen Blick von seinem eigenen Spiegelbild abgewandt hatte und stattdessen das ihrige ansah.

Er hatte sie entdeckt. Ein zufriedenes, selbstgefälliges Lächeln breitete sich auf seinem wohlvertrauten Gesicht aus. »Endlich!« Seine Stimme klang seltsam verändert und verzerrt, als gehöre sie nicht zu ihm.

Langsam wandten sich ihr sowohl der Dämon im Spiegel zu, als auch der Ensis, den sie kannte. Seine Bewegung war ruckartig und seine Körperhaltung war aus irgendeinem Grund anders als sonst.

Siriels Herz setzte einen Schlag lang aus, als sein Blick sie traf.

Ensis' Gesicht war zu einer grausamen Maske erstarrt. Boshaftigkeit loderte in dem sonst so vertrauten Blick und sein Mund war zu einem spöttischen Strich verblasst. Seine Mundwinkel zuckten.

Entsetzt stolperte Siriel zurück an die Höhlenwand. Sie wollte nicht glauben, was sie sah.

»Guten Abend, Siriel.« Mit einem höhnischen Grinsen trat Ensis auf sie zu.

»Nein, bleib weg von mir. Komm nicht näher!« Zitternd wich sie weiter vor ihm zurück. Trotz ihrer Angst wirkte alles an ihm seltsam anziehend auf Siriel. Sie spürte, dass er sie damit zum Bleiben zwingen wollte. Verbissen kämpfte sie dagegen an.

»Siriel, mein Schatz. Was hast du denn? Ich bin es doch. Dein Ensis, mit dem du sogar dein Bett teilst.« Belustigt sah der junge Mann sie an.

»Nein! Ich weiß, wer du bist! Du bist der Herr der Dämonen. Der Teufel soll dich holen!« Kopfschüttelnd wich sie weiter vor ihm zurück.

Höhnisch verengte ihr Gegenüber die, von Hass brennenden, Augen. »Der Teufel also, ja? Das kannst du haben!«

Panik wallte in Siriel auf. Mit hämmerndem Herzen wirbelte sie herum, verlor dabei ihre Pantoffeln und lief durch den Höhleneingang davon. Die kalte Luft brannte schmerzhaft in ihren Lungen. So schnell sie konnte, hetzte sie barfuß den Pfad hinab. Ihre Füße schmerzten, aber sie blieb nicht stehen. Stöhnend biss sie die Zähne zusammen und zwang sich dazu, die Schmerzen zu ignorieren.

Unheimliche Geräusche wurden in ihrem Rücken laut und legten die Vermutung nahe, dass der Dämon ihr gefolgt war.

Verzweifelt beschleunigte Siriel ihre Schritte. Sie hatte den Tunnel, der nach draußen führte, fast erreicht, als mit einem eisigen Windhauch alle Kerzen, die ihren bisherigen Weg beleuchtet hatten, erloschen.

Abrupt wurde es finster.

Keuchend hielt Siriel inne und streckte die Hände aus. Ihre Finger stießen gegen kalten, feuchten Fels, der ihr Orientierung und Halt bieten konnte. Vorsichtig setzte Siriel einen Fuß vor den anderen, geriet jedoch ins Straucheln und schlug der Länge nach hin.

Ein bösartiges Kichern hallte durch die Dunkelheit. »Ich kann das Blut durch deine Adern fließen hören, Siriel. Du kannst mir nicht entkommen.«

Siriel antwortete nicht. Verzweifelt nahm sie ihren ganzen Mut zusammen, stand auf und tastete sich weiter an der Felswand entlang.

Schritte näherten sich.

Voller Angst hielt Siriel den Atem an und lief weiter. Der Boden zu ihren Füßen verlor zunehmend an Steigung. Fels wich feuchter, nasser Erde. Sie war froh, als sie den Tunnel erreichte, dessen Ende vom hellen Licht des Mondes erleuchtet wurde.

119

»Du enttäuschst mich, Siriel.«

Das Flüstern war ganz nah an ihrem Ohr. Ein eisiger Schauer jagte über Siriels Rücken und lähmte jeden Muskel ihres Körpers, obwohl jede Faser vor Angst schrie. Mit stockendem Atem spürte sie, wie der Dämon von hinten an sie herantrat. Sein Atem strich kitzelte auf ihrer Haut und löste ein Gefühl in Siriel aus, das sie noch nie zuvor in sich verspürt hatte.

»Nichts hält dich mehr, Siriel. Du bist allein, dein Selbst schwindet in der Dunkelheit. Aber gemeinsam könnten wir die Welt beherrschen und alles beseitigen, das dich heute noch quält!« Seine Worte schlichen sich wie Gift in ihr Bewusstsein wie Gift und nahmen ihren Geist gefangen. Ein verführerischer Duft drang in ihre Nase und raubte ihr beinahe den Verstand. Stück für Stück zersetzte er ihren Widerstand.

Der Dämon lachte leise. »Denk daran, wie mächtig wir wären! Du müsstest dich nie wieder von einem *Unberührten* erniedrigen lassen und dich nie wieder jemandem unterwerfen!« Fordernd glitten seine Hände unter ihren Bademantel und berührten sie am Oberschenkel.

Zitternd stöhnte Siriel auf. Es war wie ein Fieber, das in ihr ausbrach und sie um den Verstand zu bringen drohte.

»Du bist mein, Siriel. Lass los. Gib dich mir und der Sünde hin. Es wird nicht zu deinem Schaden sein.« Betörend drang seine Stimme auf sie ein. Er fasste sie am Hals und fuhr mit der Zunge über ihre Haut. Sie fühlte sich an, wie ein Messer.

Schmerz explodierte in Siriels Bewusstsein und verzehrte auch den letzten Funken ihres Widerstands. Jede Faser ihres Körpers sehnte sich plötzlich danach, mit dem Körper des Dämons vereint zu werden.

Gerade, als sie sich dem Drang hingeben wollte, besann sie sich wieder darauf, was Jilsaki und Gil vor einer gefühlten Ewigkeit zu ihr gesagt hatten.

Wir glauben an dich, seitdem du dem Zirkel beigetreten bist. Du bist die Einzige, die das Siegel erneut setzen und den Dämon für alle Zeit bannen kann. Jetzt hängt alles von dir ab, Siriel.

Die Erinnerung brach den Bann.

Siriel lachte leise. »Du bist listenreich, Herr der Dämonen. Aber nicht listenreich genug.« Mit aller Kraft, die sie aufbringen konnte, versetzte sie ihm mit dem Ellenbogen einen Schlag in den Unterleib.

Keuchend vor Überraschung und Schmerz ließ der Dämon sie für einen Moment los.

Siriel nutzte ihre Chance und entwischte dem Dämon durch den Tunneleingang. Ihr Herz raste. Unbeirrt folgte sie dem Licht am Ende der Höhle, lief mit ausgestreckten Armen über die schmale Brücke und entkam der Dunkelheit.

Der Herr der Dämonen

Siriels Lungen brannten vor Anstrengung und ihre Füße schmerzten, als würde sie barfuß ein Meer aus Scherben durchqueren. Immer wieder geriet sie ins Straucheln und blieb an Büschen oder Zweigen hängen, die ihr Wangen und Handrücken zerkratzten. Ihr Haar flatterte wie eine wirre, verfilzte Wolke um sie herum und ihre Augen brannten vor Anstrengung. All das hielt sie nicht auf. Kopflos vor Angst lief sie weiter, bis sie den Stadtrand erreichte.

Dort hielt sie zum ersten Mal keuchend inne und sah zurück. Wie eine schwarze Wand erhob sich das Gebirge am Horizont. Nichts deutete auf den Schrecken hin, den Siriel dort zurückgelassen hatte.

Doch sie ließ sich nicht täuschen. Sobald sie sich auch nur geringfügig erholt hatte, setzte sie ihren Weg fort und rannte orientierungslos in die Stadt hinein. Einsam irrte sie durch die Straßen und Gassen, die menschenverlassen und dunkel dalagen.

Siriel wusste, dass es noch nicht vorbei sein konnte. Der Herr der Dämonen würde sie nicht entkommen lassen. Er musste ganz in der Nähe sein.

Sie hatte gerade die vielen Lagerhäuser im Kaufmannsviertel erreicht, als die Nacht noch schwärzer zu werden schien. Alle Lichter in Reichweite erloschen. Abrupt blieb Siriel stehen. Ein eisiger Wind erfasste ihr Haar und ließ ihre übermüdeten Augen tränen. Sie war nicht mehr allein.

»Du willst also unbedingt wissen, was sich auf der dunklen Seite der Macht verbirgt?« Ein leises Lachen drang durch die Dunkelheit.

Gereizt wie ein in die Enge getriebenes Tier, fuhr Siriel herum.

Der Dämon lehnte im Schatten eines Hauseingangs. Er hatte wieder Ensis' Gestalt angenommen. Ein diabolisches Lächeln umspielte seine Lippen. Aufreizend langsam trat er auf sie zu. »Arme, kleine Siriel. Dem Herrn der Dämonen entkommt niemand. Hättest du dich doch besser von mir und meinen Angelegenheiten ferngehalten! Jammerschade. Du bist so jung und schön. Um ein Haar hättest du mich von meinem Plan abgebracht. Aber der Kronprinz wird sterben und mit ihm seine Allianz. Du wirst es nicht mehr verhindern können!«

Verwirrt zog Siriel die Augenbrauen zusammen. Sie ließ sich nicht anmerken, dass sie keine Ahnung hatte, wovon der Dämon eigentlich sprach. Stattdessen straffte sie die Schultern und machte einen Schritt auf ihren Feind zu. »Wo ist Ensis?«

Der Dämon lachte ein weiteres Mal auf. Verachtung brannte in seinen glühend roten Augen. »Ensis! Ensis ist schwach. Er hat sich schon lange meiner Macht unterworfen! Wir teilen denselben Körper. Was du jetzt siehst, ist das, was ich aus ihm gemacht habe! Gefällt es dir nicht? Vor ein paar Wochen noch hast du zitternd unter mir gelegen.«

Siriel schauderte. Sie konnte es nicht glauben. Sie wollte es nicht glauben. »Wenn jemand meine Liebe verdient hat, dann Ensis. Und nicht du, was auch immer du bist.« Siriels Stimme war ungewöhnlich klar. Trotzig sah sie dem Dämon in die Augen. Sie war nicht bereit, Ensis aufzugeben.

Ihr Gegenüber schmunzelte. »Arme Siriel. Der ehemalige Meister der *Unberührten* war ebenso töricht wie du. Er dachte, dass sein eigener Sohn den Dämonen nicht verfallen könne. Was für ein Narr!« Lachend hob er eine Hand ins Licht. An ihr glitzerte der Siegelring, den Siriel aus dem Traumbild hatte holen sollen.

Die Erkenntnis traf Siriel wie ein Schlag. »Ensis ist sein Sohn? Der Unfall ist 40 Jahre her!« Zweifelnd versuchte sie herauszufinden, ob der Dämon sie belog.

»Ah! Ich sehe, du begreifst nun, dass dir Ensis ohne mich nicht mehr als junger Mann erscheinen könnte. Es ist schon erstaunlich, was ein neuer Name und gebleichte Haare bewirken können. Nicht einmal der jetzige Meister hat mich wiedererkannt.« Siegessicher breitete der Dämon die Arme aus und trat aus dem Schatten heraus auf sie zu. »Ensis ist für alle Zeiten an mich gebunden. Ebenso, wie du an dein Spiegelbild gefesselt bist. Egal wie sehr du es auch fürchtest.« Er machte einen letzten Schritt auf sie zu, dann stand er direkt vor ihr.

Siriel war wie erstarrt. Sie hatte seit ihrer ersten Begegnung mit der Fremden im Spiegel nicht weiter darüber nachgedacht. Beinahe unmerklich begann sie zu zittern.

Ein zufriedenes Lächeln breitete sich auf dem Gesicht des Dämons aus. Vorsichtig streckte er die Hand nach ihr aus und fuhr ihr sanft über den Kopf. Genüsslich sog er den Duft ihres Haares ein und genoss es, sie erneut in seiner Gewalt zu wissen.

Siriel schluckte schwer. »Ist sie... ist sie auch ein Dämon?« Ihre Stimme zitterte. Sie fror, jedoch nicht nur vor Kälte.

124

»Im Grunde ist es doch so, dass jeder Mensch seinen eigenen Dämon in sich trägt. Er gehört zu ihm. Ein Dämon ist ein Teil jeder menschlichen Seele. ein unversöhnlicher Partner und dennoch wichtig für das Gleichgewicht der Mächte, die ewig um Vorrangstellung kämpfen werden. Es ist ein Spiel. Ein Spiel auf Lebenszeit.«

Ein Funke der Hoffnung glimmte in Siriel auf. »Und wer verliert?«

»Der Schwächere.«

Ensis' Blick grub sich tief in ihr Bewusstsein. Langsam zog er den Siegelring von seinem Finger und ließ ihn auf Siriels Ringfinger gleiten. »Ensis war der Schwächere. Aber wie hätte er auch dem Herrn der Dämonen widerstehen können? Die Frage ist, ob du genau so schwach bist wie er.« Mit grausamer Genugtuung strich er mit der Hand über Siriels Wange. »Du würdest eine prächtige Braut für den Herrn der Dämonen abgeben.«

Empört riss sich Siriel los und machte ein paar Schritte von Ensis weg. In ihren Augen standen Tränen. »Ensis wäre dieser Ehre würdig gewesen, der Herr der Dämonen ist es nicht. Und jetzt scher' dich in die Hölle, wo du hingehörst! Meine Trauer gilt Ensis, denn er war es wert, geliebt zu werden. Ich vergesse dich, du stirbst und mit dir stirbt das Bild im Spiegel!« Abwehrend stolperte sie rückwärts und stieß mit dem Rücken gegen eine Hauswand.

»Was willst du tun, Siriel?« Belustigung spiegelte sich in Ensis' vertrauten Augen, aber er rührte sich nicht von der Stelle. Ohne zu blinzeln sah er sie an und wartete.

Siriel antwortete nicht. Stattdessen belauerte sie jede von seinen Bewegungen. Jede Faser ihres Körpers war bis zum Zerreißen angespannt.

Das Schweigen zwischen ihnen zog sich in die Länge.

Es gab Siriel Zeit, um ihre Chancen auf eine Flucht auszuloten. Das Hauptquartier des *Mitternachtszirkels* konnte nur noch wenige Straßen entfernt sein. Ihr war bewusst, dass man sie keinesfalls mit offenen Armen empfangen würde. Aber zumindest wäre sie dort in Sicherheit.

Siriel unterdrückte ein Seufzen. Sie musste es versuchen.

Nervös bereitete sie sich zur Flucht vor und ließ den Dämon keine Sekunde lang aus den Augen.

Er rührte sich nicht von der Stelle.

Verzweifelt nahm Siriel all ihren Mut zusammen, setzte zum Sprung an und rannte davon. Ihr Herz hämmerte in ihrer Brust und schon nach wenigen Metern brannten ihre Lungen erneut wie Feuer. Sie wagte es nicht, zurückzusehen, musste jedoch schnell einsehen, dass sie trotz aller Anstrengung keinen großen Vorsprung erreicht haben konnte.

Das kalte, grausame Lachen des Dämons folgte ihr durch die Gassen und hallte von sämtlichen Wänden wieder. Seine Stimme schien überall zu sein, wie ein Albtraum, der niemals endete. »Geh nur, Siriel. Du wirst mir niemals entkommen! Niemand wird dir glauben! Jeder im Zirkel wird meinen, du hättest den Ring gestohlen, um den Meister zu hintergehen!«

Gequält presste sie die Hände auf die Ohren. Es verschaffte ihr kaum Linderung. Fluchend versuchte Siriel im Laufen den Siegelring von ihrer Hand zu streifen, doch der Ring schien sich nur noch enger um ihren Finger zu ziehen.

Das Lachen des Dämons verhöhnte sie nur noch lauter.

In einem kurzen Moment der Unaufmerksamkeit stolperte sie und fiel auf die kalten Pflastersteine. Sie schlug sich die Knie auf. Blut lief ihr das Bein hinab, hielt sie jedoch nicht davon ab, wieder aufzustehen. Mit einem schmerzhaften Stechen in der Seite rannte sie weiter und erreichte schließlich das vertraute Haus des *Mitternachtszirkels*.

»Ist da jemand? Lasst mich rein!« Verzweifelt hämmerte sie gegen die Tür. Sie war bereit, sie einzutreten, wenn ihr niemand öffnete.

Ein Schlüssel kratzte im Schloss und Riegel wurden beiseite geschoben.

»Siriel?« Das Gesicht des Pförtners erschien im Türspalt.

Ohne ein Wort zwängte sie sich an dem alten Mann vorbei. Die Angst fiel erst von ihr ab, als die Türen sich hinter ihr schlossen und das Lachen des Dämons hinter ihr zurückblieb.

»Siriel, was ist passiert?«

Die junge Frau antwortete nicht mehr. Eine beängstigende Dunkelheit griff nach ihrem Bewusstsein. Kraftlos brach sie in den Armen des Pförtners zusammen.

Zeugin einer Lüge

»**H**olt Gil! Um Himmels Willen, holt Gil!« Der Pförtner schrie und mit einem Mal schien der ganze Zirkel auf den Beinen zu sein. Voller Sorge drängte sich Jilsaki durch der Menge hindurch auf Siriel zu.

Als sie ihn erkannte, fiel sie ihm zitternd und weinend um den Hals. Die Worte blieben in ihrer Kehle stecken, zu nah war der Schrecken der hinter ihr liegenden Nacht. Stattdessen verbarg sie ihr Gesicht an Jilsakis Brust, der sie fassungslos an sich drückte. Krampfhaft krallten sich ihre Finger in seine Kleider. Sie wollte ihn nie wieder los lassen.

»Was ist hier los?« Gil bahnte sich seinen Weg durch die Menge. Dunkle Schatten unter seinen Augen und das wirre, weiße Haar, das ihm in die Stirn fiel, verrieten, dass man ihn hastig geweckt haben musste. Sein langer, dunkler Morgenmantel schleifte über den Boden.

Die *Unberührten* niederen Ranges beeilten sich schweigend, ihm Platz zu machen.

Als er Siriel in Jilsakis Armen erblickte, die mit nackten, blutig zerkratzten Beinen und nur mit einem fleckigen Bademantel bekleidet war, blieb er entsetzt stehen. Fassungslos starrte er die junge Frau an, die sich wie paralysiert an Jilsaki klammerte. Sein Blick begegnete dem von Jilsaki, der ebenso ratlos zurück sah.

Schaudernd wandte Gil sich an die umher stehenden *Unberührten*, die angespannt darauf warteten, dass er ihnen den ungewöhnlichen nächtlichen Aufruhr erklärte. Es widerte ihn an, dass er in ihren Blicken nicht nur flammende Neugier und ernste Sorge, sondern auch Sensationsgier und Genugtuung entdeckte.

»Geht! Alle zurück in die Betten! Und zu niemandem ein Wort, ihr steht unter Eid!« Streng scheuchte Gil die überflüssigen *Unberührten* fort. Erst danach wandte er sich Jilsaki zu. »Was ist geschehen?«

Ein anderer Mann, der gebeugt im Schatten geblieben war, trat vorsichtig auf Gil zu. Es war der Pförtner. »Wenn Ihr erlaubt Herr, ich habe Schreie und ein wildes

Klopfen an der Tür vernommen und als ich öffnete, stand Siriel dort. Ich habe sofort nach Euch schicken lassen, da sie Eure Schülerin ist.«

Gil nickte zufrieden. »Danke. Ihr könnt gehen.«

Der gebeugte Mann verneigte sich vor Gil und huschte davon.

Gil wartete, bis er eine Tür ins Schloss fallen hörte. Dann wandte er sich an Siriel und berührte sie vorsichtig an den Schultern.

Voller Angst fuhr seine Schülerin zusammen und riss die Arme schützend in die Höhe.

»Siriel, hab keine Angst. Ich bin es, Gil.« Beruhigend strichen seine Finger über ihre Schultern.

Sichtlich erschöpft gab sie ihre Abwehrhaltung auf. Als sie sich Gil zuwandte, erkannte er sie kaum wieder.

Ihre Augen waren rot und geschwollen, ihr Gesicht zerkratzt und fleckig. In ihrem Blick spiegelten sich Furcht und Erschöpfung.

»Wer hat dir das angetan?« Gils Worte waren leise. Sie blieben ihm beinahe in der Kehle stecken. Er fühlte sich schuldig an Siriels Leid, auch wenn er wusste, dass er ihr Schicksal dort hingehend nicht beeinflusst hatte. Sanft strich er ihr eine Haarsträhne aus dem Gesicht.

Langsam ließ Siriel Jilsaki los und streckte Gil zitternd die Hand entgegen. Von ihrem Finger glitzerte der Siegelring im Licht der spärlichen Fackeln.

Gil erkannte ihn sofort. Überrascht sog er hastig die Luft ein.

»Sie hat ihn gefunden.« Jilsakis Worte waren nur ein Flüstern.

Gil nickte. »Dann ist es also wahr. *Er* ist am Leben.«

Bei seinen Worten schossen Tränen in Siriels Augen. *»Er* hat ihn mir gegeben. Gil, *er* hat Ensis getötet. Lasst niemanden hinein, auch wenn er wie Ensis aussieht und wie er spricht. Es ist alles eine einzige Lüge. Er ist derjenige, den Ihr sucht: Der Herr der Dämonen.« Ihre Stimme war brüchig und leise. Sie konnte nicht mehr weitersprechen.

Gil schauderte und schluckte hörbar. Er mochte sich gar nicht auszumalen, was Siriel in dieser Nacht erlebt hatte. Vollkommen entkräftet sackte sie in sich zusammen und glitt in Jilsakis Arme zurück. In ihrem Blick lag unendliche Trauer, aber auch eine Spur von Resignation.

Voller Sorge wechselte Gil einen Blick mit Jilsaki. »Ich glaube ihr.«

Der Heiler nickte nur. »Ich auch.«

Gil seufzte leise und strich Siriel beruhigend über den Kopf. »Es ist vorbei, Siriel. Du bist in Sicherheit. Lass die Schatten der Nacht hinter dir und ruh dich aus. Sei

128

unbesorgt. Jilsaki wird nicht von deiner Seite weichen. Schlaf. Ich werde derweil mit dem Meister sprechen. Er wird wissen, was nun zu tun ist.« Beherzt beugte Gil sich zu Siriel hinunter und gab ihr einen Kuss auf die Stirn.

Siriel nickte nur. Sie schien erleichtert.

Zärtlich drückte Jilsaki sie an sich, lud ihren geschundenen Körper auf seine starken, muskulösen Arme und trug sie behutsam fort.

Mit ernster Miene sah Gil ihnen nach, wie sie im Labyrinth der Treppen und Gänge des Hauses verschwanden. Er bewunderte Siriels Mut und ihre Standfestigkeit. Nicht jeder Mensch kehrte nach einer Begegnung mit dem mächtigsten der Dämonen derart unversehrt zurück wie Siriel.

Wütend machte er sich auf, um mit den Meister über die Vorkommnisse zu informieren und über das weitere Vorgehen zu beratschlagen.

Getrennte Wege

»Sie schläft.« Jilsaki sah auf, als Gil leise den Raum betrat. »Setz dich, aber sei leise. Weck' sie nicht auf.«

Ohne ein Geräusch zu verursachen, nahm Gil auf dem Ecksofa Platz und betrachtete die schlafende Siriel. Sie war sauber, ihre Wunden waren gereinigt und verbunden worden und ihre Gesichtszüge hatten den Schrecken verloren, der sie dermaßen gequält hatte. Friedlich hatte sie den Kopf an Jilsakis Brust gebettet, der sie liebevoll im Arm hielt. Ihre Hand lag locker auf seinem Brustkorb, der sich in regelmäßigen Zügen hob und senkte.

»Hat sie dir erzählt, was passiert ist?« Gil konnte nicht länger warten. Er platzte förmlich vor Ungeduld.

Jilsakis Blick verdüsterte sich. »Sie hat mir vieles erzählt, was dir nicht gefallen wird.«

Verunsichert runzelte Gil die Stirn. »Nun sag' schon!« Seine Stimme war unwillkürlich ein wenig lauter geworden. Erschrocken fuhr er zusammen, als sich Siriel im Schlaf kurz bewegte, die Augen jedoch weiterhin geschlossen hielt.

»Sie hat mir grauenhafte Dinge anvertraut, die ich noch nicht richtig einordnen kann. Fest steht, dass sie dem mächtigen Dämon begegnet ist, nach dem wir schon so lange suchen. Dieser Dämon hat sich ihren Beschreibungen zufolge in Ensis' Körper eingenistet, wie ein lästiger Parasit. Er hat versucht, sie für sich zu gewinnen. Aber sie hat sich dagegen gewehrt. Er hat ihr gedroht, doch sie hat nicht nachgegeben. Egal was zwischen ihr und dem Dämon diese Nacht vorgefallen ist: Ich glaube nicht, dass sich Siriel darüber im Klaren ist, was damit alles auf dem Spiel steht. Sie ist noch nicht involviert genug, um die Tragweite abschätzen zu können. Und der Herr der Dämonen wird ihr auch kaum die Möglichkeit geben, dies jemals zu lernen!« Jilsakis Stimme hatte einen bitteren Unterton. »Sie ist in größter Gefahr und ich weiß nicht, ob wir tatsächlich in der Lage sind, sie zu beschützen. Vielleicht sollten wir Möglichkeiten in Betracht ziehen, die wir anderweitig nie gewählt hätten.«

Gil ignorierte Jilsakis Andeutung geflissentlich. »Dann ist Ensis unser hauptsächliches Problem, wenn ich dich richtig verstanden habe?«

Jilsaki nickte. »Ja. Wenn Ensis zum Zirkel zurückkehrt, wird er eine Vereinigung mit Siriel fordern, sowohl geistig als auch körperlich. Und wenn er tatsächlich den Herrn der Dämonen in sich trägt, wird er bereits den Zirkel dermaßen infiltriert haben, sodass der Dämon sein Ziel mühelos erreichen kann.«

Gil fluchte. »Das wäre ein Skandal! Wir müssen Ensis finden und das Böse in ihm aufhalten! Die Folgen für Siriel wären sonst fatal!«

Jilsaki nickte. »Sie würde daran zu Grunde gehen und mit ihr all ihre verborgenen Talente. Ja, darüber habe ich auch schon nachgedacht. Doch wir können ihre Vereinigung nicht mehr aufhalten, sie hat bereits begonnen. Siriel mag es als Liebe empfinden, doch der Dämon führt sie damit in ihren eigenen Untergang. Er zieht seinen Vorteil daraus, da er damit einen entscheidenden Rivalen im Kampf um die Macht im Mitternachtszirkel weniger hätte. Wir müssen verhindern, dass die Verbindung zwischen ihnen stärker wird. Aber unauffällig. Es darf niemand davon erfahren!«

Eine gemurmelte Bemerkung seitens Gils bekundete dessen Zustimmung. »Was wird mit Siriel geschehen? Hier kann sie nicht bleiben. Der Dämon wird bei uns zu allererst nach ihr suchen. Abgesehen davon, dass wir nach all dem, was diese Nacht vorgefallen ist, nicht ausschließen können, dass der Dämon nicht auch für den Diebstahl des Bildes und die Ermordung der Wachen verantwortlich ist.« Sorge schwang in seiner Stimme mit.

»Du hast Recht, Gil. Es würde erklären, wie ausgerechnet dieses Gemälde in die Hände der Republikaner geraten konnte.«

Gil nickte zustimmend.

Sie schwiegen eine Weile, dann durchbrach Jilsaki die Stille. Entschlossenheit spiegelte sich in seinen Augen. »Gil, wir müssen alle Möglichkeiten in Betracht ziehen, die uns noch bleiben. Auch die unbequemen. Ich habe Kontakt zu jemandem aufgenommen, der ihr momentan mehr Schutz bieten könnte, als wir. Vielleicht kennt er einen Ort, an dem der Dämon Siriel hoffentlich weder suchen noch finden wird.«

Missbilligend zog Gil die Augenbrauen zusammen. »Können wir ihm vertrauen?« Er konnte sich nicht gegen den Funken Hoffnung wehren, der plötzlich in ihm aufkeimte und beständig wuchs.

»Er ist mir gegenüber immer loyal gewesen und ist es seit dem Umsturz geblieben. Trotzdem darf er niemals von Siriels Gabe erfahren. Es wird gefährlich, doch wir müssen es riskieren. Wenn wir den Dämon geschickt täuschen könnten, sollte Siriel dort sicher sein. Wir dürfen sie nicht verlieren. Siriel ist die Einzige, die uns nun noch sagen kann, welche Pläne der Dämon als nächstes schmiedet. Sie ist der Schlüssel, wenn wir diesen Krieg gewinnen wollen.« Eindringlich musterte Jilsaki sein Gegenüber.

Gil hingegen tat sich mit der Entscheidung schwer. Er hatte gehofft, nie dazu gezwungen zu sein, Siriel fortzuschicken und in Jilsakis Obhut übergeben zu müssen. Doch ihm blieb keine andere Wahl. Nun stand alles auf dem Spiel; die Arbeit von vielen, mühseligen Jahren. Schließlich nickte Gil zustimmend. »Sei auf der Hut, Jilsaki. Siriel wird sich nie wieder völlig dem Einfluss des Dämons entziehen können.« Warnend sah Gil seinen Freund an.

»Glaub mir. Sie wird es. Wenn ihr Herz wieder bereit ist, zu lieben, kann sie es schaffen. Nach dieser Nacht, ist mit Ensis ein Teil von Siriel gestorben. Der Dämon wird sie niemals wieder derart verletzten können. Siriel ist stark, vielleicht stärker, als wir alle meinen.«

»Wollen wir es hoffen, Jilsaki. Mir ist nicht wohl bei dem Gedanken, dass sie außerhalb des Zirkels versteckt werden soll. Aber vielleicht hast du Recht und sie ist damit tatsächlich in Sicherheit. Ich hoffe dennoch, dass du dir darüber im Klaren bist, was du tust. Ihre Sicherheit könnte dich dein Leben kosten, bitte vergiss das nicht. Du wirst deine Identität preisgeben müssen, wenn du ihr Vertrauen gewinnen möchtest.«

Jilsakis Gesicht verdüsterte sich schlagartig. »Sei gewiss, dass ich mir dessen bewusst bin. Und ich bin bereit, dieses Risiko einzugehen.« Etwas Fremdes lag in seinem Blick, mit dem er die junge Frau ansah, die auf seiner Brust lag.

Ein trauriges Lächeln huschte über Gils Gesicht. Er kannte diesen Blick nur zu gut. »Ich werde euch eine Kutsche zur Verfügung stellen. Bei Morgengrauen reist ihr ab.« Gils Stimme war ungewohnt dunkel. Mit einem Seufzen warf er einen letzten, besorgten Blick auf die noch immer schlafende Siriel. Es fiel ihm schwer, sie loszulassen. Aber er wusste, dass er es tun musste.

Jilsakis Geheimnis

Zitternd trat Siriel vor den Spiegel, den Jilsaki ihr gebracht hatte. Seine Oberfläche war dunkel. Sie spiegelte lediglich das karg eingerichtete Zimmer, in dem sie seit ihrer Ankunft jegliches Zeitgefühl verloren hatte. Sie wusste weder, in welchem Teil des großen Gebäudes sich ihr Zimmer befand, noch wer die anderen Hausbewohner waren. Ihre einzige Gesellschaft war Jilsaki, der seit ihrer Ankunft gegen Mittag hin und wieder kam, um nach ihr zu sehen und ihr etwas zu essen zu bringen. Und nun war dort dieser Spiegel.

Vorsichtig trat Siriel einen winzigen Schritt vor und betrachtete sich in dessen Glas. Ein schmales, von Sorge gezeichnetes Gesicht sah zurück. Es war ihr vertraut, denn es war ihr eigenes. Allerdings dauerte es nicht lange und das Bild im Spiegel veränderte sich.

Erneut sah sie die fremde Frau mit den geheimnisvoll anmutenden, grün- grauen Augen und dem flammend brauen Ring um die Iris an. Ihr dunkelblondes Haar war nun kunstvoll zu einer eleganten Frisur gebunden. Besorgt und nachdenklich schien sie Siriel zu betrachten. In ihrem Blick lag eine seltsame Vertrautheit, die auch Siriel verspürte, die wie gebannt in den Spiegel starrte.

»Kennst du sie?«

Eine vertraute, leise Stimme in ihrem Rücken ließ Siriel erschrocken herumfahren. Hinter ihr stand Jilsaki. Sie hatte nicht gehört, dass er ins Zimmer getreten war.

In seinem Blick lagen weder Tadel, noch Ärger. Er wirkte im Gegenteil eher überrascht und ruhig. »Du brauchst es mir nicht zu sagen, wenn du es nicht willst, Siriel. Aber ich möchte dir endlich zeigen, wohin ich dich gebracht habe und dir erklären, warum.« Jilsakis Worte waren freundlich und seine Stimme ruhig. Auffordernd sah er sie an.

Ein wenig zögernd nahm sie seine ausgestreckte Hand.

Jilsaki führte sie aus dem dunklen, schäbigen Zimmer hinaus in ein großes, hölzernes Treppenhaus. Unzählige Öllampen erleuchteten die ausladenden, breiten Treppen, über die sich ein langer roter Teppich zog. Die Holzdielen knarrten unter ihren Füßen, als sie ins Erdgeschoss hinunter gingen. Sie betraten einen großen, weitläufigen Saal, an dessen Wänden große Gemälde prangten. Die Gemälde waren lebensgroß und düster. Sie zeigten Schlachtfelder, edle Damen und tapfere Männer hoch zu Ross, aber auch verzerrte, böse Gesichter, Bettler und Hungernde. Sie alle strebten in die Mitte des Gemäldes. Dort war ein großgewachsener, prächtig gekleideter Mann mit seiner Familie zu sehen, den Kopf stolz erhoben, der Blick streng und starr. Erhaben leuchtete die Krone von seinem Kopf, während er die eine Hand auf der Schulter seines Sohnes ruhen ließ.

Siriel stockte erschrocken der Atem, als sie den verstorbenen König erkannte. »Warum zeigst du mir das?« Ruckartig ließ Siriel Jilsakis Hand los und sah ihn fordernd an. Sie verlangte nach Antworten.

Seine wunderschönen, braunen Augen musterten sie eindringlich. Dann griff er in eine seiner vielen Taschen, die sich in seinen Gewändern verbargen und zog ein dünnes, silbernes Kettchen hervor. An ihm baumelte ein Anhänger aus Silber in Form einer Feder. »Erkennst du das hier?«, fragte er leise. Fordernd hielt er es ihr hin.

Siriel wich entsetzt zurück. Selbstverständlich kannte sie das Kettchen.

Ensis hatte es bei ihrer ersten Begegnung getragen. Danach hatte sie es nie wieder gesehen.

Ihr Herz schmerzte, als die Erinnerungen in ihr hochstiegen. Mit Tränen in den Augen wandte sie den Blick von Jilsaki ab.

Doch dieser ließ nicht zu, dass sie seiner Frage auswich. »Siriel, es wurde neben dem toten König gefunden!« In seiner Stimme lag eine Spur von Schärfe. »Es ist unglaublich wichtig, den Mörder des Königs und seine Motive für diese Tat herauszufinden!« Eindringlich sah er Siriel an.

Diese brach verzweifelt und wütend in Tränen aus. »Warum? Weshalb ist dir das so wichtig, dass du es in Kauf nimmst, mir weh zu tun?!«

»Ich muss es einfach wissen. Anscheinend gehört es also doch Ensis. Ich habe mich nicht getäuscht.« Jilsakis Stimme war leise. »Entschuldige, ich wollte dich nicht verletzen.« Angespannt sah er sie an.

Siriel wich seinem Blick aufgewühlt aus und wandte sich zitternd den hohen, großen Fenstern zu, die ihr einen ersten Blick nach draußen gewährten.

Dahinter war ein großer, gut gepflegter Garten zu sehen. Gerade aufgeblühte Rosen waren unter Eis zu einer, den Winter und seine Kälte überdauernden, Schönheit erstarrt. Alle anderen Pflanzen glichen lediglich einem traurigen, scheinbar leblosen Gestrüpp. Der Winter hatte beinahe über Nacht Einzug gehalten.

134

Ein großes Gebäude am Rande des Gartens zog Siriels Aufmerksamkeit auf sich. Sie zuckte erschrocken zusammen, als sie in ihm den Herrschaftssitz des toten Königs erkannte. »Es war nicht Ensis«, brachte sie schließlich halb erstickt heraus. Ihre Stimme zitterte. »Ensis ist tot. Der Dämon hat ihn getötet, sowohl Ensis, als auch den König. Warum also hast du mich hierher gebracht?«

»Es war kein Zufall, dass die *Unberührten* dich zu sich geholt haben, Siriel. Sie brauchen dich! Auch der König war gequält von düsteren Gedanken. Er machte sich Sorgen um seine zukünftige politische Führungskraft und letztlich schlug er den falschen Weg ein. Er machte sich diejenigen zum Feind, die sich heute die Republikaner nennen. Sie haben sich gegen ihn gestellt, weil sie das politische System der königlichen Herrschaft für veraltet halten. Mit ihrem neuzeitlichen Gedankengut sind sie eine außerordentliche Bedrohung für die *Unberührten.* Wie du dir sicherlich vorstellen kannst, könnten sie mit ihren Ideen auch die unberechtigte Stellung der *Unberührten* kippen. Der Zirkel wusste sich nicht anders zu helfen, als immer mehr Lehrlinge bei sich aufzunehmen, die sich in irgendeiner Art und Weise von anderen, gewöhnlichen Menschen in ihrem Alter unterschieden. Der Meister hat Boten ausgesandt, die diesen Nachwuchs finden und zu ihm bringen sollten. Und irgendwann fiel seine Wahl auch auf dich. In derselben Nacht gelang es ihm mit meiner Hilfe die Prophezeiung endlich zu entschlüsseln.«

»Welche Prophezeiung?« Siriel runzelte die Stirn.

»Die letzte Prophezeiung des sterbenden Meisters in der Unfallnacht vor 40 Jahren. Ihr Wortlaut wurde streng unter Verschluss gehalten. Aber als der sterbende König diese in meinen Armen zitierte, ohne sie je gekannt zu haben, wusste ich endlich, was sie zu bedeuten hatte.« Mit einem vielsagenden Blick sah Jilsaki sie an. »Und nun verrate mir bitte, wo du die Königskrone versteckt hältst. Ich weiß, dass sie sich in deinem Besitz befindet.«

Siriel schauderte. Sie fühlte sich wie vor den Kopf geschlagen.

Zuerst Ensis und jetzt Jilsaki, dachte sie beklommen. *Dennoch, irgendetwas war bei Jilsaki anders.* Zögernd überlegte sie, ob sie ihm die Krone anvertrauen sollte und zuckte plötzlich zurück, als ihr die letzten Worte des Dämons wieder einfielen.

Er würde den rechtmäßigen Thronerben töten. Und um ihn zu erkennen, brauchte er nur herauszufinden, in wessen Besitz sich die Königskrone befinden würde, wenn Siriel diese aus der Hand gab.

Energisch schüttelte Siriel den Kopf. »Du hast kein Recht auf die Krone. Deswegen werde ich sie dir nicht geben.« Ihre Worte klangen hart. Mit aller Kraft versuchte sie standhaft zu bleiben, obwohl sie wusste, dass sie im Unrecht sein konnte.

Überrascht sah Jilsaki sie an. Etwas Unbestimmtes glimmte in seinen Augen auf. iriel sah es ganz deutlich. Entsetzt hielt sie den Atem an.

»Du irrst dich, Siriel. Niemand außer mir hat ein Anrecht auf die Krone. Der König war mein Vater. Ich bin der Kronprinz dieses Landes und damit sein einziger legitimer Thronfolger.«

Furchtlos

inen Moment lang herrschte zwischen ihnen angespanntes Schweigen.
»Hast du mich also nur hierher gebracht, um deine Krone zurückzufordern?« Siriels zitternde Stimme zerriss die Stille zwischen ihnen.

Traurigkeit breitete sich auf Jilsakis Zügen aus. »Nein«, gestand er leise. »Ich habe lange genug zugesehen und viel zu lange geschwiegen. Siriel, bitte begreif' doch, ich fordere die Krone von dir zurück, damit du nicht in Gefahr geraten kannst! Sieh dich um. Du weißt, wohin ich dich gebracht habe. Dies ist eines der vielen Gebäude des Schlosskomplexes, den der König seit Jahren hat leer stehen lassen. Noch vor einem Jahr hat er den Befehl gegeben, einen neuen, prunkvollen Saal für Jagdveranstaltungen und Bälle darin herrichten zu lassen. Und nun sieh, was daraus geworden ist. Er wird nie fertig gestellt werden. Und ich werde niemals König werden. Es ist an der Zeit, dass ich die Dinge selbst in die Hand nehme und aufhöre, vor der Wirklichkeit zu fliehen. Die Dämonen haben mich viel zu lange klein gehalten und mein wahres Potential unterdrückt.«

Überrascht horchte Siriel auf. »Weißt du, was geschieht, wenn ein Dämon einen Menschen so sehr beeinflusst, dass er sich ihm gänzlich unterwirft?« Siriels Stimme war ungewöhnlich leise.

Jilsaki schien zu wissen, worauf sie hinaus wollte. Sein Blick verdüsterte sich und eine tiefe Sorgenfalte tat sich zwischen seinen Augen auf. »Wenn er es nicht schafft, sich auch nur einen Hauch seines gutmütigen Ichs zu bewahren, dann verschwindet sein Wesen langsam. Zurück bleibt nur das Gesicht des Dämons.« Jilsakis Worte waren nur noch ein Flüstern.

Siriel schauderte bei dem Gedanken daran. Hoffnungslosigkeit überkam sie wie eine dunkle Wolke. Verzweifelt schweifte ihr Blick von Jilsaki ab und wanderte zurück durch den Garten hinüber zum Hauptgebäude des Herrschaftssitzes des ehemaligen Königs. Resigniert stellte sie fest, dass von dem Dach des Gebäudes die Flagge mit dem Symbol der Republikaner wehte. Sie schluckte hörbar. »Dann ist es gut, dass zumindest du dich von den Dämonen befreien konntest. Ensis hatte nicht die Stärke dazu.« Siriel wären die Worte beinahe ihm Halse stecken geblieben.

Mitfühlend legte Jilsaki seine Hand auf ihre Schulter. »Ich weiß. Aber daran trägst du keine Schuld. Das konnte niemand voraus ahnen«, versuchte er sie zu trösten.

Siriel nickte und schob jeden Gedanken an Ensis so weit weg, wie nur möglich. »Was hast du nun vor?«, fragte sie stattdessen und wechselte schnell das Thema. Neugierig musterte Siriel Jilsaki von der Seite her.

Dieser seufzte und eine Sorgenfalte grub sich zwischen seinen Augen tief in sein Gesicht ein. »Die Welt ist im Wandel, Siriel. Ich kann und möchte diesen nicht aufhalten. Die Menschen haben verdient, die Politik in ihrem Land nun selbst zu gestalten. Ich werde niemals den Thron besteigen, so wie es meine Vorfahren getan haben.«

»Wozu brauchst du dann die Krone, wenn du nicht selbst herrschen willst?«

»Um meinen Vater zu beerdigen. Seine Herrschaft soll ihm mit der Krone ins Grab folgen. Unsere Zeit verlangt nach anderen, die ihr Volk mit Stolz anführen und regieren. Ich selbst habe beizeiten Allianzen geschlossen. Auch mit dem *Mitternachtszirkel.* Doch um deinen Schutz zu gewährleisten, bedarf es wesentlich mehr. Ich wollte hier einen Mann treffen. Er war früher ein sehr einflussreicher Graf. Einem Wandel hin zu einer liberalen Politik hat er sich jedoch nie verschlossen. Vielleicht kann er dir die Sicherheit gewähren, den der Zirkel und ich dir nicht länger bieten können.«

Siriel nickte langsam und dachte über Jilsakis Worte nach. »Weiß er von meiner Gabe? Weiß er, dass ich es bin, die den Tod des Königs vorausgesehen hat?«, fragte sie nach einer Weile zitternd. Sie wagte es kaum, Jilsaki in die Augen zu sehen.

Der König war sein Vater gewesen. Trotzdem schien er keinen Hass gegen sie oder ihre Gabe zu empfinden.

»Nein. Von mir hat er kein Wort davon erfahren. Und so sollte es zunächst erst einmal bleiben. Vergiss nicht, dass die Kronloyalen dem Künstler die Schuld an dem Tod des Königs geben. Du wirst in ihren Kreisen sicher sein, aber nur solange dein Geheimnis weiter gehütet wird.« Jilsakis Blick schweifte erneut nach draußen. »Sieh, die Fahne weht nur noch auf Halbmast. Das ist das vereinbarte Zeichen.« Jilsaki deutete zu dem Hauptkomplex des Herrschaftssitzes seines Vaters hinüber.

Unsicher sah Siriel ihn an. Sie wusste nicht, was sie von Jilsakis Vorhaben halten sollte. »Warum findet eine Zusammenkunft zwischen dem Grafen und dir in den Räumen des königlichen Schlosses statt? Wenn ich ein Republikaner wäre, würde ich hier zuerst nach dem Kronprinzen suchen.«

»Nun, viele ehemalige Schlossbewohner haben sich seit dem Tod meines Vaters im Schloss verschanzt. Natürlich haben die Republikaner versucht, das Schloss zu stürmen, aber das ist ihnen bisher nicht gelungen. Ich gebe zu, es wurden Fensterscheiben eingeworfen und manche der abgelegenen Komplexe sind ausgeraubt, zerstört und niedergebrannt worden. Doch die Kronloyalen halten die großen Hauptgebäude noch immer, auch wenn die Republikaner sie belagern. Glücklicherweise wissen nur wenige Vertraute und Dienstboten meines Vaters von den zahlreichen Geheimgängen, die aus dem Schloss herausführen. Sie waren in den letzten Wochen der Belagerung des Schlosses sehr nützlich. Auch dich habe ich so in diese Gebäude bringen können, während du noch vor Erschöpfung geschlafen hast.« Aufmunternd zwinkerte Jilsaki ihr zu. »Wir sollten aufbrechen, der Graf wartet nicht gerne.« Mit einer kurzen Handbewegung forderte Jilsaki sie auf, ihm zu folgen.

Sie gingen durch eine große Tür hinaus in den verwahrlosten Garten, der sich in einem kleinen Innenhof in winterlicher Kargheit vor ihnen bis zum Haupttrakt des Schlosskomplexes ausbreitete.

Dicke, hohe Wände von anderen Teilen des Schlosses schützten die beiden Gefährten vor den Blicken derer, die das Königsschloss belagerten. Der böige Wind war schneidend kalt.

Siriel fröstelte.

Der Winter hatte die Landschaft fest im Griff und hielt mit seinem eisigen Atem die Natur im Winterschlaf. Krähen krächzten von den kahlen Ästen der vereinzelten Bäume und dunkle Wolkenfetzen eilten über den grauen, tristen Himmel.

Schnellen Schritts bahnten Siriel und Jilsaki sich ihren Weg zum Haupttrakt des ehemaligen Herrschaftssitzes der Königsfamilie. Dort wurden sie bereits von zwei Wachen, die den einzigen Eingang flankierten, erwartet. Als Jilsaki sich ihnen näherte, salutierten diese.

Beeindruckt musterte Siriel die Wachen im Vorbeigehen. Sie würdigten sie keines Blickes.

»Soldaten meines Vaters«, murmelte Jilsaki leise und stieß eine Tür auf.

Dahinter kam ein weitläufiger Raum im Erdgeschoss zum Vorschein, in dem sich viele Menschen drängten. Die meisten von ihnen trugen die königliche Dienstkleidung, anderen jedoch war anhand ihrer Kleider ein höherer Rang anzusehen. Bettenlager und Vorräte waren an die Seite geräumt worden, um Platz zu schaffen.

Siriel blieb die Enge des Notlagers jedoch nicht verborgen.

Manchen entwich ein erleichterter Ausruf, während Jilsaki langsam durch die Menge schritt und allen Blicken um sich herum ruhig und aufmerksam begegnete. Freundlich sah er in die vielen, hoffnungsvollen Gesichter der Menschen, bevor sie sich vor ihm verbeugten.

Die Halle war abgedunkelt worden und der weiße Marmorboden wirkte grau und schmutzig. Alle Pracht, aller Prunk war aus der Halle entfernt worden. Nichts, was daran erinnerte, das in dieser Halle Könige geherrscht hatten, war zurück geblieben.

Sprachlos blieb Siriel am Eingang stehen.

Jilsaki registrierte es, verlor jedoch kein Wort darüber. Ruhig und ohne jede Emotion glitt sein Blick weiter über die vielen Menschen, die nur auf ihn gewartet hatten. In der Mitte des Raumes blieb er plötzlich stehen.

»Seid willkommen, Kronprinz!« Ein Mann bahnte sich den Weg durch eine Menschentraube und trat er direkt auf Jilsaki zu. »Ich konnte es kaum glauben, als ich Eure Nachricht erhielt.« Hastig verbeugte sich der Mann vor dem Kronprinz. Dann blickte er neugierig an ihm vorbei und sein Blick fiel auf Siriel. »Ist sie das?«

Jilsaki nickte und bedeutete Siriel, an seine Seite zu treten.

Nervös schloss sie zu ihm auf und sah sich unwohl um.

»Ich bitte Euch, Ihr Unterschlupf zu gewähren, so lange ihr dies für möglich haltet, Graf«, begann Jilsaki. Schreie und das Klirren von Waffen unterbrachen ihn.

Erschrocken fuhr Siriel herum.

Die Tür, durch die sie eingetreten waren, stand offen. Die Wachen lagen erschlagen am Boden.

»Jammerschade, dass man selbst den Worten des Kronprinzen nicht trauen kann, nicht wahr?!«

Siriel gefror das Blut in den Adern.

Mit einem selbstgefälligen Lächeln kam ein hochgewachsener Mann auf sie zu. Sein Gesicht und seine Waffen verbargen sich im Schatten, doch sein aufreizend langsamer Schritt verriet Arroganz und Überheblichkeit. Ihm folgten weitere Menschen, die bis an die Zähne bewaffnet waren.

Siriel zählte mindestens zwanzig Stück von ihnen. Sie konnte erkennen, dass die meisten der Eintretenden Kleider des besser gestellten Bürgertums trugen. Noch bevor sie einen Muskel rühren konnte, versperrte ihr Jilsakis breite Schulter die Sicht.

»Dürfte ich erfahren wer Ihr seid und wie Ihr es bis hierher geschafft habt? Alle Korridore und Tore sind streng bewacht. Also wie konntet Ihr hier her gelangen?« Jilsakis Stimme hatte einen ungewohnten, strengen Klang.

Der Fremde lachte. »Nun, sagen wir, den Republikanern wurden wertvolle Informationen verkauft.« Seine Worte trieften vor Spott. Noch bevor der Mann das letzte Wort ausgesprochen hatte, teilte sich die Menschenmenge hinter ihm und ein weiterer Mann betrat den Saal. Ein vertrautes Gesicht sah ihnen entgegen.

Siriels Herz fühlte sich an, als würde es zu Eis erstarren. Beinahe unmerklich begann sie zu zittern.

»Ich muss sagen, du hast mich enttäuscht, Jilsaki. Deine Wahl für ein geeignetes Versteck hätte nicht schlechter ausfallen können. Es war überraschend einfach, dich zu finden.« Mit einem höhnischen Grinsen trat Ensis auf den Thronfolger zu. Aus seinen stechend grünen Augen sprachen Wahnsinn und Besessenheit.

Geringschätzig sah Jilsaki ihn an. »Ich hätte wissen müssen, dass du dir diese Möglichkeit nicht entgehen lassen würdest. Willst du mich immer noch an die Republikaner ausliefern und ein Gemetzel anzetteln?«

Ensis lachte kalt. »Nichts täte ich lieber, Jilsaki. Du hast Recht. Du hättest es wissen müssen. Aber wäre Siriel dann immer noch mit dir gekommen?« Unmissverständlich deutete Ensis an Jilsaki vorbei. »Seht sie euch an. Dort steht sie, diejenige, die den Tod des Königs voraussah. Und sie wird auch den deinen voraussehen, Jilsaki!«

Ein aufgeregtes Raunen ging durch den Raum. Empörte Schreie wurden laut. Plötzlich waren aller Blicke auf die Frau gerichtet, die der Kronprinz verzweifelt zu schützen versuchte.

Siriel schlug das Herz bis zum Hals. Sie war an den Pranger gestellt. Sie hatte nichts mehr zu verlieren. Ihr Geheimnis war vor all den versammelten Menschen preisgeben.

Furcht und Hass lag in den Blicken, mit denen sie bedacht wurde.

Jilsaki hingegen rührte sich nicht von der Stelle. »Du wirst sie nie wieder anrühren. Nicht solange ich lebe.« Die Stimme des Kronprinzen war gefährlich leise. Wütend verengte er die Augen hinter den glitzernden Brillengläsern zu schmalen Schlitzen.

»Oh, das ließe sich einrichten. Denn solange du lebst, bist und bleibst du Thronfolger dieses Landes. Du bist der Erzfeind der Republikaner. Es ist nicht allein durch deine Abdankung getan. Das Einzige, was den Republikanern deine Ablehnung versichern kann, ist dein Kopf!«

Siriel spürte förmlich, wie die vergiftenden Worte des Dämons langsam Einfluss auf die Anwesenden nahmen. Verzweifelt sah sie sich um. Niemand außer ihr und

Jilsaki schien den Dämon hinter dem wunderschönen, makellosen Gesicht zu erkennen.

Jilsaki musterte den Dämon furchtlos. Ungerührt hielt seinem Blick des Dämons stand und reckte stolz das Kinn. »Du redest zu viel, Herr der Dämonen.«

Entsetzt sah Siriel zwischen den beiden Männern hin und her. Sie wusste, dass der Dämon diese Provokation keinesfalls ungesühnt lassen würde.

Plötzlich glitzerte für den Bruchteil einer Sekunde etwas in der Hand des Dämons auf.

»Nein!« Voller Angst schrie Siriel auf, sprang an Jilsaki vorbei und warf sich schützend vor ihn. Ein Ruck ging durch ihren Körper und sie sank keuchend zu Boden. Schmerz schoss durch ihren Körper und drohte, ihr Bewusstsein zu ersticken. Siriel spürte, wie Jilsakis starke Arme sie auffingen und festhielten. Dann sah sie den silbernen Dolch, der unterhalb des linken Schlüsselbeins aus ihrer Brust ragte. Blut sickerte aus der tiefen Wunde und tränkte ihre Bluse.

Schreiend wichen die Republikaner vor Ensis zurück. »Was habt Ihr getan?! Sie hätte all unsere Feinde beseitigen können!« Zorn flammte in den Gesichtern der der Männer auf, Dolche und schmale Messer wurden gezückt. Drei Gegner traten zugleich auf Ensis zu.

Ein leises Surren drang an Siriels Ohren, dann sanken die Männer röchelnd zu Boden. Ihr Blick war gebrochen und ohne Leben. Aus ihren Hälsen ragten messerscharfe Wurfklingen.

Blut begann den Boden zu benetzen. Panik machte sich breit. Die umherstehenden Menschen stoben in alle Richtungen auseinander und flohen in Todesangst aus dem Saal nach draußen.

Wie in Trance griff Siriel nach dem Dolch in ihrem Körper. Das Licht flimmerte vor ihren Augen, als sie ihr eigenes Blut spürte, dass warm durch ihre Finger rann. Mit einem Schmerzensschrei riss sie die Klinge aus ihrem Fleisch.

Ensis' Lachen dröhnte durch den Saal.

Siriels Atem ging schwerfällig. Wie in Trance sah sie das Blut an sich herab rinnen. Sofort drückte Jilsaki ihr einen Fetzen Stoff auf die blutende Wunde.

Woher er diesen so rasch hatte, war Siriel schleierhaft. Trotz ihrer Verletzung wagte sie es, offen und mit einem Mal ganz ohne Angst in das Gesicht des Dämons zu blicken, der sie mit einem wahnsinnigen Glitzern in den Augen ansah.

Triumphierend erwiderte er ihren Blick. »Ich hatte dich gewarnt, Siriel. Gegen mich bist du machtlos!« Das Heulen von Sirenen übertünchte die Worte des Dämons.

Siriel schnaubte nur verächtlich. Sie hatte nicht mehr die Kraft, irgendetwas zu erwidern. Sie versuchte den Kopf zu heben und Jilsaki anzusehen, doch der Schmerz in ihrem Oberkörper schien sie zu zerreißen. Alles um sie herum verschwamm in einem beängstigenden Wirbel von Formen und Farben. Der Lärm schwoll zu einer dröhnenden Geräuschkulisse an. Vor ihren Augen begann sich alles zu drehen.

Regungslos sank Siriel schließlich in Jilsakis Armen in sich zusammen. Sie war nicht mehr in der Lage, auch nur einen Muskel zu rühren. Das wahnsinnige Lachen des Dämons dröhnte in ihren Ohren, während sich unbändige Wut und Trauer auf Jilsakis Gesicht abzeichneten. Siriel wollte ihn beruhigen, aber sie war zur handlungsunfähigen Beobachterin verdammt.

Mit einem wilden Aufschrei ließ Jilsaki Siriel zu Boden gleiten und sprang auf. »Du Bastard! Ist es das, was du wolltest? Erst heuchelst du ihr in Ensis' Gestalt Liebe vor und dann stichst du sie ab, ohne mit der Wimper zu zucken?!« Der Kronprinz zitterte vor Wut.

Das grausame Lachen des Dämons hallte nur noch lauter durch die große Halle.

Hilflos bemerkte Siriel die Tränen in Jilsakis Blick.

Seine Fäuste ballten sich zitternd. »Warum kämpfst du eigentlich nie gegen einen Gegner, der dir ebenbürtig ist?!« Seine braunen Augen verengten sich zu wütenden Schlitzen. Kalt nahm er den Dämon ins Visier, dessen Lachen mit einem Mal verhallte.

Interessiert musterte dieser ihn. »Und du glaubst in der Tat, dass du wärst mir gewachsen?« Der Dämon lachte erneut auf.

Die Atmosphäre zwischen ihnen war bis zum Zerreißen gespannt. In einem stummen Blickkontakt hielten sie einander stand, niemand wich auch nur einen Millimeter zurück.

Energische Schritte aus der Halle hinter ihnen ließen Siriel schließlich alarmiert aufhorchen. Der Klang der Stiefelabsätze war ihnen allen vertraut.

»Jilsaki, lass dich von ihm nicht provozieren. Spiel ihm nicht in die Hände!« Warnend tauchte Gils vertraute Gestalt aus dem Hintergrund auf. Beruhigend legte er Jilsaki die Hand auf die Schulter und sah ihm eindringlich in die Augen.

»Gil, welch seltener Gast!« Die stechenden Augen des Dämons schienen für einen Moment aufzuleuchten. »Dass du dich noch hierher traust, ist bemerkenswert! Schließlich bist du derjenige, der das Risiko von Siriels Tod eingegangen ist! Du warst der Einzige, der von meinem Plan wusste. Und damit bist du derjenige, der sie sterben lässt, um seine eigenen Ziele zu erreichen! Sag', wie kommst du damit klar? Ist es nicht schwer, als einziger Mensch zu wissen, was geschehen wird? Ihr Leben lag in deiner Hand. Du hast zugelassen, dass ich sie tödlich verletzen konnte. Kannst du damit leben, ihren baldigen Tod zu verantworten?!« Triumph blitzte in den Augen des Dämons auf.

Fassungslos stand Jilsaki seinem Freund gegenüber. »Gil wovon redet er da?« Verwirrung und Angst zeichneten sich in seinem Gesicht ab.

Gil wich seiner Frage aus. »Jilsaki, du musst mir jetzt vertrauen! Wir müssen Siriel hier wegbringen. Sie stirbt, wenn wir ihr nicht helfen! Der Dämon spielt uns gegeneinander aus.« Gils Worte waren hastig. Sein Blick drängte zur Eile. »Bitte, hilf mir ihr Leben zu retten!«

Anscheinend zeigte Gils Appell die gewünschte Wirkung, denn Jilsaki besann sich plötzlich und beugte sich zu Siriel hinab. Vorsichtig lud er ihre kleine, zierliche Gestalt auf seine starken Arme. Seine Kleider waren sofort blutbefleckt.

Erleichtert packte Gil den Kronprinzen am Ärmel und zog ihn mit sich aus dem Saal.

Ensis blickte ihnen ruhig nach. Er rührte sich nicht von der Stelle.

Verwundert sah Siriel zu ihm zurück.

Die Miene des Dämons war unverändert.

»Warum lässt er uns gehen?« Keuchend versuchte Jilsaki mit Gil Schritt zu halten. Trotz ihrer zierlichen Gestalt lastete Siriels Gewicht sichtlich schwer auf seinen Armen.

»Er weiß, dass es einen besseren Zeitpunkt geben wird, uns zu vernichten. Ebenso wie ich es weiß. Es ist nur eine Galgenfrist, Jilsaki!« Gils Worte kamen von weit her.

Eine unbestimmte Dunkelheit senkte sich über Siriels Bewusstsein herab und zog sie mit sich fort. Es war wie Einschlafen, nur friedlicher.

Das letzte, das sie wahrnahm, war Jilsakis aufgeregter Herzschlag.

Gils Offenbarung

Gil und Jilsaki erreichten die Kutsche ohne Zwischenfälle, die nicht weit vom Herrschaftssitz des Königs entfernt für sie bereitstand.

Hastig öffnete Gil die Wagentür und ließ Jilsaki mit Siriel im Arm einsteigen. »Du musst die Blutung stoppen. Sonst stirbt sie noch bevor wir die Stadttore erreichen! Sieh unter der Sitzbank nach. Dort habe ich Verbandszeug und Medizin verstaut. Beeile dich!«

Jilsaki, der Siriel auf eine der Sitzbänke im Inneren der Kutsche gelegt hatte, nickte und schlug die Tür zu.

Gil schwang sich auf den Kutschbock und ließ die Peitsche knallen.

Die prachtvollen Pferde, die vor das Fuhrwerk gespannt waren, jagten förmlich dahin. Polternd raste das Gefährt über das grobe Pflaster der Stadt.

In vielen Seitengassen konnte Gil Menschenmengen sehen, die aufgebracht mit Fackeln durch die Straßen zogen. Bewaffnet mit allerlei einfachen Werkzeugen stürzten sie die Ordnung der Stadt ins Chaos.

Auf den großen Plätzen der Stadt herrschte ein heilloses Durcheinander. Aufgebrachte Menschenmengen versuchten die Kutsche auf ihrem Weg aufzuhalten, doch Gil wagte es nicht, das Tempo zu drosseln. Ohne Rücksicht auf Verluste hielt er auf die aufgebauten Blockaden zu und durchbrach sie.

Die Kutsche schwankte, blieb jedoch unbeschädigt. Hinter ihnen wurden Schreie laut.

Gil schauderte. Ihm war bewusst, dass er gegen alle Gesetze verstoßen hatte. Es musste Verletzte und Tote geben. Siriels Überleben jedoch hatte höhere Priorität. Ohne einen weiteren Gedanken daran zu verschwenden, führte er die Zugtiere aus der Stadt hinaus.

Bereits nach wenigen Minuten passierten sie das Stadttor, dessen Wachtürme seltsamerweise unbesetzt waren.

Gil beobachtete es mit Sorge, war jedoch froh, der Enge der Stadt entkommen zu sein.

Die erste Hürde war genommen.

Gil hoffte nur, dass es Jilsaki gelungen war, Siriels Blutung zu stoppen. Nun ein wenig gemächlicher, lenkte er die Kutsche über die Felder zum Gebirge hin, bis sie einen Tunnel erreichten. Hastig entzündete Gil die Fackeln, die er vorn am Kutschbock angebracht hatte und trieb die Pferde erneut zur Eile an. Diese scheuten zunächst vor der Finsternis des Tunnels, ließen sich aber unter Gils beruhigenden Worten dazu bewegen, weiterzugehen. Der Tunnel brachte sie nach ein paar bangen Minuten des Dämmerlichts auf die andere Seite der Gebirgskette. Geblendet blinzelte Gil ins Sonnenlicht und drosselte das Tempo.

Vor ihnen lag ein weites Tal, in dessen Mitte ein Hügel einsam in den Himmel ragte. Zu seinen Füßen wurde er eingerahmt von zwei friedlichen Bächen, die sich unter seinen Augen zu einem schmalen Fluss vereinten.

Nirgendwo konnte Gil eine bewohnte Siedlung erkennen. Einzig und allein ein einsamer, verfallener Friedhof lag am Rande von grotesk verfallenen Ruinen direkt am Fuße der Berge.

»Endlich sind wir da.« Gils Worte waren ein erleichtertes Flüstern, um sein vor Furcht noch immer laut klopfendes Herz zu beruhigen. Er ließ die Pferde in einen langsamen Trab verfallen und zog bei den verfallenen Ruinen angekommen schließlich die Zügel an.

Mit einem leichten Ruck kam die Kutsche zum Stehen.

Hastig sprang Gil ab, um die Pferde auszuspannen und mit Sattelzeug, das er unter dem Kutschbock verborgen gehalten hatte, für die Weiterreise fertig zu machen. Während er mit diesen Vorbereitungen beschäftigt war, öffnete sich die Kutschentür.

Jilsaki trat blinzelnd in das grelle Sonnenlicht. Seine Kleidung war voller Blut.

Gil, der ihm nur einen kurzen Blick hatte zuwerfen wollen, erschrak. Ein eisiger Schauder lief ihm über den Rücken. Ungeduldig wartete er darauf, dass Jilsaki mit ihm sprach.

»Die Wunde hat aufgehört zu bluten.« Die Worte des Kronprinzen waren nur ein heiseres Flüstern.

Erleichtert stieß Gil ein leises Seufzen aus, dann winkte er Jilsaki zu sich. »Hilf mir. Dort drüben in der Ruine liegen unter einer Moosdecke verborgen eine Liege zum Krankentransport und Proviant bereit.« Er deute zu einer der am wenigsten zerfallenen Ruinen hinüber.

Ungläubig sah Jilsaki ihn an. »Dann hatte Ensis also Recht? Du wusstest, dass wir all dies brauchen werden?!« Aus seinen Worten sprach tiefes Misstrauen. Alarmiert machte er einen Schritt von Gil weg.

Dieser seufzte. »Es ist schlimm, dass die Worte eines Dämons tatsächlich solch großen Einfluss auf Menschen haben. An deiner Stelle wäre ich vermutlich auch vorsichtig. Aber ich bin nicht dein Feind. Ich werde es dir beweisen. Komm mit, ich will dir etwas zeigen.«

Widerwillig folgte Jilsaki Gil zu der Ruine, in der dieser den Proviant versteckt hatte.

Das Dach des ehemals großen, prachtvollen Hauses war zur Hälfte eingestürzt. Sämtliche Fenster und Türen fehlten. Sonnenlicht fiel durch die Lücken im Gemäuer, die einst Fensterglas eingefasst hatten.

Schweigend betrat Gil das verfallene Gebäude. Mit einer Handbewegung forderte er seinen Freund dazu auf, sich umzusehen.

Zögernd trat Jilsaki über die ehemalige Türschwelle und blieb er vor Erstaunen stehen.

Das Gebäude war vollgestopft mit Kunstwerken. Die meisten von ihnen waren auf großen Leinwänden in Öl gemalt. Atemberaubende Farben leuchteten ihm entgegen. Überraschung und Entsetzen wechselten sich ab, als Jilsaki Erinnerungen aus seinem eigenen Leben erkannte. Viele Bilder trugen auch Siriels Gesicht, manche zeigten auch Ensis oder den Meister.

»Was ist das alles?« Fassungslos wanderte Jilsakis Blick über die vielen, fein säuberlich aufgestellten Gemälde. Ihm fiel sofort auf, dass sie von anderer Art waren, als jene, die von Siriels Hand stammten.

Gils Lippen zitterten. Er fürchtete sich davor, Jilsaki die Wahrheit zu sagen. »Ich besitze dieselbe Gabe wie Siriel.«

Sprachlos sah sein Freund ihn an.

Gil schluckte. »Ich habe das Bild gemalt, das Siriel beim Zeichnen des Mordes am König zeigt. Sie war so oft Motiv meiner Bilder, dass sie nur eine ganz besondere Beziehung zu meinem Leben haben konnte. Lange Zeit habe ich darüber gerätselt. Bis ich eines Nachts diese Zeichnung anfertigte.« Seufzend zog Gil ein Blatt Pergament aus seinem Mantel, entfaltete es und reichte es Jilsaki.

Es zeigte ein kleines Mädchen, das mit einem schlaksigen Jungen an einem Tisch saß. Der Junge hatte auffallend helles Haar und war seinem erwachsenen Selbst erschreckend ähnlich. Eine Frau mittleren Alters legte dem Mädchen liebevoll einen Arm um die Schulter und lachte.

»Das ist meine Mutter«, erklärte Gil mit trockenem Mund. »Siriel ist meine Halbschwester. Es hat lange gedauert, bis ich diese seltsame Beziehung endlich entschlüsselt hatte. Und ich wusste, du würdest mir nicht glauben, wenn ich dich nicht hierher brächte.« Aufmerksam betrachtete Gil Jilsakis Mienenspiel, das sich nach seiner Offenbarung auf dem Gesicht seines Freundes vollzog.

»Dieses eine Mal hat Ensis also die Wahrheit gesagt. Du wusstest, was passieren würde. Und du bist tatsächlich das Risiko eingegangen, dass Siriel sterben könnte! Deine eigene Schwester!« Jilsakis Stimme wurde unwillkürlich laut. Wütend knüllte er das Pergament in seiner Hand zusammen und warf es auf den Boden.

»Ich habe getan, was ich konnte«, rechtfertigte Gil sich kühl. »Bei dem Rachefeldzug des Dämons geht es nicht nur um Siriel. Ich habe Nachforschungen angestellt und bin auf etwas gestoßen, das unsere schlimmsten Vorstellungen übersteigt!« Hastig wandte Gil sich von Jilsaki ab und suchte nach einem bestimmten Bild. Als er es gefunden hatte, hielt er es seinem Freund auffordernd entgegen.

Es war in sehr düsteren Farben gemalt. Ein dunkler Wachturm ragte aus einem Feld in den Nachthimmel. Bei genauem Hinsehen erkannte Jilsaki lauter kleine, versteckte Gebäude, die dem Untergrund farblich so gut angepasst waren, dass er sie zunächst gar nicht erkannt hatte. Erschrocken stellte er fest, dass auf einer der Türen, die in eines der Gebäude hineinführte, das Symbol des königlichen Militärs eingeritzt war.

»Was um alles in der Welt…?!« Jilsakis Blick glitt ungläubig über das Bild.

Grimmig nahm Gil es ihm wieder aus der Hand und stellte es zurück an seinen Platz. »Das gilt es jetzt herauszufinden, Jilsaki. Ich habe dieses Gelände wieder und wieder gemalt und unzählige Male davon geträumt. Erst vor ein paar Wochen habe ich es endlich gefunden. Ich befürchte, dass dieses Gelände für Ensis einen hohen Wert hat. Warum auch immer. Es muss ihm etwas bedeuten. Aber mehr konnte ich nicht herausfinden.«

Jilsaki erkannte schnell den Ernst der Lage. »Was ist mit Siriel? Wir können ihr in ihrem Zustand eine solche Reise nicht zumuten.«

Gil zog unnachgiebig die Augenbrauen zusammen. »Ich werde sie hier nicht alleine zurücklassen. Wir brauchen sie. Erkennst du das hier?« Fragend streckte er dem Thronfolger die Hand entgegen. An seinem Finger glitzerte ein großer, gut wiederzuerkennender Ring.

Jilsaki stutzte, als er den Siegelring erkannte. Misstrauisch verengte er Augen zu schmalen Schlitzen.

148

Gil nickte nur und deutete auf die Kutsche. »Sieh an Siriels Hand nach. Dort wirst du den gleichen Ring vorfinden. Sie unterscheiden sich nur in einem winzigen Detail: Siriels Ring wurde aus einem dunkleren Metall gefertigt, als dieser.«

Unsicher blickte Jilsaki zurück zur Kutsche. »Was soll das heißen? Ich verstehe nicht, worauf du hinaus willst, Gil!«

»Es bedeutet, dass wir die ganze Zeit über einer falschen Fährte gefolgt sind, Jilsaki!« Aufgeregt deutete Gil auf den goldenen Ring an seiner Hand. »Sieh genau hin! Dieser Ring gleicht seinem Zwilling, aber sie sind dennoch unterschiedlich!«

»Also ist er eine Fälschung?«

»Nein! Das ist ja eben das Verwunderliche daran! Sie sind beide Relikte aus der Zeit des vorherigen Meisters. Es gab nie nur einen einzigen Siegelring. Die beiden Schmuckstücke bedingen sich. Deshalb hat der Meister einen von ihnen im Geheimen verborgen gehalten und ihn mir zur Aufbewahrung übergeben. In jener Nacht, als die Kutsche des Meisters verunglückte, trug er demnach nur einen der beiden Ringe mit sich. Er muss gewusst haben, dass ein einziger Ring nicht ausreicht, um den Dämon zu bannen. Aber er hat nicht gewagt, das Risiko einzugehen, beide zu verlieren. Stattdessen hat er sein Leben geopfert und zugelassen, dass der Dämon einen der Ringe an sich nimmt. Er wollte ihn in einer vermeintlichen Sicherheit wiegen.«

Ein Licht leuchtete mit einem Mal in Jilsakis Augen auf und alles Misstrauen daraus schwand, als ihm bewusst wurde, was dies zu bedeuten hatte. »Weiß der Dämon von dem zweiten Ring?«

»Ich bete darum, dass er unwissend bleibt. Jeder weitere Schritt, den wir tun, hängt davon ab.«

»Dann müssen wir schnell handeln, Gil. Siriel wird von Minute zu Minute schwächer und wenn jemand zufällig unseren Weg kreuzt, ist sie eine leichte Zielscheibe.«

Erleichtert sah Gil den Freund an. Er hatte gehofft, dass Jilsaki so etwas sagen würde.

Der letzte Kampf

Müde versuchte Siriel die Augen offen zu halten.

Sie war auf dem Rücken eines Pferdes zu sich gekommen. Das ständige Schaukeln des Tieres bereitete ihr ein flaues Gefühl im Magen, aber es war die einzige Möglichkeit, mit Jilsaki und Gil Schritt zu halten. Ihre Wunde ließ es nicht zu, dass sie sich mit ihnen durch das Dickicht schlug.

Schmerz hielt Siriels Geist gefangen. Um ihm nicht vollkommen freie Hand über ihre Gedanken zu lassen, konzentrierte sich Siriel auf ihre Umgebung.

Der Hang vor ihnen stieg rasch an. Der Wald lichtete sich und eine klare Linie tat sich vor ihnen auf. Sie schien eine, noch vor kurzem viel genutzte, Straße ins Laub zu zeichnen. Barrikaden aus Reisig und sorgfältig in kleine Stücke gesägten Ästen versperrten ihnen immer wieder den Weg.

Unerbittlich kämpfte sich Gil durch alle Hindernisse, während Jilsaki das Pferd hinter sich herführte, das Siriel auf seinem Rücken trug. Das Tier hatte einige Mühe, den Abhang zu erklimmen und es kostete Jilsaki viel Geduld, es durch die schmale Schneise hinter Gil herzuführen.

Siriel wusste nicht, wie viel Kraft es die Männer kostete, bis sie den Hang endlich erklommen hatten. Immer wieder dämmerte sie weg. Erst als ein schneidend kalter Wind an ihrer Kleidung und an ihrem Haar riss, entdeckte sie, dass Gil und Jilsaki es geschafft hatten. Frierend ließ sie den Blick schweifen und entdeckte dabei einen gut getarnten Gebäudekomplex mit einem Wachturm. »Was ist das hier?« Ihre Stimme war matt.

Keuchend wischte sich Gil den Schweiß von der Stirn, stützte sich auf den Griff seines Schwertes und sah auf. »Das alles hier wurde nur zu einem einzigen Zweck errichtet: Den Zirkel zu vernichten. Der *Mitternachtszirkel* ist der einzige Feind, der stark genug ist, um die Macht der Dämonen einzugrenzen. Wäre der Zirkel beseitigt und die Menschen ungeschützt, könnte den Herrn der Dämonen nichts mehr aufhalten.«

Für eine quälend lange Minute herrschte bedrücktes Schweigen zwischen ihnen.

150

Aus den Augenwinkeln heraus bemerkte Siriel, wie Jilsaki besorgt die Augenbrauen zusammenzog. »Konntest du heraus finden, welchem Zweck diese Gebäude dienen könnten?«

Siriel war sich nicht sicher, ob sie hören wollte, was Gil dazu zu sagen hatte.

Dieser schirmte die Augen mit der Hand vor der grellen Sonne ab. In seinem Blick spiegelten sich tiefe Sorge und Furcht. »Nein.« Seine Antwort war vernichtend. »Aber deshalb sind wir hier, oder etwa nicht?« Unbeirrt machte er ein paar Schritte auf die Gebäude zu.

Siriel öffnete den Mund, um etwas zu sagen, doch Jilsaki war schneller.

»Gil, bist du wahnsinnig? Man wird uns sehen. Wir brauchen genug Deckung, wenn wir uns den Gebäuden unauffällig nähern wollen!« Voller Angst holte er Gil ein und zog ihn warnend am Arm zurück.

Gil sah ihn nur verärgert an. »Das ist weder möglich, noch nötig. Egal was hinter diesen Mauern lauert: Es wird bereits wissen, dass wir da sind. Ensis hat das alles sehr genau geplant. Wir sollten uns in den Gebäuden gut umsehen. Ich wittere eine Falle.«

Nervös beobachtete Siriel, dass Gil sich innerhalb der vergangenen Stunden und Tage gravierend verändert hatte. Von dem strengen, auf Regeln und Disziplin bedachten Lehrmeister war nichts geblieben. In seinen hellen Augen lag etwas seltsam Fremdes. Er strahlte eine so starke Konzentration und verzweifelte Entschlossenheit aus, dass Siriel entsetzt schauderte. Nervös nickte sie. »Er hat Recht, Jilsaki. Wir haben keine andere Wahl, als Ensis' Spiel mitzuspielen, wenn wir eine Möglichkeit finden wollen, ihn zu vernichten.«

Verwundert wandten sich die beiden Männer zu ihr um. Für einen Moment der Stille trafen sich ihre Blicke. Keiner von ihnen schien begeistert darüber zu sein, dass etwas Wahres in Siriels Worten steckte.

Jilsaki nickte schließlich. »Meinetwegen.« Er war offenkundig nicht zufrieden damit, respektierte jedoch die Entscheidung seiner Gefährten. Angespannt führte er das Pferd ganz nah an die Gebäude heran und half Siriel dabei, vom Rücken des Tieres zu steigen.

Siriel stöhnte vor Schmerz, als ihre Füße den Boden berührten. Es fiel ihr schwer, sich aus eigener Kraft aufrecht zu halten, doch sie wollte auf keinen Fall bei der Erkundung der Anlage zurückgelassen werden. Mühsam schleppte sie sich zu einer der eingetretenen Türen hinüber.

Die Räume dahinter wirkten dunkel und verlassen. Angestrengt versuchte sie, Hinweise darauf zu finden, weshalb die Anlage errichtet worden war, doch dies entzog sich weiterhin ihrer Kenntnis.

»Du bleibst hier, Siriel.« Fürsorglich legte Jilsaki ihr eine Hand auf die Schulter und zog sie von der Tür weg. »Wir können dich da drin nicht beschützen.«

Siriel seufzte. Sie hatte geahnt, dass ihr einer der Männer verbieten würde, mitzukommen. Sie öffnete den Mund, um ihm zu erklären, dass sie auf jeden Fall mitkommen würde, doch Gil kam ihr zuvor.

»Ich habe etwas gefunden!« Gedämpft drang Gils Stimme aus dem Inneren des Gebäudes zu ihnen nach draußen.

Jilsaki bedachte Siriel mit einem vielsagenden Blick. Dann trat er an ihr vorbei und verschwand durch eine offen stehende Tür.

Siriel atmete tief durch, beruhigte ihren rasenden Pulsschlag und lauschte angestrengt in die Dunkelheit. Zuerst vernahm sie nur Geflüster und es fiel ihr schwer, die Stimmen der beiden Männer vom dem Säuseln des Windes zu unterscheiden. Nach einer Weile hörte sie jedoch ein paar entscheidende Worte heraus.

»Spiegel, überall Spiegel!« Jilsaki schien fassungslos.

»Nein.« Gils Stimme war so leise, dass Siriel ihn kaum verstand. Ein leises Kratzen und Scharren folgte seiner Einschätzung.

»Dies ist kein gewöhnliches Spiegelglas. Es ist eine Substanz, die mir fremd ist. Sie ist wie Farbe auf die Wände aufgebracht. Und die anderen Räume sind auf dieselbe Art und Weise verspiegelt worden.«

Jilsaki schnaubte verächtlich. »Das ist kein gutes Zeichen, oder?«

»Nein, leider nicht.« Gil seufzte. »Falsches Spiegelglas ist die Grundsubstanz für schlechte Wünsche und Träume. Sie sind die Saat des Bösen.«

Jilsaki schmunzelte. »Ist das deine Art, mir zu sagen, dass bald die Hölle über uns hereinbricht?«

Gil zögerte. »Nein. Jedenfalls nicht solange wir diesen Ort zerstören«, gab er schließlich zu. »Aber wenn wir versagen, hat der Herr der Dämonen bald die Macht, unsere Welt mit seinesgleichen zu überschwemmen. Gegen eine solche Übermacht wären selbst die *Unberührten* hilflos.«

Für einen Moment herrschte Schweigen zwischen ihnen.

»Wann willst du es ihr sagen?« Jilsakis Stimme hatte einen so ernsten Klang, dass Siriel ein eisiger Schauer den Rücken hinablief.

Gil seufzte tief und zögerte erneut. »Was soll ich ihr denn sagen? Dass sie meine Schwester ist und ich sie all die Monate unterrichtet habe, ohne auch nur ein Wort darüber zu verlieren?«

Erschrocken zuckte Siriel zusammen. Ihr wurde abwechselnd heiß und kalt, als ihr bewusst wurde, dass die beiden Männer über sie sprachen.

»Du wolltest sie doch nur beschützen«, wandte Jilsaki sanft ein.

Gil schnaubte vor Wut. »Ja, und was habe ich getan? Ich habe sie unserem schlimmsten Feind direkt ans Messer geliefert!«

Siriel schauderte erneut. Endlich konnte sie dem seltsamen Glitzern in Gils Augen ein Gefühl zuordnen: Schuld. Immer, wenn er sie in den vergangenen Tagen und Wochen angesehen hatte, musste er sich ihretwegen schreckliche Vorwürfe gemacht haben.

Noch bevor Siriel darüber nachdenken konnte, entdeckte sie plötzlich eine imposante Gestalt, die den Hügel erklomm. Die leuchtenden Farben ihrer Kleidung und das grell leuchtende Haar verrieten schnell, um wen es sich dabei handelte.

Entsetzt zog sie sich in den Schatten der Tür zurück, doch das reichte nicht aus. Innerhalb von Sekundenbruchteilen sah Siriel ein tödliches Projektil auf sich zurasen und konnte ihm in letzter Sekunde ausweichen. Schmerz schoss mit der ruckartigen Bewegung durch ihren Körper und raubte ihr den Atem. Kraftlos stolperte sie ins Innere des Gebäudes und krachte gegen einen Türrahmen aus Stein. Übelkeit breitete sich in ihr aus. Siriel würgte benommen und erbrach einen Schwall von Blut. Spuckend zog sie sich wieder auf die Beine und wischte sich fahrig mit dem Ärmel über den Mund. Ein metallischer Geschmack lag auf ihrer Zunge und sie hatte Durst, doch ihre Gedanken galten allein Gil und Jilsaki. Mühsam hielt sie sich aufrecht und machte ein paar Schritte in die Richtung, in der sie die beiden Männer vermutete.

»Siriel! Was zum Teufel ist in dich gefahren?!« Gils Gestalt tauchte wie aus dem Nichts neben ihr auf. Sein Gesicht war seltsam bleich. Angst spiegelte sich in dem Blick seiner hellen Augen.

»Er ist hier!« Siriels Stimme war matt und ihre Augenlider flatterten mit einem Mal.

Ein weiterer Mann trat an ihre Seite. Sie konnte gerade noch erkennen, dass es Jilsaki war, ehe sie kraftlos in seinen Armen zusammenbrach.

Zitternd drückte der Kronprinz sie an sich und hielt sie fest. »Wir werden nicht zulassen, dass er dir etwas antut.« Entschlossenheit schwang in Jilsakis Stimme mit.

Siriel lachte kehlig. Ein warmes Gefühl breitete sich in ihrer Brust aus, als sie zu Gil hinaufsah, der pflichtbewusst die Augen offen hielt. »Das ist nicht mehr wichtig.«

Jilsakis Herzschlag beschleunigte sich sprunghaft. Siriel konnte es durch den Stoff seiner Kleidung hindurch hören.

Gil erstarrte mitten in der Bewegung. Er ließ sich nichts anmerken, doch Siriel war sich darüber bewusst, dass ihre Worte ihn vollkommen aus der Bahn geworfen haben mussten. Wut blitzte in seinen hellen Augen. Hastig beugte er sich zu ihr hinunter, legte seinen langen, knochigen Finger unter ihr Kinn und zwang sie dazu, ihm in die Augen zu sehen. »Du wirst nicht anfangen, dich von uns zu verabschieden. Hast du mich verstanden?! Ich bin dein Mentor und damit für dich verantwortlich. Wir werden das hier überleben und zwar alle.« Die Schärfe seiner Worte ließ keinen Widerspruch zu.

Früher hätte Siriel sich von ihm verletzt gefühlt. Seitdem sie jedoch wusste, was er hinter seiner strengen, unantastbaren Art vor ihr verbarg, war seine Ermahnung wie Balsam für ihre geschundene Seele. Ein Lächeln breitete sich auf ihren Zügen aus.

Gil war sichtlich irritiert. Er zuckte zurück, als Siriel nach seiner Hand griff und sie sanft drückte.

»Ich weiß, Gil. Es steht außer Frage, dass du mich beschützen wirst. Das hast du immer getan. Hör auf, dir Vorwürfe zu machen. Noch vor ein paar Wochen habe ich es nicht verstanden. Aber jetzt bin ich mir sicher. Du warst der beste Bruder, den ich mir wünschen konnte.«

Gils Augen weiteten sich. Entsetzen, Stolz, Scham und Freude wechselten sich im Sekundentakt auf seinem Gesicht ab. Er öffnete den Mund, um etwas zu erwidern, wurde jedoch harsch unterbrochen.

Ein Donnern durchbrach die Stille und der Boden unter ihren Füßen begann zu zittern. Zuerst war es nur eine leichte Vibration, die jedoch schnell zu einem Beben anschwoll. Ein unheimliches Knirschen ging durch den Raum. In den verspiegelten Wänden taten sich feine Risse auf, die zunehmend tiefer wurden.

Dann war es plötzlich still. Mit angehaltenem Atem tauschten Gil und Jilsaki stumme Blicke.

Ein eisiger Luftzug wehte durch den Raum. Er brachte der Gestank von verwesendem Fleisch mit sich.

Siriel würgte. »Er ist hier!«, wiederholte sie leise. Kraftlos versuchte sie, sich an Jilsaki festzuhalten.

Alarmiert sprang Gil auf und zog das Schwert, das bisher ungenutzt an seiner Seite auf seinen Einsatz gewartet hatte.

Schlagartig gefror ihnen der Atem vor ihren Gesichtern zu weißen Wölkchen. Ein grausames Lachen hallte durch den Raum, das die Gefährten bis ins Mark erschütterte.

Mit einem lauten Knall flog die Tür ins Schloss, durch die sie gekommen waren, und es wurde abrupt dunkel.

Siriel vernahm ein leises Zischen. Geblendet kniff sie die Augen zusammen.

Ein kaltes, seltsam dumpfes Licht war entzündet worden und erhellte den Raum spärlich. Seine Quelle war nicht auszumachen, da es hundertfach von den verspiegelten Wänden zurückgeworfen wurde. Darüber hinaus war niemand zu sehen, doch die drei Gefährten wussten genau, mit wem sie es zu tun hatten.

»Ensis!« Resigniert richtete Gil sich zu seiner vollen Größe auf und trat schützend vor Jilsaki und seine Schwester.

Der Dämon kicherte. »In der Tat, ja. Ich hatte gehofft, dass ihr drei herkommen würdet. Ich habe ein kleines Geschenk für euch.« Seine höhnische Stimme hallte von den Wänden wider und schwoll zu einem schrillen Dröhnen an.

Gequält drückte Siriel die Hände über die Ohren und senkte gequält den Kopf. Stöhnend wartete sie, bis das Dröhnen endlich nachließ.

Ein dunkler Schatten trat aus einer der Ecken auf sie zu und schon bald erkannten sie den Herrn der Dämonen, der ihnen triumphierend entgegensah. Zufrieden bedachte er die geschwächte Siriel mit einem besonders langen Blick.

»Und welches Geschenk soll das sein?« Gils Stimme war so kalt, dass Siriel ein unwillkürliches Frösteln überkam. Ihr Bruder konnte furchteinflößend sein, das hatte sie selbst miterlebt.

Ensis hingegen zeigte sich unbeeindruckt. »Nun, ich dachte, mein Geschenk wäre unübersehbar. Sieh dich um, Gil. Es wird dich freuen zu erfahren, dass es mir gelungen ist, eine Substanz herzustellen, die ähnlich wie ein Spiegel wirkt. Allerdings hat diese Erfindung so ihre Tücken. Dummerweise wird sie dir und deinen Forschungen nichts mehr nützen. Ihr werdet diesen Raum nie wieder verlassen. Und wenn die treuen Diener rund um den Meister verschwunden sind, wird es für mich ein leichtes sein, den Zirkel endgültig seinem eigenen Verfall zu überlassen. Die Welt wird ins Chaos abgleiten.«

Jilsaki schnaubte verächtlich. »Dann bin ich gespannt, wie du das anstellen willst!« Furchtlos blickte er dem Dämon direkt ins Gesicht.

Dieser lachte selbstgefällig. »Seht euch gut um, Jilsaki. Ihr werdet euch selbst zu Fall bringen.« Ensis' machte eine ausschweifende Handbewegung.

Skeptisch zog Siriel die Augenbrauen zusammen. »Was soll der Blödsinn, Ensis? Du bist hier der Einzige, der unseren Tod will!« Ihre Worte waren leise, aber sie brachten den Dämon zum Lachen.

»Amüsant, wie wenig du von Gils Unterricht verstanden hast. Merke dir eins: Unterschätze mich nie, kleine Siriel.« Warnend nahm der Dämon sie ins Visier.

Sie öffnete den Mund, um etwas zu erwidern.

Doch Jilsaki kam ihr zuvor. »Er hat Recht, Siriel.«

Erschrocken sah sie zu dem Kronprinzen auf.

Wie hypnotisiert starrte dieser auf die verspiegelten Wände. Seine Muskeln fühlten sich plötzlich steif und verkrampft an. Er zitterte.

Voller Angst folgte Siriel seinem Blick und entdeckte sein Spiegelbild.

Zuerst zeigte es den jungen Kronprinzen so, wie er war. Je länger Jilsaki es jedoch betrachtete, desto mehr veränderte es sich.

Der Man im Spiegel sah verunsichert aus. Seine filigrane Brille saß ein wenig verbogen und schief auf seiner Nase. Er war kreidebleich und sein Gesicht hatte einen fremdartigen Ausdruck. Es verschwamm zusehends zu einer von Hass verzerrten, grauenhaften Fratze. Blut lief ihr aus den Mundwinkeln und ein wahnhaftes Leuchten trat in die verächtlich dreinschauenden Augen. Eine schief sitzende Krone erschien auf seinem Haupt. Sie war mit Blut getränkt.

Siriel schluckte, als sie begriff, dass sie dem bösen Zwilling, der tief in Jilsakis Seele verankert war, unmittelbar in die Augen gesehen musste.

Unsanft ließ Jilsaki sie los und schlug die Hände über dem Kopf zusammen.

Siriel landete hart auf dem Betonboden. Schmerzen schossen durch ihren Körper und drohten, jede Bewegung zu ersticken. Tapfer atmete sie tief ein, ignorierte die Signale ihres Körpers und setzte sich mühsam auf. Tränen verschleierten ihre Sicht, aber ihr Blick galt allein Jilsaki.

Die Lippen des jungen Mannes bewegten sich unablässig. Mit aller Kraft presste er die Hände über die Ohren und krümmte sich unnatürlich zusammen. Seine Augen waren zusammengekniffen, aber er schien trotzdem Dinge zu sehen, die nur in seinem Kopf existierten.

Ensis lachte kalt. »Siehst du, Siriel? Seinen eigenen Dämonen kann man nicht entkommen. So sehr man auch versucht, sie auszusperren. Sie sind immer da. Ich habe sie lediglich freigelassen.«

Erbost sah Siriel zu ihm auf. »Spar dir deinen Atmen, Ensis! Dafür wirst du bezahlen!«

Der Herr der Dämonen lachte nur noch lauter.

Fluchend rappelte sich Siriel auf. Ein gequälter Aufschrei in ihrem Rücken machte ihr bewusst, dass auch Gil dem seltsamen Phänomen erlegen war.

Mit grimmiger Entschlossenheit stand Siriel auf und eilte zu Jilsaki hinüber. Sie wusste nicht, woher sie die Kraft dazu nahm, ihm die Hände von den Ohren zu reißen und ihn zu zwingen, ihr ins Gesicht zu sehen, aber sie tat es. »Nicht, sieh mich an! Du darfst nicht nachgeben! Sei standhaft Jilsaki, bitte!« Siriels Stimme klang überraschend gefasst. Sie unterdrückte einen Anflug von Panik, als Gils Schreie in ihren Ohren dröhnten. »Jilsaki, komm zu mir zurück! Das bist nicht du!«

Plötzlich fiel Jilsakis Körperspannung in sich zusammen. Keuchend sah er sie an. Der Zauber fiel von ihm ab. »Was ist passiert?« Seine Stimme klang matt.

Bevor Siriel antworten konnte, zerrissen Gils Schreie erneut die Luft. Pflichtbewusst ließ sie von dem Kronprinzen ab und eilte zu Gil, der sich vor Schmerzen auf dem Boden wand.

Siriel atmete tief ein, dann umfasste sie Gils Schultern und zog ihn ganz nah zu sich heran. Verbissen kämpfte sie gegen seinen Widerstand an und umklammerte ihn mit aller Kraft. »Gil, du musst dagegen ankämpfen! Tu es für mich. Tu es für deine Schwester!«

Fassungslos sah Jilsaki zu ihnen hinüber. In seinem Blick lag etwas, das Siriel noch nie zuvor gesehen hatte. Resolut lehnte er sich gegen Ensis' Quälereien auf und schleppte sich zu Gil hinüber. Rigoros drängte er Siriel zur Seite, riss er seinen Freund an der Schulter herum und schüttelte ihn, bis dieser aufsah.

Entsetzt hielt Siriel die Luft an und wartete auf eine Reaktion ihres Bruders.

»Ich bin kein *Unberührter* mehr.« Über Gils Gesicht liefen Tränen.

Sein Anblick zerriss Siriel fast das Herz. »Gil, bitte!« Ihre Worte waren nur ein leises Flehen, doch sie holten auch ihn zurück in die Wirklichkeit. Erleichtert lächelte er Siriel an und griff nach ihrer zitternden Hand.

»Wie rührend!« Hass und Unzufriedenheit sprachen aus den Worten des Dämons. »Ich sehe, meine Überraschung beeindruckt euch nicht gerade. Da muss ich wohl noch etwas nachhelfen!« Ein dunkles Feuer begann in Ensis' Augen zu lodern.

Voller Angst blickte Siriel zu dem Dämon hinüber und beobachtete, wie er die Hand hob. Die Grausamkeit in seinem makellosen Gesicht ließ sie erstarren.

Ein Ruck ging durch den Boden. Ein tiefes Knarren und Knirschen dröhnte durch die kalte Luft. Mit einem Mal wurde es erneut finster. Der Raum schien zu kippen und sich zur Seite zu neigen, auch wenn ihnen ihr Verstand sagte, dass dies im Grunde gar nicht möglich war. Entgegen aller natürlichen Gesetze verlagerte sich der Boden und das Knirschen in der Tiefe wurde immer lauter.

Taumelnd verlor Siriel die Orientierung. Ihr Gefühl dafür, wo sich oben und unten befand, geriet aus den Fugen und ließ sie schließlich schmerzhaft im Stich.

Die Risse in den Wänden wurden immer größer. Dann plötzlich brach die Wand ihnen gegenüber mit einem ohrenbetäubenden Bersten auseinander. Wasser stürzte unendlich laut rauschend in den Raum hinein und der Wasserpegel stieg rasch an. Der Druck spülte die drei auseinander, die sich verzweifelt aneinander zu klammern versuchten.

Siriels steif gefrorene Finger hielten dem Wasser nicht mehr stand und als Gil und Jilsaki sie nicht mehr halten konnten, wurde sie mit einem Schrei von ihnen fortgerissen. Siriel spürte noch, wie der Siegelring, den sie seit der nächtlichen Begegnung mit Ensis nicht mehr hatte abnehmen können, von ihrem Finger glitt. Dann verstummte das Rauschen plötzlich und Stille lastete unerträglich auf ihre Ohren.

»Gil! Jilsaki!« Ihre Stimme hallte von unsichtbaren Wänden wider. Siriel schrie sich die Lunge aus dem Leib, doch bis auf ihre eigenen Worte es blieb gespenstisch still.

Das Wasser stand ihr bereits bis zur Schulter.

»Gil! Jilsaki!« Verzweifelt brachte Siriel ihre letzte Kraft auf und ruderte wie wild mit den Armen durch die Finsternis. Als sie nach wiederholten, verzweifelten Rufen keine Antwort bekam, schloss sie mutlos die Augen und ließ sich in einem Moment des Aufgebens im Wasser treiben.

Tränen rannen über ihr Gesicht. Erst jetzt wurde ihr bewusst, dass das Wasser warm war und sie auf seltsame Weise zu beruhigen schien, obwohl die Sorge in ihrem Herzen schrie wie ein hungerndes Kind.

Plötzlich stieß sie etwas von hinten an.

Es war ein Körper. Ein unheimlich vertrauter Körper.

Erschrocken riss Siriel die Augen auf, wandte sich um und floh blind vor Angst in die entgegen gesetzte Richtung davon. Sie wich so weit zurück, wie es ihr möglich war, doch es schien zwecklos.

Mit einem Mal wurde es wieder hell um sie herum. Geblendet blinzelte sie in das unverhoffte Licht, ehe sie den Dämon erkannte, der sie fordernd ansah.

Das Wasser um sie herum hatte sich blutrot gefärbt.

»Arme Siriel. Du hast alles verloren, was dir lieb und teuer war. Ich würde dich am Leben lassen. Doch dummerweise kennst du nun mein kleines Geheimnis und ich kann nicht zulassen, dass du dich verplapperst.« Seine Stimme hatte einen leichten, melodischen Klang. Ensis' stechend grüne Augen zogen sie leuchtend in ihren Bann. Sein Blick nahm ihren Geist gefangen.

Irgendwo in der Ferne vernahm Siriel ein metallenes Klicken, konnte das Geräusch jedoch nicht zuordnen.

Als wenn der hohe Wasserpegel seine Schritte nicht erschweren könnte, kam der Dämon leichtfüßig auf sie zu. Er war nicht mehr als eine Armlänge weit von ihr entfernt, als ihm plötzlich jemand in den Weg trat.

»Sei versichert, dass sie sich niemals verplappern wird!« Gil tauchte wie aus dem Nichts auf und stellte sich schützend vor seine Schwester.

Siriel blinzelte und der Zauber fiel von ihr ab. Erschrocken bemerkte sie, dass Gil verletzt war. Die Kleidung über seiner linken Schulter war zerfetzt und eine blutige Wunde hatte sich tief in sein Fleisch gegraben. Vorsichtig blickte sie an Gil vorbei und sah zum ersten Mal Wut in dem Blick des Dämons.

»Du zeigst einen ungewöhnlich hartnäckigen Überlebenswillen, das muss man dir lassen. Aber du wirst allmählich lästig, Gil. Welche Garantie für euer Schweigen kannst du mir schon bieten?!«

»Lass mich überlegen.« Gespielt theatralisch tat Gil, als würde er nachdenken. »Zum Beispiel deine ewige Verbannung? Ohne das Geheimnis an sich gäbe es nichts, was Siriel oder ich verraten könnten.«

Gil erntete nur höhnisches Gelächter.

»Selbst euer Meister aus alter Zeit vermochte es nicht, mich zu bannen. Und er war der mächtigste und begabteste *Unberührte* des Zirkels. Wie willst du schaffen, was ihm nicht gelang?«

Noch während Ensis sprach, zischte etwas silbern aufleuchtend durch die Luft.

Der Dämon hatte das letzte Wort kaum ausgesprochen, da ging ein plötzlicher Ruck durch seinen Körper. Ungläubig starrte er auf den silbernen Bolzen, der aus seiner Brust ragte. Wie in Trance wandte er sich um und blickte Jilsaki ungläubig ins Gesicht, der etwas abseits stand und ihn kalt ins Visier nahm.

In Jilsakis Händen lag eine Armbrust, mit der er anscheinend den Bolzen abgeschlossen hatte. Wasser tropfte von seiner Brille.

Es erschien Siriel wie ein Wunder, dass Jilsaki trotz dessen mit einer solchen Präzision geschossen hatte. Sie erkannte die Waffe in seinen Händen wieder. Er hatte sie bei sich gehabt, seit sie aufgebrochen waren, um das geheimnisvolle militärische Gelände zu erkunden.

»Wie ist das möglich? Niemand ist in der Lage, mich zu töten!« Wie hypnotisiert starrte der Dämon auf den Bolzen, mit einem erleichterten Seufzen ins Nichts verschwand. Panisch schrie er auf, als seine makellose Gesichtshaut plötzlich spröde wurde und blutig aufsprang. Wie eine Krankheit verbreiteten sich die Wunden rasend schnell über seinen Körper und entstellten ihn grausam. »Was habt ihr getan?«

Gil lächelte kühl. »Du magst viele Arten kennen, einer Verbannung zu entgehen. Aber dass wir dazu in der Lage sein könnten, dich zu vernichten, damit hast du nicht gerechnet. Ich hatte Ensis zu gegebener Zeit davor gewarnt. Überheblichkeit führt meistens zum Fall. Wir sollten dir danken, dass du uns verletzt hast, Dämon. Siriels und mein Blut, das Blut der zwei Seher und Geschwister, vereint mit den beiden Ringen des Meisters, besiegeln dein unaufhaltsames Ende. Gegen dieses Blutsiegel kannst nicht einmal du dich auflehnen. In uns hast du deine Meister gefunden. Dein Untergang ist nicht mehr aufzuhalten. Deine Maske ist gefallen.« Verachtung und Genugtuung lagen in Gils Stimme.

Stöhnend geriet der Dämon ins Wanken und stürzte kopfüber ins Wasser.

Teilnahmslos wandten Gil und Jilsaki sich von ihm ab.

Einzig und allein Siriel verharrte noch einen Moment des Bangens. Dann nahm sie Gils Hand und ließ sich von ihm von dem im Wasser treibenden Körper wegführen.

»Los, verschwinden wir von hier!« Mit eisernem Willen zog Jilsaki die Geschwister hinter sich her.

Diese hatten durch ihre Verletzungen und das viele Wasser Mühe, mit dem Kronprinzen Schritt zu halten.

Ohne nach einer Tür Ausschau zu halten, hielt Jilsaki unbeirrt auf eines der Fenster zu. Unter größter Anstrengung zog er sich aus dem Wasser auf eine schmale Fensterbank und versuchte das Glas einzutreten. Beim ersten Mal hielt es seinen Stiefelabsätzen noch Stand, beim zweiten Mal zersplitterte es in hunderttausend Scherben.

Ein Ruck ging durch den Raum und ein dumpfes Knarren irgendwo in der Tiefe trieb sie zur Eile.

»Los, wir haben keine Zeit mehr!« Hastig packte Jilsaki Siriel an den Armen und zog sie aus dem Wasser.

Schwankend kam Siriel neben ihm auf dem Fensterbrett zum Stehen. Unsicher blickte sie durch das zerbrochene Fenster nach draußen. Bevor sie auch nur ein Wort

160

sagen konnte, stieß Jilsaki ihr grob in den Rücken und sie fiel nach vorne. Stöhnend landete Siriel im weichen Gras und rollte sich auf den Rücken.

Als sie zurücksah, erfasste ein schweres Beben das Gebäude. Mit einem ohrenbetäubenden Tosen stürzte ein Teil der Decke ein.

»Gil, beeil dich!« Im letzten Moment griff Jilsaki nach der Hand des Freundes und zog ihn zu sich auf das schmale Fensterbrett, das nun unter der Last der beiden Männer gefährlich knackte.

Erschrocken blickten sie zurück zu der Stelle, an der Gil noch eben gestanden hatte. Dort stürzte nun ein riesiges Trümmerstück spritzend ins Wasser.

Bleich vor Angst wechselten die beiden Männer einen flüchtigen Blick und folgten Siriel durch das zerbrochene Fenster hinaus in die Freiheit. Sie alle waren sichtlich erleichtert, als sie endlich wieder den kalten Wind auf ihrer Haut spürten und der würzige Geruch von nasser Erde und Gräsern in ihren Nasen kitzelte.

In ihrem Rücken brachen die Gebäude in sich zusammen. Das Beben unter ihren Füßen jedoch wurde immer stärker.

Schwankend richtete Siriel sich auf und versuchte mühsam, das Gleichgewicht zu halten. Sie schaffte es, den Fuß einer riesigen Eiche zu erreichen. Keuchend lehnte sie sich gegen den Stamm des mächtigen Baumes und rang nach Luft. Abgekämpft sah sie zurück und stellte fest, dass die beiden Männer weit hinter ihr zurück geblieben waren.

Tiefe Risse taten sich im Waldboden zu ihren Füßen auf. Das gesamte Erdreich war in Bewegung.

Entschlossen stürmten die beiden Männer vorwärts. Sie waren nur noch einige Meter von Siriel entfernt, als das Beben so stark wurde, dass sie von ihren Füßen gerissen wurden.

Panisch klammerte sich Siriel an eine der mächtigen Wurzeln der riesigen Eiche und zog den Kopf schützend zwischen die Arme. Das Donnern aus dem Inneren der Erde war nun unerträglich laut.

Siriel kniff die Augen zu und versuchte, das Dröhnen in ihrem Kopf zu ignorieren, doch dies war unmöglich. Mit einem gewaltigen Zischen pfiff plötzlich etwas am Siriels Kopf vorbei und schoss neben ihr in den Himmel. Eiskaltes Wasser spritzte auf ihre Haut. Als Siriel es endlich wagte, aufzusehen, traute sie ihren Augen kaum.

Eine meterhohe Wasserfontäne schoss in den tristen Winterhimmel. Wassertropfen glitzerten im Licht und verliehen dem seltsamen Schauspiel einen

Hauch von Eleganz. Die wenigen Meter Erde, die sie von den beiden Männern getrennt hatten, existierten nicht mehr.

Siriel erstarrte. Fassungslos starrte sie an der Fontäne vorbei und beobachtete, wie Gil und Jilsaki gerade schwankend wieder auf die Beine kamen.

Der Boden unter ihnen zeigte tiefe Risse, die immer breiter wurden. Ein Ruck war zu spüren, dann zerbrach die Erde plötzlich in abertausende Teile und stürzte in eine unbestimmte Tiefe, die sich mit einem Mal direkt vor den beiden Männern auftat. Das absinkende Erdreich offenbarte unzählige verspiegelte Hohlräume, die mit einem gewaltigen Krachen einstürzten. Ein unterirdischer Fluss riss die Erdbrocken mit sich und trieb sie aus Siriels Blickfeld.

»Lauft!« Siriels Ruf riss die Männer aus ihrer Starre zurück in die Wirklichkeit. Hastig sprangen sie schwankend über die Risse, die sich immer weiter auftaten von einer Erdscholle zur anderen.

Wie gebannt fieberte Siriel ihrem sicheren Eintreffen entgegen und klammerte sich an der Wurzel des Baumes fest. Sie betete darum, dass die Risse in der Erde die Eiche nie erreichen würden.

Es schien beinahe so, als hätten Gil und Jilsaki es geschafft. Sie waren nur noch eine Erdscholle von Siriel entfernt.

Jilsaki setzte zum letzten Sprung an und landete sicher neben Siriel im Gras. Auffordernd winkte er zu Gil hinüber, der sich mit einem Mal nervös umsah und seinen Blick schließlich auf seiner Schwester ruhen ließ.

In seinen hellen Augen lag mit einem Mal tiefe Furcht.

Alarmiert sah Siriel auf und streckte die Schultern. Sie kannte diesen Blick nur zu gut. »Gil, spring nicht!« Ihre Worte kamen zu spät.

Gil hatte bereits zum Sprung angesetzt.

Die Erdscholle unter ihm verlor unerwartet den Halt und stürzte ab. Mit einem Mal war der Abstand zur nächstgelegenen Erdscholle zu weit. Mit einem Schrei des Entsetzens sprang Siriel an den Rand des Abgrunds, der sich nicht weit entfernt von der alten Eiche auftat.

Jilsaki war sofort neben ihr. Fassungslos blickten sie in die Tiefe, doch ihr Flehen um Gnade für Gil blieb ungehört.

Ihre Blicke verloren sich suchend in der Finsternis ohne fündig zu werden.

Gil hatte es nicht geschafft. Die Tiefe hatte ihn erbarmungslos verschlungen.

»Nein!« Tränen rannen haltlos über Siriels Gesicht. »Nein! Gil!« Immer wieder und wieder rief sie Gils Namen, doch seine Stimme antwortete ihr nicht mehr.

Jilsaki drängte sie zum Gehen.

Irgendwo tief in ihrem Inneren wusste Siriel, dass die Risse im Boden keinesfalls vor der Eiche Halt machen würde. Doch sie hatte nicht mehr die Kraft, um fortzugehen.

Die Gefahr rückte immer näher.

Ohne weiter zu diskutieren lud Jilsaki sie schließlich erneut auf seine Arme und brachte sie fort.

Ihre gemeinsame Flucht vor einem ähnlichen Tod in der Tiefe der Erde zog an Siriel vorbei wie ein Film. Keine Geräusche drangen mehr an ihre Ohren. Kein Wort Jilsakis konnte sie beruhigen.

Es war vorbei. Es war im wahrsten Sinne des Wortes vorbei.

Wenige Tage später:

Das letzte Geheimnis hinter den Spiegeln

Die Turmuhr schlug gerade drei Uhr, als Siriel keuchend und mit rasendem Herzen aus einem Albtraum erwachte.

Es war derselbe Traum, der sie seit Gils Tod Nacht für Nacht wieder verfolgte: Ihr Bruder stürzte in die Tiefe. Das Entsetzen in seinen hellen Augen war wie ein verstummter Schrei.

Mit trockenem Mund wischte sich Siriel den Schweiß von der Stirn und schlug die Bettdecke zurück. Leise schlich sie sich aus dem Bett, um Jilsaki nicht zu wecken, der neben ihr lag. Einen Moment lang ließ Siriel ihren Blick liebevoll auf ihm ruhen.

Sein nackter Oberkörper wurde schwach von den herunter gebrannten Kerzen erhellt, die noch immer in den bunten Windlichtern brannten. Jilsaki hatte sie ein paar Stunden zuvor aufgestellt, um Siriel die Angst vor der Dunkelheit zu nehmen.

Jilsakis Haut wurde sanft von dem Licht umschmeichelt und hatte einen seltsamen Glanz. Seine Brust hob und senkte sich in regelmäßigen Abständen. Sein Atem war tief und ruhig.

Leise stand Siriel auf und tappte vorsichtig hinüber ins angrenzende Zimmer. Zielstrebig ging sie zur Waschkommode hinüber und spritzte sich einen Schwall kaltes Wasser ins Gesicht. Mit tropfend nasser Haut blickte sie in den Spiegel, der ihr gegenüber an der Wand hing.

Die fremde Frau sah fragend und besorgt zurück.

Siriel lächelte leise. An ihren Anblick hatte sie sich inzwischen gewöhnt.

Leise Schritte ließen Siriel plötzlich aufhorchen. Erschrocken fuhr sie herum.

Ein Mann stand im Türrahmen und sah sie mit einem schmerzlich vertrauten Gesichtsausdruck an. Er hielt eine Laterne in der Hand, die ein seltsames Licht ausstrahlte.

»Gil!« Siriels Stimme glich einem leisen Windhauch. Fassungslos sah sie ihren Bruder an, der ihr mit einer Handbewegung gebot zu schweigen.

Lautlos trat Gil auf sie zu.

Erst da fiel Siriel auf, dass er sich grundlegend verändert hatte.

Seine Gestalt schien aus irgendeinem Grund nicht körperlich. Seine Konturen waren seltsam verschwommen, unwirklich und durchscheinend. Als er sie erreichte und sie sich endlich gegenüberstanden, schien er nicht mehr zu sein, als ein seltsamer Schatten seines einstigen Seins.

»Sieh hinein«, flüsterte er und deutete auf den Spiegel hinter Siriel.

Unsicher und widerwillig wandte sich sie zum Spiegel um. Sie hatte Angst, dass er wieder gehen und sie erneut alleine zurücklassen würde.

Die fremde Frau war plötzlich verschwunden.

Stirnrunzelnd suchte Siriel nach ihrem Gesicht, doch es zeigte sich nicht.

»Ich sehe nichts.« Verunsichert wandte sie sich wieder ihrem Bruder zu.

Gil trat neben sie und nickte langsam. »Dieser Spiegel zeigt, was wir wirklich sind, Siriel. Nur Schatten hinter einer Welt, die wirklich existiert. Weißt du noch, was ich im Unterricht über die Reflexionsfähigkeit von Spiegeln erzählt habe?«

Angestrengt dachte Siriel nach. »Ich weiß nur noch, dass du gesagt hast, dass sie niemals die Wirklichkeit zeigen.« Sie wusste nicht, worauf Gil hinaus wollte.

»Ja und nein. Im Grunde ist diese Formulierung nicht exakt genug, um es zu beschreiben. Die Spiegel ermöglichen uns einen Blick in die Wirklichkeit der Welt. Wir, die dahinter stehen, sind nur die Spiegelung der Träume und Sehnsüchte der Menschen, die in der Wirklichkeit leben.«

»Was willst du damit sagen?« Siriel runzelte die Stirn.

»Nun, lass es mich so ausdrücken: Wir führen hier ein eigenes, selbstbestimmtes Leben. Hinter den Spiegeln jedoch liegt eine Welt, die der unseren zwar ähnelt, sich jedoch weitgehend von der unseren unterscheidet. Es gibt dort Menschen, die durch ihre Träume für den Ursprung unserer Existenz sorgen. Es gibt ebenso ein Gegenstück zu dir, wie zu mir und jedem anderen hier bei uns.«

»Dann sind sie der Grund, warum wir existieren?«, fragte Siriel, die sich allmählich der Tragweite dessen bewusst wurde, was Gil gerade gesagt hatte.

»Ja und nein. Aber so könnte man es ungefähr ausdrücken.« Gil nickte. »Sie können uns nicht kontrollieren. Das ist sehr wichtig zu wissen, denn ihre Macht reicht nicht bis hierher. Die Dämonen hingegen können es. Sie sind die ewigen Zweifel, die in der Lage sind, uns als Träume und Sehnsüchte der Menschen zu zerstören und zu vernichten.«

»Warum erzählst du mir das alles? Was ist mit dir geschehen, warum sagst du darüber nichts?« Verletzt musterte Siriel ihren Bruder.

Mit einem Lächeln wandte sich Gil von dem Spiegel ab und sah ihr direkt ins Gesicht. Sein Blick war ausdruckslos. Tief in seinen Augen schien etwas zum Leben zu erwachen.

»Was geschehen ist, ist geschehen. Du kannst es nicht ändern. Mein Leben hier ist nur noch ein Schatten eines vergessenen Traums. Allein die Möglichkeit, dich noch ein einziges Mal zu sehen, nur ein letztes Mal mit dir sprechen zu können, ist mehr, als ich von meinem Schöpfer erwarten konnte. Du wirst deinen Lebensweg von nun an allein bestreiten müssen, ohne einen Bruder und Lehrmeister an deiner Seite. Meine Worte sind die des Abschieds, Siriel. Dieses letzte Geheimnis, das hinter den Spiegeln liegt, war ich dir noch schuldig. Von nun an bist du auf dich allein gestellt. Leb wohl, geliebtes Schwesterherz.« Seine Worte verklangen hallend, als kämen sie von weit her.

Siriel schluckte. Tränen liefen über ihre Wangen.

Ein letztes Mal streckte er die Hand nach ihr aus.

Sie spürte seine Berührung. Dann schwand Gils Gestalt ins Nichts und sie blieb allein zurück. Erst jetzt fiel ihr das Bild auf, das ihr gegenüber an der Wand lehnte.

Es zeigte ihren Bruder, wie er in die Tiefe der Erde stürzte.

Siriel schluchzte und schloss bebend vor Trauer die Augen.

Er hatte es vorausgesehen.

Epilog

Nachdenklich betrachtete die junge Frau das Spiegelbild vor sich, während sie sorgfältig ihr Haar kämmte. Noch vor ein paar Monaten hätte sie sich nicht wiedererkannt. Und noch immer war es schwer.

Die Frau im Spiegel glich ihr nicht, doch sie war ihr vertrauter, als alles andere.

Der Traum, den sie sah, war der einer berühmten und erfolgreichen Künstlerin, die die Begabung besaß, andere mit ihrer Kunst in den Bann zu ziehen.

Seufzend legte die Frau den Kamm beiseite.

Der Wunsch existierte seit Jahren, aber er hatte sich nie erfüllt.

Stattdessen hatte sie angefangen, einen ehrlichen, anständigen Beruf zu lernen.

Er machte sie nicht glücklich.

Sie hatte gebangt, geflucht und viel Spott, sowie zahlreiche Niederlagen einstecken müssen.

Seither verblasste ihr Traum, auch wenn sie ihn noch nicht aufgegeben hatte. Er begleitete sie, war wie ein unsichtbarer, alt vertrauter Freund, der sie mit sich nahm in eine eigene Welt, die nur ihr gehörte.

Ein Rückzugspunkt zu jeder Zeit, den nur sie allein betreten konnte.

Eine vertraute Stimme, die ihr Zuversicht schenkte, wenn sie nicht weiter wusste.

Ihr Mut, der sie durch den schwersten Tag und die kälteste Nacht brachte.

Das Bild im Spiegel hatte sich bereits einige Male verändert. Sie hatte es immer wiedererkannt und trotz seines Verblassens würde sie ihren Traum weiterleben. Nichts konnte sie davon abhalten, das zu sein, was sie sein wollte. Auch wenn alle anderen darüber lachten. Sie kannte ihren zukünftigen Weg nicht, doch sie wusste, sie würde ihn nicht ohne die Frau im Spiegel gehen.

Siriel würde für immer an ihrer Seite sein. Bis zum Tod und vielleicht auch darüber hinaus.

Ende

Einen besonderen Dank an...

… meine Mutter. Sie nimmt sich die Zeit, meine Bücher sorgfältig zu lektorieren und zu kritisieren.

… Marie, die mit ihren hilfreichen Korrekturvorschlägen viel zur Vollendung meines Romans beigetragen hat. Danke auch für das Cover der ersten Auflage vom Mitternachtszirkel.

… meinen Vater für die vielen Ideen zur Vermarktung meines Buches.

… Wolle, der trotz allem immer ein offenes Ohr für meine Ideen hatte.

… meine Lektorin Franzi, die es sich zur Aufgabe gemacht hat, sowohl meine grausigen Fehler in meinen Büchern zu finden, als auch bei allen andern Fragen immer ein offenes Ohr für mich hat.

… Stefan, der mir bei der Schlussüberarbeitung immer mit Rat und Tat zur Seite stand.